AO encontro DO DESTINO

LUCIMARA GALLICIA
ROMANCE DITADO PELO ESPÍRITO MOACYR

© 2018 por Lucimara Gallicia
© iStock.com/KatarzynaBialasiewicz

Coordenadora editorial: Tânia Lins
Coordenador de comunicação: Marcio Lipari
Capa e projeto gráfico: Equipe Vida & Consciência
Preparação: Janaina Calaça
Revisão: Equipe Vida & Consciência

1ª edição — 1ª impressão
2.000 exemplares — novembro 2018
Tiragem total: 2.000 exemplares

**CIP-BRASIL — CATALOGAÇÃO NA PUBLICAÇÃO
(SINDICATO NACIONAL DOS EDITORES DE LIVROS, RJ)**

M683a
    Moacyr (Espírito)
        Ao encontro do destino / Lucimara Gallicia. - 1. ed. - São Paulo : Vida & Consciência, 2018.
        256 p. ; 23 cm.

        ISBN 978-85-7722-569-9

        1. Romance espírita. 2. Obras psicografadas. I. Gallicia, Lucimara. II. Título.

18-51924   CDD: 133.93
                                   CDU: 133.9

Todos os direitos reservados. Nenhuma parte desta edição pode ser utilizada ou reproduzida, por qualquer forma ou meio, seja ele mecânico ou eletrônico, fotocópia, gravação etc., tampouco apropriada ou estocada em sistema de banco de dados, sem a expressa autorização da editora (Lei nº 5.988, de 14/12/1973).

Este livro adota as regras do novo acordo ortográfico (2009).

Vida & Consciência Editora e Distribuidora Ltda.
Rua Agostinho Gomes, 2.312 — São Paulo — SP — Brasil
CEP 04206-001
editora@vidaeconsciencia.com.br
www.vidaeconsciencia.com.br

Dedico este livro

Ao Ilmo. Cacique Tupinambá, por nos permitir conhecer um pouco de sua trajetória espiritual e pelos ensinamentos que ilustraram esta história.

Ao querido amigo e mestre Luiz Gasparetto (*in memorian*), por tantos aprendizados! Felizes são aqueles que, como eu, puderam conviver, presenciar e acompanhá-lo durante 30 anos nos estudos para nosso crescimento interior. A melhor maneira de agradecer-lhe é colocar em prática esses ensinamentos e honrar todo o material que ele nos deixou para continuarmos a reciclagem de nossos estudos.

Sei que ele ficará feliz com mais esta obra concluída. Muito obrigada pelo apoio e por tudo! Estaremos sempre em sintonia espiritual.

Homenagem

O primeiro livro que li da estimada Zibia Gasparetto (*in memorian*) foi *Esmeralda*. Ganhei a obra de uma amiga em 1984 e fiquei maravilhada com a história. Naquela época, eu ainda não sabia "conscientemente" que fazia parte da família espiritual do Grupo Os Caminheiros, centro espírita dirigido pela família Gasparetto, contudo, quatro anos depois, iniciei minha caminhada de aprendizado e transformação ao ingressar nesse grupo de estudos. Sou eternamente grata a Zibia por tudo o que aprendi e pela oportunidade de criar laços verdadeiros de amizade e amor, que certamente continuarão entre nós por toda a eternidade.

Zibia Gasparetto foi uma pessoa muito digna em sua vida pessoal e muito fiel aos princípios da espiritualidade maior. Por meio de seus livros, ela ajudou e continuará ajudando as pessoas a entenderem que a vida continua e que nada fica obscuro aos olhos de Deus.

Desejo que a luz de Zibia continue a brilhar com a mesma intensidade que clareou a consciência de milhares de leitores e de seus familiares e amigos.

Feliz recomeço!

Apresentação

Há quem afirme estar pronto para agir na lei do amor incondicional, porém, basta uma simples afronta para que se atire impiedosamente contra o semelhante por meio de julgamentos excessivos e vasta maledicência.

Há quem se predisponha a seguir os ensinamentos do Divino Mestre, mas que não hesita em promover a discórdia incentivando a separação em vez da união.

Há quem afirme compartilhar dos momentos felizes de um amigo, mas que duvida que a força positiva do pensamento carrega para longe a enxurrada de pessimismo e de desespero pessoal.

Há quem espere pela felicidade conjugal, mas que destrói todas as possibilidades do bom relacionamento, esquecendo-se de preservar o respeito e a compreensão entre o casal.

Há quem jure ter aprendido a desapegar-se de paixões doentias, mas que não mede esforços para satisfazer o ego por mero capricho, prendendo-se por meio de atos possessivos e ações descabidas.

Há quem louve a simplicidade, mas que escorrega na vaidade num piscar de olhos.

Há quem se exalte trabalhando apenas para rebaixar o outro, desperdiçando, assim, o tempo que poderia usar para conduzir os próprios objetivos na ascensão merecida.

Há quem se prevaleça por agir obscuramente, intentando mudar o rumo natural das coisas e predestinando o caminho das pessoas, mas que desconhece que assim conserva para si mesmo os atrasos de sua própria evolução.

Há quem escolha perder-se por medo de confrontar a própria realidade, convencendo-se de que nada adianta mudar, mas que ao mesmo tempo implora socorro e ajuda para libertar-se de estados monótonos acompanhados de acentuada amargura.

Há quem necessite vigiar constantemente a ação coletiva, vivendo exclusivamente a vida alheia, mas que não se permite observar-se e muito menos validar seus sentimentos mais íntimos. Não obstante, escapa de navegar na inundação da tristeza e do vazio, criado pelo descuido do abandono da própria alma.

Se asseverarmos viver por meio dos ensinamentos do Cristo, será preciso que observemos nossos próprios passos, a fim de que possamos imitar verdadeiramente a caminhada Dele. Somente assim poderemos nos considerar cidadãos da "Espiritualidade Maior", visto que essa é a rota para que nos tornemos "mestres" de nós mesmos.

Um abraço do amigo espiritual,
Moacyr

Capítulo 1

O início da noite ainda apresentava temperatura elevada, típica do verão. Liana chegou a casa exausta e apreensiva, tomou um banho, mas não conseguiu fazer a refeição costumeira. Sentia-se profundamente deprimida e angustiada. A moça abriu a geladeira e pegou um refrigerante para refrescar-se, seguiu para a varanda do apartamento onde morava e tomou a bebida. Com o olhar evasivo, contemplou o céu estrelado e a lua cheia e soltou um longo suspiro após sentir um profundo vazio no peito. Impaciente, esfregou as mãos na testa suada, cruzou as pernas e gritou:

— Isso não ficará assim! — E em seguida, desabou a chorar desesperadamente.

Uma hora depois, absorta em seus pensamentos e muito deprimida, Liana sobressaltou-se ao som da chamada do telefone. Levantou-se rapidamente a fim de ouvir o recado deixado na secretária eletrônica e sentiu o coração disparar ao reconhecer a voz de Cássio alertando-a sobre deixá-lo em paz definitivamente, caso ela não quisesse sofrer mais dissabores.

Irritada, Liana intentou retornar a ligação para dizer-lhe umas boas verdades, contudo, hesitou. A moça respirou fundo, soltou um riso sarcástico e disse em seguida:

— Isso é o que você deseja, mas não o terá. Vou infernizar sua vida e daquela mulher que escolheu para se casar. Está pensando que sairá ileso da situação? Não vai, não! Seu porco imundo! Eu o odeio! — berrou descontrolada.

Chorando muito, Liana correu para o quarto e atirou-se na cama, socando fortemente o travesseiro a fim de despejar toda a raiva que estava sentindo. Acometida pela crise de histeria, levantou a cabeça e berrou novamente:

— Vou me matar! Não suporto a ideia de vê-lo casado! Ou me matarei ou o matarei! Ele não se casará! Eu juro!

Pensando em Cássio, novamente afirmou:

— Se pensa que se casará com ela, está muito enganado! Acabarei com isso agora! Você não será feliz!

Aturdida por seu desequilíbrio emocional, Liana ria e chorava ao mesmo tempo e pensava em arquitetar um plano para acabar com o casamento do rapaz.

Naquele momento, uma névoa escura envolveu-lhe a cabeça e formas-pensamento negativas intensificaram o ódio e a raiva que a moça sentia por Cássio, bem como potencializou a ideia fixa e obsessiva de vingança e paixão pelo rapaz.

Tomada pelo ciúme, Liana blasfemou, expurgando todo o sentimento de rejeição. Sentia dor de cabeça e enjoo.

Algumas horas depois, a moça, exausta, adormeceu sem saber como sair daquele desequilíbrio emocional. Em estado onírico, no qual a câmara de compensação mental revela todo o entulho emocional (raiva, medo, ansiedade, descontrole e toda e qualquer emoção reprimida), ela viu-se caindo em um precipício e gritando por ajuda. Vozes entoavam algo em seus ouvidos, e, agarrada às paredes úmidas do poço fundo, gritou desesperada:

— Socorro! Tirem-me daqui! Estou dentro deste buraco! Ajudem-me! Socorro!

Esgotada de tanto gritar, Liana silenciou e ouviu nitidamente a voz de Cássio dizendo:

— Eu vou matá-la! Eu juro! Suma de minha vida! Eu a odeio! Eu amo minha noiva!

Aturdida, Liana tentou revidar, mas não teve forças para gritar e tampouco para continuar se segurando nas pedras da parede do poço. Sentiu ser atraída para baixo violentamente e de repente acordou dando um pulo na cama.

Estonteada e sentindo o coração disparar concluiu:

— Nossa! Que pesadelo horrível! Esse desgraçado está me deixando atordoada! Ele não deveria ter feito isso comigo! Eu me vingarei!

Chorando e ainda assustada, Liana virou-se de lado na cama. Tentando acalmar-se, afirmou:

— Amanhã, eu farei alguma coisa para encontrá-lo! Ele não escapará! Não posso perdê-lo!

Ao mesmo tempo que desejava acabar com a vida de Cássio, sentia-se frágil, rejeitada e triste. Lágrimas escorriam pela face de Liana. O mundo para ela havia desabado, pois estava prestes a perder o amor de sua vida.

Agitada, a moça trocou de lado várias vezes na cama e, tensa e irada, olhou diversas vezes para o relógio. Queria que a madrugada passasse rapidamente e esperava inquietamente pelo amanhecer. Tentou driblar o tempo, quando, por fim, decidiu levantar-se para fazer um café fresco. O calor, no entanto, estava intenso, e ela escolheu beber uma cerveja para conseguir relaxar.

Poucas horas antes do amanhecer, Liana, sem perceber que estava alcoolizada, adormeceu sentada no sofá da sala depois de tomar várias garrafas da bebida.

Um período de dores e aflições estava por vir, no entanto, nada mais poderia ser feito até que Liana chegasse à conclusão de que forçar as coisas, impedindo a ação da lei natural do destino, que visa ao aprimoramento individual de cada um, acarretaria para si consequências nefastas. Desprovida de consciência lúcida, promoveria vasto sofrimento, desequilíbrio e desordem emocional.

Muitas pessoas desconhecem a razão de seu sofrimento, contudo, bastaria que observassem em si mesmas as ações cometidas por pensamentos e sentimentos desordenados. O orgulho promove muitas distorções da realidade, pois todo sofrimento requer mudança desse foco. Muitas vezes, o que nos parece tortuoso pode ser a porta aberta que nos convida a iniciarmos a necessária reformulação interior. Poucos, no entanto, se redimem de início;

a maioria escolhe atender aos impulsos primitivos e justificam-se defendendo-se da dor e do desapontamento, desconhecendo que somos nós que precisamos mudar para que a vida se transforme. E jamais devemos nos furtar da responsabilidade de criar nosso próprio destino com as atitudes e a escolha que fazemos.

A inflexibilidade para confrontarmos as situações e encontrarmos uma saída gera comportamentos destrutivos, confusão, irritabilidade e muitos desconfortos emocionais bem como desequilíbrio mental, o que propicia também a interferência de forças negativas que atingem nosso corpo energético, inflamando e rompendo a sintonia com o bem espiritual. Como pensa, viverá!

Como a vida continua e nada se modifica sem nossa permissão, as situações mal resolvidas se repetirão até que saibamos dar um basta e promovamos a mudança interior. O tormento mental é um estágio precário desse aprendizado libertador, pois muitos só se rendem por meio da dor. Depois de sofrerem muito, reconhecem que, de alguma forma, criaram essa condição por ainda estarem na ignorância, que ofusca o esclarecimento e a compreensão. Toda rigidez parte de um estado de teimosia, e, quanto maior for a fixação por conceitos preestabelecidos, mais difícil se torna a compreensão de novas abordagens.

É importante questionarmos se nossa maneira de agir está nos trazendo benefícios ou desgraças emocionais. A felicidade afetiva estará sempre sob o comando de nossas escolhas, por isso, podemos concluir, por meio de nossas experiências negativas, que só o amor constrói e que o ódio destrói todas as possibilidades de reversão positiva. Em face de um conflito emocional, saber lidar com a raiva e com a frustração requer aprendizado, pois essas emoções existem em todos nós, porém, transformá-las sem compreender a razão pela qual acumulamos essas emoções, nunca nos libertará dos conflitos existentes. Algumas situações nos levam ao desespero, contudo, quando caímos no inconformismo, o tempo passa e permanecemos parados em situações que nos magoam. Conservamos o azedume do negativismo e perdemos a chance de nos libertarmos para encontrarmos, assim, a paz e a renovação interior.

Liana conquistara somente emancipação para atingir a independência financeira. Estudara e preparara-se com afinco para ser "alguém na vida", pois, desde a infância, almejava ter melhores condições de vida e não passar as mesmas necessidades que seus pais. Quando se graduou no curso de administração, saiu de sua cidade natal para tentar a vida na metrópole paulistana. Em pouco tempo, conseguiu um emprego de gerente no departamento financeiro de uma conceituada empresa e dedicou-se somente a isso. Não pretendia, a princípio, envolver-se afetivamente e desperdiçar o tempo que usaria para o crescimento profissional, entretanto, questionou mais tarde a razão de nunca ter encontrado alguém para amar e tampouco alguma aventura amorosa. Não gostava de sair sozinha para distrair a mente e não tinha muitos amigos; passava a maior parte do tempo entretida com os afazeres da empresa.

Conhecera Cássio, que era gerente bancário, por meio de contatos para a abertura de uma conta empresarial. Não demorou muito para que eles estreitassem laços de sólida amizade e passassem a almoçar frequentemente. Nesses encontros, conversavam sobre diversos assuntos, e, sempre que podia, Cássio lançava um elogio a Liana sobre sua capacidade profissional e dizia constantemente que ela logo alcançaria o cargo de diretora financeira da empresa. Ela respondia sorrindo que, se isso realmente acontecesse, lhe pagaria um jantar em um dos mais badalados restaurantes da cidade, pois assim teria a chance de passear e distrair as tensões do dia.

A amizade entre os dois fortalecia-se, e eles não continham a vontade de conversarem diariamente, mesmo sem razões comerciais envolvidas.

O tempo foi passando, o ano chegou ao fim, e, como de costume, todos começaram a se preparar para as festas natalinas, inclusive as empresas, que tradicionalmente promoviam eventos de confraternização para funcionários e clientes. Foi em um desses eventos que, enquanto dançavam descontraidamente na festa, os dois trocaram as primeiras carícias. Inevitavelmente, a partir daquele dia, eles tiveram alguns encontros semanais mais íntimos.

Liana apaixonou-se perdidamente pelo rapaz, mas não foi correspondida como desejava. Logo de início, ele avisou-lhe que estava comprometido e que não tardaria a se casar. A princípio, ela não se importou com a situação, entretanto, com o passar do tempo, não conseguiu evitar se apaixonar por Cássio. Percebendo o quanto Liana estava envolvida, ele decidiu romper definitivamente a relação entre os dois, a fim de poupar possíveis dissabores.

Liana chorou muito e não se conformou com a decisão de Cássio, pois esperava que ele a escolhesse como a preferida e largasse a noiva. Ainda tentou seduzi-lo algumas vezes, mas Cássio continuou evitando-a e, por fim, resolveu afastar-se completamente dela, inclusive profissionalmente, indicando outro gerente para assumir os contatos da empresa.

Desorientada, Liana insistiu para que eles conservassem a amizade, pois sentia falta das brincadeiras e chacotas que faziam, bem como dos beijos ardentes que trocavam. O rapaz, contudo, manteve-se firme e não cedeu a qualquer convite vindo da parte dela, afirmando que, mais tarde, ela o agradeceria pela conduta, pois a decisão fora tomada para que Liana não sofresse com a separação em virtude de seu casamento.

Liana começou a desesperar-se, pois não aguentava mais lidar com a falta que sentia dele. Para ela, a vida perdera a graça. Angustiada e depressiva, a moça não conseguia concentrar-se no trabalho, passava a maior parte do tempo pensando no rapaz e tentava desesperadamente contatá-lo por meio de diversas chamadas por telefone. Algumas vezes, Cássio não conseguia fugir de atendê-la, e eles chegavam a trocar algumas palavras. Ele, contudo, logo a dispensava, dizendo não poder continuar a conversa devido ao volume de trabalho.

Percebendo que ele a evitava, Liana resolveu imprudentemente esperá-lo no estacionamento do banco no horário de saída. O rapaz ficou desconcertado quando se deparou com ela e tentou despistá-la fingindo que não a conhecia. Espumando de raiva pela afronta recebida, Liana revidou gritando:

— Hei, Cássio! Por que está fugindo de mim? Está tentando me evitar? Pensa que não percebi? Eu exijo que venha falar comigo agora! Será melhor para você! Não vou medir esforços para me defender desses maus-tratos! Eu não mereço isso, entendeu?

O rapaz ruborizou e respondeu irritado:

— Eu não tenho nada para falar com você. Aliás, eu tinha lhe pedido para se afastar de mim, mas parece que você não entendeu muito bem minha escolha e decisão. Não quero falar com você! É melhor que vá embora e me esqueça de vez!

— Isso não ficará assim tão fácil de resolver! Pensa que vou aceitar isso calmamente? Não vou, não! Não suporto ser tratada desse jeito! Sem consideração e respeito!

Alguns funcionários que estavam saindo da agência ouviram a gritaria e discretamente seguiram sem olhar para o casal, o que irritou ainda mais o rapaz.

— Viu o que está fazendo? Está tentando me prejudicar em meu local de trabalho! Acho bom você sumir daqui e me esquecer!

— Está bem, eu vou embora, mas saiba que voltarei!

Falando isso, ela entrou no carro, saiu buzinando e fazendo gestos obscenos para ele.

Capítulo 2

Já passavam das dez horas da manhã quando Liana despertou e, assustada, levantou-se rapidamente tropeçando nas garrafas vazias de cerveja. Estonteada, reclamou:

— Ai que dor de cabeça! Meu Deus! São dez e meia! Como pude perder a hora? E essas garrafas? Nossa! Eu bebi muito! E tudo por causa de Cássio! Se acontecer alguma coisa comigo, ele pagará muito caro! — blasfemou.

Imediatamente, Liana pegou as garrafas e jogou-as no lixo. Depois, correu para o chuveiro e banhou-se rapidamente. Em poucos minutos, vestiu-se, ajeitou os cabelos, pegou a bolsa e saiu.

O trânsito naquela manhã não estava favorável, e isso contribuiu para que ela ficasse ainda mais irritada, a ponto de abrir a janela do veículo várias vezes e xingar pedestres e motoristas. Visivelmente alterada, Liana desrespeitou vários faróis e por pouco não colidiu seu automóvel com outros carros. Quando, por fim, chegou ao local de trabalho, desceu velozmente a rampa do estacionamento e parou o veículo quase batendo nas colunas do prédio.

Liana entrou no escritório sem dirigir o costumeiro cumprimento cordial aos colegas e, com expressão carrancuda, foi logo ordenando à secretária que lhe trouxesse café e água. Enquanto isso, remexeu em alguns papéis sobre a mesa, assinou alguns contratos e leu recados.

— Com licença, senhora! — solicitou a secretária Valéria.

Sem levantar a cabeça, Liana ordenou:

— Coloque o café aqui na mesa e leve esses contratos para a diretoria assinar. Estou muito atrasada! O diretor já chegou?

— Chegou cedo, mas saiu pouco antes de sua chegada.

— Ele perguntou por mim?

— Não, senhora! Apenas percebi que ele olhou em direção à sua sala, depois chamou o elevador e saiu.

— Tive um contratempo com o carro, e isso causou meu atraso — justificou Liana. Possivelmente terei que sair para fazer algumas visitas. Peço-lhe que, assim que ele retornar, o informe de minha saída.

— Sim, senhora!

— Agora saia e me deixe sozinha. Preciso organizar propostas de contrato para levar aos clientes.

Liana apressou-se com a documentação, pois pretendia abordar Cássio novamente na agência bancária antes da saída do rapaz para o almoço, mas acabou considerando que seria inviável pois chegara atrasada à empresa. A moça resmungou baixinho e, contrariada, decidiu que aguardaria o retorno do diretor, conversaria com ele e depois pretextaria sua saída alegando visitas costumeiras.

Quando os funcionários começaram a sair para o almoço, Liana, impaciente, pensou em telefonar para Cássio e exigir-lhe um encontro no período da tarde, pois, caso contrário, faria um escândalo na agência. Estava disposta a ameaçá-lo e intimidá-lo, porque não aguentaria mais um dia sem tirar a "limpo" a história e mais uma grosseira dele ao deixar-lhe recado. Depois hesitou, pensando que ele escaparia de sua solicitação.

Agitada, Liana deixou que seu corpo escorregasse pela cadeira giratória, cruzou as mãos e ficou ensaiando o que falaria para Cássio e como o convenceria a não se separar dela. Pensou em dizer-lhe que estava disposta a perdoá-lo pelo desrespeito, desde que ele aceitasse sua proposta.

Naquele instante, a moça não conseguiu controlar as emoções e começou a chorar ao se lembrar de cada momento que tivera em companhia dele. Sentiu um aperto no peito seguido de emoções misturadas. Ao mesmo tempo que tinha raiva dele, clamava por seu afeto novamente.

Inconformada, Liana não aceitava perder Cássio para outra mulher, principalmente porque encontrara alguém para amar e por quem se apaixonar perdidamente. Questionou a razão de a vida estar sendo tão cruel com ela, afinal, dedicara-se inteiramente ao trabalho, sem se dar a chance de passear ou namorar. Julgava não ter tido sorte no campo afetivo e, por isso, faria de tudo para acabar com o noivado do casal. Sentia-se traída pelo destino e ao mesmo tempo aprisionada àquela paixão fulminante que a acometia.

Aturdida, Liana notou o quanto aquela situação a deixava vulnerável. Começara a beber muito e já não conseguia manter o equilíbrio acordada ou dormindo. Na noite anterior, tivera sonhos horríveis depois de beber durante toda a madrugada. "Preciso colocar um fim nesta situação, ou coisa muito pior poderia me acontecer", pensou.

Impulsivamente, Liana decidiu ir ao encontro do rapaz. Trêmula e agitada, a moça escreveu um recado para a secretária e justificou sua saída com uma reunião urgente com um cliente conceituado. Descontrolada e aflita, a moça intencionava surpreendê-lo com uma visita inesperada.

Apressada, Liana entrou no carro e ligou o som. Queria descontrair-se um pouco para não demonstrar o quanto estava desesperada. Ao mesmo tempo, pensava no que falaria para convencê-lo a reatar o relacionamento e a não abandoná-la. Angustiada, esboçava palavras desconexas enquanto ensaiava a conversa. Resolveu propor-lhe que continuassem saindo. Aceitaria ser a amante de Cássio, não lhe cobraria nada, esperaria a decisão e a disponibilidade do rapaz para vê-la quando quisesse e estaria totalmente disponível nos horários em que pudessem se encontrar.

Quando parou o carro no estacionamento, Liana respirou fundo e olhou-se no espelho retrovisor. Estava pálida e seus lábios não tinham cor. Agitada, a moça pegou a bolsa, sacou o batom e passou-o nos lábios. Por fim, ajeitou os cabelos e dirigiu-se à porta lateral do estabelecimento.

Assim que entrou no banco, Liana ergueu a cabeça em direção à mesa de Cássio e franziu as sobrancelhas ao se deparar com uma moça loira de estatura mediana, que se despedia do rapaz beijando-lhe a boca. Contrariada, ela arregalou os olhos e resmungou:

— Só pode ser ela!

Sorrindo e acenando para sua noiva Sabrina, Cássio acompanhou-a com o olhar até que ela saísse pela porta principal. Repentinamente, no entanto, ele virou-se para o lado e cerrou o cenho bruscamente quando percebeu que Liana se aproximava. Por fim, simulando estar concentrado, baixou a cabeça e começou a manusear alguns papéis.

Sem se intimidar, Liana gentilmente o cumprimentou e fez-lhe uma saudação. Visivelmente irritado, Cássio ergueu a cabeça, esboçou um riso forçado e respondeu:

— Boa tarde, Liana! O que faz aqui? Por favor, eu lhe peço que não faça um escândalo no meu local de trabalho.

A moça fingiu não entender o que ele dissera e, ironicamente, perguntou com tom ameaçador:

— Não vai me convidar para sentar?

Com expressão contrariada e tentando controlar-se, o rapaz apontou a cadeira e respondeu:

— Seja breve, por favor! Estou muito ocupado e não posso resolver assuntos pessoais em local de trabalho.

— Não vim criar uma confusão e sim lhe fazer uma proposta.

Cássio passou as mãos na testa, suspirou e perguntou:

— Que proposta?

Sentindo o coração disparar, a moça hesitou por alguns minutos e depois concluiu:

— Peço que me ouça com muita atenção... Não precisa me responder agora. Só lhe peço que ouça o que tenho para lhe propor e que, assim que refletir, me dê uma resposta. Certo?

— Pode falar! — disse o rapaz com certa frieza.

Liana inspirou o ar profundamente e com a voz embargada disse:

— Cássio, estou disposta a perdoá-lo... Compreendo que me descontrolei e que isso o irritou profundamente, mas não consigo viver sem sua companhia. Estou perdidamente apaixonada por você e estou disposta a ser sua amante por toda a vida! Eu aguardaria seu casamento acontecer, e depois continuaríamos nossa relação. Você demonstrava ter muito amor por mim, beijava-me ardentemente... Pensei bem e reconheço que seja difícil para você largar sua noiva às vésperas do casamento, por isso, decidi facilitar-lhe as coisas! Poderíamos continuar saindo, e eu juro que nada cobraria de você. Eu esperaria sua decisão e seu desejo de me encontrar e estou disposta a dividir seu amor com sua noiva e futura esposa. O que não posso aceitar é viver sem você! Não aguento mais essa distância! Sei que você teve amor por mim, caso contrário, não teríamos nos encontrado tantas vezes, não é mesmo? Reconheço também que você possa ter se assustado com a situação, pensando que me machucaria, mas isso não acontecerá, porque estou disposta a aceitar qualquer coisa para ficar ao seu lado. Como havia lhe dito, não precisa me responder imediatamente. Pense nisso com calma. Depois, combinamos um encontro para que possamos conversar mais à vontade. É isso que lhe proponho. Não quero atrapalhar seu trabalho. Vou embora — dizendo isso, Liana afastou a cadeira e levantou-se.

Imediatamente, Cássio fez sinal para que ela se sentasse novamente, e, acreditando ter atingido seu objetivo, Liana sorriu e assentiu mais do que depressa. Ele, contudo, segurou-lhe as mãos com certa compaixão e respondeu com firmeza:

— Liana, preste atenção... Primeiramente, peço-lhe desculpas pelo recado grosseiro que lhe deixei ontem. Eu pretendia intimidá-la, visto que você está me sufocando! Compreendo que tenha se apaixonado por mim e justamente por esse motivo decidi me afastar de você. Ou melhor, esse é um dos motivos, pois estou às vésperas de meu casamento e não quero carregar nada da vida de solteiro para meu relacionamento matrimonial. Amo minha noiva e futura esposa e jamais aceitaria uma coisa dessas! Sei que muitos homens procedem dessa forma, mas, no momento, não tenho necessidade disso. O que aconteceu entre nós foi apenas uma bela aventura. Você é uma pessoa maravilhosa, mas eu não a amo e não quero que sofra. Não se iluda nem confunda as coisas. Não escolhi ficar com Sabrina porque estamos com o casamento marcado. Vou me casar com ela porque a amo e é com ela que desejo formar uma família e passar o resto de meus dias. Compreendeu?

Cássio fez uma breve pausa e depois continuou:

— Por favor, não me julgue erroneamente. Fui sincero com você desde o início. Não omiti nem menti sobre minha situação e é por isso que me sinto totalmente confortável em dizer-lhe que está mais do que na hora de aceitar minha decisão e partir para outra. Não perca mais tempo comigo, Liana. Você é muito bonita, e tenho certeza de que em breve encontrará alguém que a fará feliz como merece. Reconheço que para você esta separação é dolorida, pois criou expectativas em relação a mim. Eu, contudo, apenas quis uma aventura devido à nossa afinidade e amizade. Optei por romper nossa amizade para que você possa se desligar de mim, pois do contrário sofrerá mais por não conseguir separar as coisas entre nós. Não adianta tentar me seduzir para vencer a "parada", pois de nada adiantará. Estou decidido. Não sinto sua falta e tanto faz para mim romper nossa amizade. Apenas estou querendo que você não sofra. Entendeu? A gente não manda no coração! Fico lisonjeado com o fato de você ter se apaixonado por mim, porém, isso não aconteceu comigo. Como posso enganá-la? Talvez, futuramente, possamos reatar o contato profissional e, então, daremos muitas risadas de tudo isso.

Liana não pôde conter a emoção e caiu em pranto diante do rapaz, que, apressadamente, se levantou e foi buscar um copo com água para tentar acalmá-la.

Após tomar alguns goles da água, Liana abriu a bolsa, pegou um lenço de papel e, enxugando as lágrimas, respondeu:

— Não aceito! Pelo menos poderíamos nos falar até eu conseguir me desligar dos sentimentos. Não aguentarei ficar sem ouvir sua voz! O que me diz?

— Não, Liana! Acredite, estou sendo duro com você, mas sei o que estou fazendo! Sugiro que desabafe com alguma amiga e tente se afastar de mim. Até mesmo porque eu sairei de férias em algumas semanas e só retornarei após o casamento. Não poderemos nos falar, pois estarei diariamente com minha noiva, ajudando-a com os últimos preparativos de nossa festa. Estou curtindo meu momento e não estou para isso agora, compreende?

Liana torceu os lábios e levantou-se dizendo:

— Não sou descartável! Se pensa que aceitarei isso e o deixarei livre para sua noivinha, está enganado! Isso não se faz! Você é um egoísta e está pensando somente em si mesmo! Não sabe o quanto estou sofrendo e não lhe faria mal algum dispor de alguns minutos para trocarmos uma conversa! Você quer se livrar de mim, porque pensa que ela descobrirá! Não aceito e pronto!

— Você é quem sabe, mas afirmo que perderá seu tempo comigo. Não responderei a nenhum chamado seu e espero não ter problemas com isso. Somos adultos, e não quero complicações... Aliás, não posso mais continuar falando com você, pois percebi que o gerente geral já nos olhou várias vezes. Acho melhor que vá embora e volte para seu trabalho. Procure se distrair até esse desconforto passar. Há de passar, você verá! Boa sorte, Liana!

Com a voz irritada e alterada, ela retrucou:

— Estou mesmo de saída, contudo, eu lhe telefonarei mais tarde. Nós continuaremos esta conversa, Cássio. Não acreditei em nada do que ouvi! Se não sentisse nada por mim, não estaria tentando me evitar! No fundo, você sabe que, se mantivermos a amizade, você não aguentará ficar sem me tocar! Sei que sou muito atraente e que você me deseja, mas está com medo de que eu conte tudo para sua noiva! Aliás, não me custará absolutamente nada fazer isso. Será um prazer ver sua máscara cair diante dela.

— Liana, você está descontrolada! Por favor, mantenha a calma! Já lhe disse que fui e estou sendo verdadeiro com você. Por que insiste em se perturbar? No início de nossa aventura, você se mostrou indiferente quando lhe disse que era noivo e que estava com o casamento marcado. Agora, no entanto, você está distorcendo tudo e se mostrando infantil em questões afetivas. Entenda de uma vez que o que houve entre nós foi somente uma bela e curta aventura, nada mais! Pelo menos, de minha parte, eu lhe garanto isso. Por que tenta dissimular e continuar sofrendo? Não gostaria de vê-la nesse desequilíbrio, porém, serei obrigado a tomar outras providências caso insista nisso.

Aturdida, a moça questionou:

— Que providências? Vai me matar? É isso? Ou quer que eu o mate? Se eu acabasse com minha vida, talvez acabasse logo com esse sofrimento!

Cássio arregalou os olhos, passou as mãos na testa molhada de suor e respondeu:

— Liana, acredito que você deva procurar um médico para poder se acalmar. Você está atordoada! Percebe isso? Eu jamais seria capaz de cometer essa atrocidade! E também não mereço ser ameaçado dessa forma! Por isso, em respeito a seu estado emocional, sugiro que procure imediatamente um médico para ajudá-la a superar essa desilusão.

— Ahhh! Ficou com medo? Saiba que sou capaz de tudo para me vingar! — satirizou sem piedade.

— Bem, pelo que parece, você não quer se ajudar. Peço apenas que vá embora e que reflita sobre tudo o que lhe disse. Não posso continuar esse assunto. Já fui longe demais em lhe conceder tanta atenção! Enquanto você estiver sentindo raiva e desapontamento, tudo o que eu lhe disser será em vão. Eu lhe desejo paz! Por favor, agora precisa ir embora. Eu lhe imploro!

— Está bem. Vou embora, mas não desistirei! Você não terá paz! Eu juro!

Cássio nada mais respondeu, erguendo a mão para despedir-se educadamente. Liana, contudo, virou-lhe as costas e saiu sem dizer-lhe adeus.

Capítulo 3

    Naquele início de tarde, Liana não quis retornar para a empresa, pois não se sentia em boas condições psicológicas devido ao ocorrido. Com a voz embargada e com muita dificuldade para se expressar, telefonou para a secretária, alegou estar muito indisposta e comunicou que por conta disso retornaria ao trabalho na semana seguinte. Depois disso, procurou um lugar onde pudesse ficar sozinha para extravasar suas emoções.

    Chorando compulsivamente, Liana rodou por algum tempo pela cidade. Depois, deixou o veículo em um estacionamento comercial e saiu pelas ruas à procura de um lugar sossegado onde pudesse sentar-se e chorar. Sentia-se sufocada por tanta dor e tristeza, tinha vontade de sumir, desaparecer e morrer e pensava que só a morte pudesse tirá-la daquele sofrimento. Nada mais fazia sentido para Liana, que estava decidida a dar um basta naquela situação. Em sua concepção, acabar com a própria vida seria a coisa mais certa a ser feita.

    Impulsionada pela raiva, Liana pensou em se vingar primeiro da perda do amado para depois cometer suicídio. Sentindo certa coragem naquele momento depressivo, decidiu arquitetar um plano infalível para acabar definitivamente com aquela angústia e com aquele desespero. Suspirou e enxugou as lágrimas, pensando que encontraria a melhor forma de executar seu intento.

Reconheceu que precisava armazenar forças e tempo para isso, pois não poderia ocorrer nenhuma falha.

Absorta em seus pensamentos, Liana teve a ideia de seguir para a Baixada Santista. Gostava de olhar para o mar e sentiu vontade de caminhar pela praia, considerando o quanto isso a ajudaria na elaboração de seu plano. Com a mente mais calma, poderia criar várias estratégias para executar sua vingança contra Cássio.

Decidida, Liana pensou que não deveria perder nem mais um segundo em São Paulo e quis apressar-se antes que voltasse a sentir a profunda angústia e o desespero que a tomavam. De repente, lembrou-se de que poderia ficar alojada no apartamento de sua amiga Cristina. Passaria o fim de semana na praia e relaxaria mais para pensar em alguma solução.

Apressadamente, Liana seguiu em direção ao estacionamento. De lá seguiria ao *shopping center* onde a amiga possuía uma loja de roupas. Sempre que podia, Cristina convidava Liana para visitá-la, mas ela poucas vezes aceitara o convite. Pensou no quanto ela ficaria feliz com a visita inesperada e em também não demonstrar tanto desespero. Não tinha a intenção de contar-lhe suas intenções de acabar com a própria vida.

Quando entrou na loja, Liana foi recebida com muita alegria por Cristina, que imediatamente abraçou a amiga com carinho. Depois dos cumprimentos cordiais, Liana sugeriu que tomassem um café, pois assim poderiam conversar à vontade. Cristina aceitou o convite prontamente, pois percebera que a amiga estava muito abatida e agitada. Ela discretamente a abraçou, e as duas mulheres saíram rapidamente.

Durante o cafezinho, Liana desabafou com Cristina e, detalhadamente, contou-lhe tudo o que estava ocorrendo em sua vida afetiva. Revelou-lhe também que, em virtude dos últimos acontecimentos, necessitava espairecer a mente e gentilmente pediu emprestado o apartamento de Cristina. Alegou que intentava ir à praia, mas precisava de um lugar onde passar o fim de semana para poder relaxar das tensões emocionais. Sem mais questionamentos, Cristina concordou e mais do que depressa procurou confortá-la, estimulando-a ao descanso necessário para conseguir desligar-se daquela situação complicada. Resolveu também acompanhá-la a partir do fim de tarde do sábado, pois dessa forma as duas poderiam dar boas risadas e divertir-se. Acreditava que essa seria melhor escolha para ajudá-la a superar a tristeza e a decepção.

Liana adorou a sugestão da amiga, reconheceu que poderiam se divertir juntas e por um momento distraiu-se da ideia de vingança. Gostava da companhia de Cristina e sentiu certo entusiasmo. A sexta-feira seria bem diferente para ela, pois partiria para o descanso emocional e mental de que tanto necessitava.

Mais animada, sentiu fome e, ainda em companhia da amiga, fez um pequeno lanche para depois seguir viagem. Quando se despediram, Cristina abraçou Liana e desejou-lhe uma excelente viagem, pois tinha certeza de que ela fizera a opção certa de afastar-se do trabalho para um descanso emergente. Liana, então, voltou para casa, ajeitou seus pertences na mala e partiu rumo ao litoral paulistano.

Sozinha na estrada, Liana só tinha um pensamento: reverter aquela situação a qualquer custo. Precisava encontrar um jeito de cativar o amado e de continuarem o relacionamento. Caso contrário, acabaria com a vida dele e, em seguida, com a própria vida.

Uma hora depois, ela chegou à porta do prédio onde iria se instalar. O apartamento ficava no sexto andar e tinha vista para o mar. Liana sorriu ao abrir a porta da sacada e, fixando olhar para o balanço das ondas, respirou fundo e disse:

— Que bela ideia eu tive! Ainda bem que Cristina me concedeu essa oportunidade de vir para esta maravilha de lugar! — Liana disse isso, trocou de roupa rapidamente e saiu rumo à beira-mar.

Depois de caminhar por uma hora, Liana sentou-se em um quiosque para tomar água de coco. O calor estava intenso, e ela sentia-se bem mais animada, embora tenha chorado discretamente a perda do amado durante a caminhada. Pretendia ficar ali sentada até que sentisse vontade de retornar para casa. Faria-lhe bem refletir, e ela intencionava esgotar os pensamentos para conseguir dormir em paz. E assim ficou por algum tempo olhando o movimento das ondas do mar e, sem que pudesse controlar as emoções, chorou copiosamente sentindo a falta do rapaz. Lembrou-se dos carinhos trocados, dos beijos e das palavras de amor, mas, enciumada, cerrou o cenho ao se lembrar da noiva beijando-o com carinho. Sentiu raiva, jurou que acabaria com a felicidade do casal e, agoniada, disse em voz alta:

— O que posso fazer? Não consigo esquecer esse homem! Que praga! Estou certa em acabar com tudo, pois só assim terei paz!

De repente, Liana notou que algumas pessoas vestidas de branco carregavam flores e caminhavam em direção à beira-mar. Enquanto faziam uma roda de mãos dadas e cantavam lindas melodias, ela observava seus movimentos.

Liana já conhecia aquele tipo de ritual na praia realizado por grupos umbandistas, porém, nunca se permitira chegar mais perto. Respeitava, mas tinha medo de envolver-se com aquele tipo de coisa.

A moça percebeu que o grupo começara um ritual e, receosa, sentiu arrepios percorrerem seu corpo. Estranhamente e sem que pudesse controlar-se, caminhou silenciosamente para um ponto mais próximo deles. Curiosa, ela começou a obsevar cada detalhe do ritual. Havia muitas flores, velas acesas, e todos cantavam com fervor.

Algumas pessoas que caminhavam pela praia também pararam para assistir à cerimônia, enquanto um homem vestido de branco adentrava na tenda erguida. Ele, por fim, sentou-se em um banco e chamou algumas pessoas para falar-lhes. Uma grande fila formou-se, e parecia que todos ali aguardavam ansiosamente pela vez do atendimento.

Liana observava atentamente o homem e percebeu o carinho dele com uma senhora que chorava muito. Logo depois de ser abraçada por ele, a mulher conseguira se acalmar. Liana pensou em sua situação e teve vontade de falar-lhe, imaginando que ele pudesse ajudá-la na questão que a atormentava, no entanto, resolveu aguardar e ficar apenas olhando.

Meia hora depois, o homem levantou-se e inesperadamente olhou para a direção de Liana. Sorrindo, acenou com as mãos pedindo que ela se aproximasse. A moça arregalou os olhos e sentiu o coração disparar, contudo, não respondeu de imediato. Ele continuou acenando e sorrindo até que, por fim, ela decidiu atender-lhe o chamado.

Cabisbaixa, Liana chegou bem perto do homem, que rapidamente avançou para um ponto mais perto dela e disse:

— A moça está muito triste e com pensamentos perigosos, não está? Quer ajuda, minha filha?

Liana arregalou os olhos e assustou-se com o diagnóstico preciso a seu respeito, mas não conseguiu responder; apenas colocou as mãos no rosto e desabou a chorar. O homem, que estava envolvido por uma entidade espiritual, abraçou-a carinhosamente e pediu:

— Desabafe, minha filha! Chorar faz bem para a alma! Não tenha medo! Aqui, nós trabalhamos para o bem da humanidade em nome do mestre Jesus!

A moça continuou a chorar compulsivamente até que, aos poucos, foi serenando e começou a sentir-se mais aliviada. A entidade espiritual, então, alertou:

— Olhe, filha, você tem que deixar esse moço ir embora. Seu destino é outro, e você será feliz! Apenas precisa aguardar! Deixe-o ser feliz, não fique desgostosa, não! Temos que compartilhar as coisas com quem gosta de nós, compreendeu? Você tem que aprender a gostar mais de si e a não se perder de amor por ninguém. Não pode mais viver enrolada com tanta ilusão! A moça já sofreu muito, traz amargura de outras vidas e precisa aprender a evoluir. Já viveu muito perdida por aí, mas, se permitir, eu poderei ajudá-la! Você quer minha ajuda? Vou ensiná-la a não sofrer mais e a ser feliz de verdade! A moça aceita?

Liana enxugou as lágrimas e respondeu aos soluços:

— Ajude-me a ficar com ele, pois não posso aguentar essa distância! Não aceito que ele me abandone desse jeito, não sou descartável! Estou perdidamente apaixonada por esse homem e não sei viver sem ele. Por favor, traga-o para mim! Eu lhe pagarei o que o senhor desejar. Por favor, atenda-me!

— O que é isso, moça? Não presta se rebaixar assim! Você precisa se levantar e não cair de vez! Deseja que um homem fique forçado ao seu lado? Acha mesmo que pode ser feliz desse jeito? Sua vida vai virar de cabeça pra baixo e a dele também. Nunca force as coisas para ser feliz, não caia nessa não! Sorte sua que me encontrou e que eu posso alertá-la! Agora, você tem que tomar uma decisão. Se não conseguir deixar esse moço ir embora, cairá numa cilada! É melhor ouvir o que lhe digo! Deixe o passado e siga em frente. Tome juízo, filha! Nunca interfira nas leis da vida! Eu nunca faria algo pra um filho se perder. Estou aqui para ajudar e não pra desgraçar a vida de ninguém! Vou ajudá-la se você permitir; caso contrário, apenas farei um pedido a Deus para que a filha não caia no lamaçal que desvia os propósitos do espírito.

— Mas ele gosta de mim, saímos várias vezes! Tenho certeza de que ele não tem como escapar do casamento marcado. Ele gosta de mim, preocupa-se comigo. Não quer que eu sofra! Ajuda-me!

— Eita! A filha está perturbada mesmo! Você ouviu dele a verdade e não quer aceitar a realidade das coisas. Tá querendo se enganar e ainda quer acabar com a vida dele e com a sua? Ora, você tem que acordar! Não presta pensar desse jeito, não! Você precisa se acalmar! Ouviu, filha? Então, quer minha ajuda para sair dessa situação ou não?

Liana ruborizou-se e, estupefata, pensou: "Como esse homem sabe de minhas intenções para com Cássio?". Com a voz trêmula, respondeu:

— Estou precisando sair disso! O senhor está certo! Eu realmente estou pensando em acabar com minha vida, mas somente depois de me vingar tirando a vida dele... Estou desnorteada. Nunca pensei numa coisa dessas, contudo, essas ideias não saem de minha mente. Acredito que só assim terei paz! — Revelou, demonstrando acentuada fragilidade.

— E você acha mesmo que se livrará do problema agindo dessa forma? Percebo que a filha não conhece as leis espirituais e desconhece que a morte acontece apenas no corpo físico. Acha que terá paz se fizer isso? Se optar mais uma vez por isso, terá um inferno a percorrer... Outrora, você não quis se ajudar e percorreu muitos anos na escuridão. Agora que tem outra chance de aprender a evoluir, vai querer se perder novamente? Não percebe que está com o orgulho ferido e que não consegue se livrar disso? Você está precisando de ajuda para crescer emocionalmente e limpar esse passado doloroso. Chega de repetir a mesma história! Você não tem mais tempo, não! As coisas estão andando rápido demais, e você não está acompanhando a evolução. Compreendo e respeito sua situação, mas preciso alertá-la: está mais do que na hora de mudar, minha filha! Chega de sofrimento!

Liana novamente desabou a chorar. Não compreendeu prontamente do que se tratava e apenas registrou que precisava parar de sofrer.

— Você quer mudar e aprender a se livrar de tudo isso? O que me diz?

— Sim, eu quero! Por favor, me ajude! Parece que vou enlouquecer!

— Não vai, não! Se você decidiu mudar, nós vamos ajudá-la. Confie! Você terá de ser forte para enfrentar sua dor e com isso poder transformar esse negativo que há dentro do seu coração e de sua mente. Posso ajudá-la a aprender muitas coisas, minha filha! Tá precisando vencer a si mesma, viu? Deixe esse orgulho ferido de lado e se abra para as verdades do espírito!

Liana sentiu-se desfalecer e experimentou uma sensação de desmaio. A entidade espiritual imediatamente colocou a mão na cabeça da moça e, rezando, rogou equilíbrio e transformação ao Criador para que ela pudesse se libertar dos conflitos e de toda a influência espiritual negativa que a envolvia. Aos poucos, a moça foi melhorando e sentiu um notável alívio.

A entidade prosseguiu:

— Vamos começar tudo com uma boa limpeza energética, e você terá de fazer exatamente o que eu lhe disser, certo? — E virou-se para a mulher que o auxiliava e pediu uma rosa branca.

Rapidamente, a moça atendeu-lhe o pedido.

— Filha, isso aqui é para você levar para casa e colocar perto de sua cama. Antes de dormir, reze pedindo "libertação do passado afetivo", pois isso está muito mal resolvido em sua história. Deus permita que você se liberte para que eu possa ajudá-la a aprender algumas coisas. Coisas que a farão crescer e a auxiliarão a modificar os pensamentos. A partir disso, você percorrerá novos rumos e se encontrará de verdade. A filha tem ajustes a fazer e, por meio da mediunidade e com estudo, poderá aprender a reformular os comprometimentos impensados do passado. Só assim alguns "companheiros" menos evoluídos poderão libertá-la de vez! Além disso, se eles quiserem, também serão libertados! A filha precisa ser mais forte e firme! Caso contrário, através de muitas manipulações mentais, eles insistirão para que você ceda ao negativo e continue nas mãos deles. Sua libertação dependerá do seu fortalecimento emocional, porque, quando mudamos a sintonia, esse povo desmiolado perde o acesso! Se a filha não se deixar levar, poderemos conversar com eles e ordenar que se afastem! Mas, se você ceder ao orgulho e à teimosia, sofrerá muito! Eles insistirão, mas você será mais forte! Vou ajudá-la nesta libertação, desde que aceite aprender a conduzir seus pensamentos e suas ações dentro das leis divinas e desde que não vacile dando margem aos instintos primitivos. Tá na hora de aprender de outra forma! Com isso, posso enfrentá-los, e, se não quiserem seguir para o caminho do bem, eles ficarão com total responsabilidade pelos acertos, e a filha se libertará de vez!

A entidade fez uma breve pausa e depois continuou:

— Caso queira aprender a ter mais firmeza, me procure na tenda onde fazemos os trabalhos espirituais. Assim, a filha ficará envolvida pela energia da casa, e será mais fácil trabalhar para seu crescimento emocional e sua libertação espiritual.

Liana ouviu tudo atentamente, mas não compreendeu o que significava "possíveis inimigos do passado". Pensou que estivesse perturbada emocionalmente, pois desconhecia o assunto. Evidentemente, também não sabia o quanto atraímos sintonia mental poderosamente negativa, quando estamos presos a coisas mal resolvidas... Aturdida em sua questão pessoal, ela ousou perguntar:

— Não entendi. O que devo fazer depois de colocar a rosa perto de mim? Quem são as pessoas que querem me prejudicar?

A entidade abriu um leve sorriso e respondeu:

— Reze pra Deus libertá-la do passado mal resolvido! Reze, reze com muita fé, porque sem fé ninguém consegue nada... Essa será sua primeira lição! Já ouviu falar que a fé move montanhas?

Liana assentiu movimentando a cabeça.

— Então, tenha fé! Com o tempo, a filha compreenderá tudo isso e muito mais! Por enquanto, mantenha-se firme e com bons pensamentos! Rejeite todo e qualquer pensamento ruim, entendeu? Seja firme e forte, minha filha! E não caia na vaidade só pra defender o orgulho ferido, pois terá muita dor e muito sofrimento pela frente. Entendeu?

— Tentarei não pensar mais nisso... Espero conseguir me livrar dessa dor... Conto com sua ajuda!

— Muito bem! Apenas siga minha orientação e, quando o pensamento ruim vier à mente, tente negá-lo e rapidamente pense em coisa boa. Não se entregue ao negativo e, se sentir desespero, pense que tudo isso também passará. Aguardarei a filha me procurar na tenda pra continuar o assunto. Lá, você receberá outro tratamento espiritual e com isso ficará sob nossa guarda. Tudo, no entanto, dependerá do quanto você quer se ajudar... A escolha é sua! Agora, vou me despedir da filha e de todos os filhos daqui. Desejo-lhes muito amor e muita fé para que sejam abençoados em nome de Jesus e de todos os caboclos e índios das matas. Deus abençoe esses filhos daqui e de todo o mundo — dizendo isso, o homem chacoalhou o corpo, desprendendo-se da entidade comunicante.

Posteriormente, Liana recebeu o convite de uma mulher para que fosse à tenda espiritual participar dos trabalhos semanais. Ela agradeceu, mas nada respondeu e gentilmente se despediu, levando consigo a rosa branca ofertada pela entidade espiritual.

No caminho de volta, Liana sentiu-se mais aliviada e pareceu-lhe que havia tomado um calmante. A moça quis lembrar-se de todas as orientações que recebera, mas não conseguiu recordar-se. Quando chegou à casa da amiga, seguiu as orientações do guia espiritual e colocou a rosa no criado-mudo ao lado da cama. Tomou um banho e, sentindo-se cansada, resolveu dormir. Ansiava por uma merecida noite de sono, pois havia dias não conseguia relaxar devidamente. Sentindo-se mais leve, bocejou várias vezes e adormeceu.

Liana desprendeu-se do corpo físico e viu-se correndo angustiada por uma estrada de terra cercada por grandes árvores.

Segurando uma rosa branca em uma das mãos, sentiu o cheiro das matas ao redor e surpreendeu-se ao ouvir um assobio que vinha de dentro da mata. A moça parou de correr, e o assobio ficou mais intenso. Folhas balançavam ao vento, e ela não conseguia mover-se. Inesperadamente, surgiu à sua frente a figura de um índio envolto numa luz de forte intensidade, e Liana teve de fechar um pouco os olhos, devido à claridade que se formara ao seu redor.

O índio fixou os olhos em Liana e, sorrindo, disse:

— Isso mesmo, filha! Você fez tudo certinho! Agora, começará a ser tratada. Não desanime e mantenha o pensamento firme no bem. Sua paz não tardará a voltar! Não se esqueça de não se deixar iludir por outras coisas que virão ao seu encontro, pois esse será seu teste de firmeza. Tudo parecerá muito fácil de arrumar, mas é uma cilada para você cair novamente nas garras deles. Não se iluda! Caboclo trabalhará para você ficar do lado do bem. Assim, você vencerá e encontrará a felicidade verdadeira. Não se esqueça disso, porque esse caboclo nunca a esquecerá... Ouviu, filha?

Liana sentiu um leve torpor envolvê-la. O vento aumentou, e a luz, antes intensa, foi diminuindo assim como o bater das folhas. Ela, então, percebeu que o caboclo voltara para a mata, enquanto ela, estática, permanecera ali por mais alguns minutos.

Segurando a rosa nas mãos, Liana continuou a caminhar pela estrada de terra. Não sabia onde estava, mas sentia que tinha de continuar a andar. De repente, ela avistou uma luz acesa ao longe, que vinha de uma casa bem pequena. Resolveu ir até lá, pois queria saber quem morava ali. Apertou os passos e rapidamente chegou ao local.

Quase perto da porta de entrada, Liana ouviu vozes de um casal que parecia estar brigando. Ela escondeu-se atrás de uma árvore para verificar o que estava acontecendo e conseguiu ouvir mais nitidamente a voz de um homem dizendo:

— Vou-me embora! Não aguento mais este lugar! Quero viver na cidade grande, e você não poderá ir comigo. Vou deixá-la na casa de sua mãe até que essa criança indesejada nasça. Não posso ficar nem mais um dia aqui. Já decidi que nada nem ninguém atrapalhará meus planos. Você conseguirá se virar muito bem e mais tarde arrumará outro homem com quem se casará. Um homem que cuide de seu filho.

— Nosso filho! — gritou a mulher demonstrando indignação.
— Você não tem coração! Vai me deixar para viver sua vida, seu egoísta! Não tenho culpa de ter engravidado. Nunca poderia imaginar que você me largaria aqui sozinha neste fim de mundo. Você não tem sentimento algum por mim ou por essa criança que vai nascer. Que homem se casará comigo sabendo que carrego um filho? Minha mãe está muito velha e, se eu for para a casa dela, nunca mais poderei sair até que ela morra...

— Não tenho nada a ver com isso! Meus planos eram outros, mas agora, com essa criança atrapalhando tudo, não poderei levá-la. Entendeu?

— Então mude seus planos e tente a vida num lugar mais próximo daqui, pois assim não precisaremos nos separar e você terá a mim e a seu filho para encorajá-lo. Seremos felizes!

— Não! Já disse que não! Você viverá aqui, e eu não voltarei tão cedo! Agora mesmo seguirei minha jornada. Não tenho nada para levar daqui: roupas, você ou essa criança. Vou-me embora e pronto!

Atordoado, o rapaz saiu rapidamente, porém, não chegou a passar pelo portão de saída. Caiu no chão, vítima de um tiro que fora disparado de um dos lados da pequena casa.

Quando ouviu o disparo, a mulher, que choramingava dentro da casa, saiu apressadamente para ver o que tinha acontecido.

Deparando-se com o homem que ela amava caído no chão a alguns metros da casa, a mulher gritou desesperada:

— Meu Deus! O que você fez, meu amor?

Chegando mais perto, a mulher percebeu que o marido não se matara, mas que fora assassinado!

— Não pode ser! Quem fez isso? Por que mataram meu amor? Eu também quero morrer! — berrou.

Descontrolada, a mulher atirou-se em cima do corpo do homem ferido. Depois, ergueu a cabeça e olhou ao redor. Colocando as mãos no ventre e sentindo o coração acelerar ainda mais, ela teve medo quando notou uma figura encapuzada que vinha de dentro da mata ao seu encontro e lhe apontava uma espingarda.

Em pânico, a mulher implorou:

— Por favor, não me mate! Estou grávida! Por mim eu nem me importaria, pois acabo de perder o amor de minha vida, mas ele me deixou esse filho que carrego no ventre. Não me mate! Deixe-nos viver! Eu lhe imploro!

Segundos depois, dois tiros certeiros atingiram a moça, que caiu gravemente ferida ao lado do rapaz. Com a respiração em fase terminal, a jovem deu o último suspiro quando conseguiu entrelaçar uma de suas mãos no braço do amado.

Liana sentiu pânico e um aperto no peito. Sem ter noção do que se passava, desabou a chorar e, soluçando muito, retornou para o corpo físico.

Após despertar com um sobressalto assustador, Liana, com os olhos arregalados e lacrimejantes, foi lentamente retomando a consciência. Passando a mão na face, sentiu que transpirava intensamente e, com a pulsação ainda acelerada, olhou para os lados para certificar-se de que estava no apartamento da amiga. Liana suspirou aliviada, sentou-se na cama e acendeu a luz. Enxugando as lágrimas com uma das pontas do lençol, disse:

— Meu Deus! Outro sonho horrível! Estou atordoada! — Respirou profundamente e foi acalmando-se aos poucos.

Liana sentiu sede e resolveu levantar-se, desejando esquecer-se do sonho. Foi até a cozinha para tomar um pouco de água e depois se debruçou na sacada da sala. Olhando para o mar, desejava retomar um pouco o equilíbrio, mas as cenas do homicídio borbulhavam em sua mente. Querendo entender o que acontecia, questionou-se em voz alta:

— O que foi aquilo? Estou desesperada, não consigo relaxar enquanto durmo... Ou será que é consequência do que ouvi daquele caboclo? Acho que fiquei impressionada com a orientação dele. Por isso não gosto de mexer com essas coisas! Ele falou de meu passado mal resolvido... Certamente, me deixei envolver e misturei tudo! Abalada emocionalmente do jeito que estou, só poderia ter pesadelo mesmo. Deve ter sido isso! — concluiu.

Mais calma, Liana fixou o olhar nas ondas do mar e deixou-se embalar pelo barulho do movimento das águas. Pouco depois, a cena dos homicídios dissipou-se, e ela lembrou-se da parte do sonho em que encontrara o índio. Liana, no entanto, tornou a desviar os pensamentos para o mar e novamente considerou que tudo aquilo era fruto da conversa que tivera com a entidade espiritual.

A moça não quis voltar para o quarto e tentar dormir novamente, pois sentia medo. Algumas horas depois, percebeu que já amanhecia e resolveu tomar outro banho, pois o calor estava intenso. Pensou também em fazer um café e ir à praia. No final da tarde, se encontraria com Cristina, as duas conversariam, e ela se sentiria mais fortalecida e menos impressionável.

Durante o dia, apesar de a maresia a deixar relaxada, Liana não conseguiu anular completamente as imagens do pesadelo que tivera na noite anterior. Uma vez por outra, vinham-lhe à mente as cenas do casal assassinado. Ela arrepiou-se ao se lembrar do pânico que vivenciara, no entanto, procurou distrair-se para não ficar deprimida. Tomou água de coco, comeu alguns petiscos e ali permaneceu até o final da tarde. Algumas vezes, sentiu um vazio no peito e ao mesmo tempo uma forte vontade de telefonar para Cássio, mas conseguiu controlar-se e desistir da ideia. Resolveu que esperaria a amiga chegar; pediria a Cristina que a aconselhasse sobre qual conduta deveria tomar. Além disso, pensou na orientação da entidade espiritual, que lhe dissera para deixar o romance com Cássio para trás, pois, caso contrário, não seria feliz e cairia em um lamaçal de dor sem fim.

Pensamentos diversos acometiam-na e a ansiedade de se encontrar com Cristina crescia. Liana acreditava que a amiga certamente lhe indicaria a melhor solução dali para frente. Confiava nela, pois a moça sempre lhe parecera muito equilibrada emocionalmente.

Eram 17 horas, quando Liana resolveu retornar para o apartamento. Faminta, parou em uma padaria e pediu alguns frios, refrigerante e pão de forma. Faria um lanche rápido, cochilaria um pouco e aguardaria a amiga chegar. Provavelmente, sairiam para jantar, e Liana pensava em convidá-la para caminhar na praia, onde lhe contaria tudo a respeito da orientação do guia espiritual.

Liana pensou que o encontraria no mesmo lugar, mas lembrou que ele lhe dissera para procurá-lo durante a semana na tenda espírita. Lamentou não ter a disponibilidade para ir até lá semanalmente, visto que morava em São Paulo, contudo, temia continuar mexendo com essas coisas, pois não gostava de prender-se a nenhuma religião.

Durante a infância, Liana chegou a fazer a primeira comunhão, contudo, desligou-se na adolescência dos preceitos católicos e nunca mais pisou em uma igreja. Nos momentos de angústia, pedia ajuda a Deus por força do hábito, porém, duvidava de sua existência. Não acreditava em um Deus sentado no trono, guiando a humanidade. Achava que era coisa de gente ignorante a ideia de prender-se a um Deus imaginário, porém, considerou que o desespero fazia as pessoas aceitarem qualquer coisa para se livrarem da dor — exatamente como ocorrera com ela. Sentindo-se impotente e desesperada, chegou a romper com seus princípios e a pedir ajuda para aquela entidade espiritual. Não pôde duvidar também da veracidade da orientação que recebera, pois tudo o que ouvira fazia muito sentido; a entidade dissera-lhe coisas que se passavam com ela. Liana divagava: "Se não conheço as pessoas daqui e elas muito menos me conhecem, como ele falou exatamente o que eu estava sentindo e pensando?".

Aturdida pela confusão mental, disse em voz alta:

— Então, o espírito não fica adormecido depois da morte física! — Arrepios percorreram o corpo de Liana, que estremeceu.

Ela lembrou-se em seguida das frases proferidas pelo guia espiritual, que a alertara sobre os problemas não desaparecerem depois da morte do corpo físico e que dissabores maiores surgiriam. Recordando-se disso, Liana novamente sentiu fortíssimos arrepios por todo o corpo e atentou para o fato de que realmente conversara com um "espírito" por meio daquele homem.

— Ah! Quer dizer que, se eu me matar ou matá-lo, não terei paz! Mas ele também não ficará com ela!

Nesse instante, uma forte tontura acometeu Liana a ponto de fazê-la apoiar-se na cadeira para não cair. A dor da angústia parecia-lhe ter voltado. A moça, então, respirou fundo e novamente pediu ajuda ao guia espiritual. Com as mãos na cabeça, soltou um grito inesperado:

— Eu não aceito essa traição, mas também não quero pensar nisso! Preciso dominar essa raiva, essa angústia. Pelo amor de Deus, me ajude! Eu não aguento mais sentir essa dor! Ajude-me!

Liana chorou compulsivamente até que, aos poucos, foi serenando e se recompondo. Por fim, ficou aliviada, pois não gostaria que Cristina a visse desesperada.

A moça levantou-se e foi pegar um pouco de água, mas sobressaltou-se com o toque do telefone. Com o coração acelerado, correu para atender à ligação; era Cristina avisando que estava a caminho. Imediatamente, ela apressou-se em ajeitar a cozinha para deixar tudo limpo. Sentiu certa ansiedade, contudo, pensou que a companhia da amiga lhe faria muito bem. Eram amigas desde a adolescência, trocavam todas as experiências individuais, e sabia que poderia contar com a ajuda dela. E tratou de se recompor rapidamente para recebê-la bem mais animada!

Capítulo 4

Cássio não tivera uma boa noite de sono devido ao dissabor pelo confronto com Liana. Indisposto e com fortes dores de cabeça, sentia-se extremamente preocupado com o desequilíbrio da moça. Resmungando, levantou-se e dirigiu-se ao toalete. Quis banhar-se rapidamente, pois o dia seria intenso e ainda teria de lidar com os preparativos do casamento.

Vestiu-se ligeiramente, pegou a carteira e colocou-a no bolso traseiro da calça. Checou as mensagens na secretária eletrônica para saber se havia alguma de Sabrina e suspirou aliviado quando constatou que não. Provavelmente, ela ainda estava se arrumando, o que lhe deu tempo para tomar um comprimido para aliviar a dor antes do café matinal.

Dona Neusa, a mãe de Cássio, cumprimentou o filho com um largo sorriso nos lábios e desejou-lhe um bom-dia. Notando que o rapaz não retribuíra o gesto alegremente, comentou:

— Ora, ora, com este dia lindo de sol, você não me parece animado. Dormiu bem, meu filho?

— Infelizmente, não! Tive alguns aborrecimentos no trabalho e acordei indisposto e com muita dor de cabeça. Já tomei um analgésico e logo mais estarei melhor...

— Coisas que acontecem na proximidade do casamento! O nervosismo aumenta, mas você vai melhorar, meu filho! Procure relaxar um pouco para não ficar tão tenso.

— Pode ser. Reconheço que estou um pouco tenso. Tomara que o comprimido tenha um efeito rápido, pois o dia será corrido e não sei se conseguirei relaxar. Eu e Sabrina faremos as últimas compras para a decoração do nosso apartamento. Estou ansioso para terminar tudo rapidamente.

— É assim mesmo! Os últimos preparativos são terríveis, mas depois vocês terão o descanso merecido, farão a viagem de seus sonhos, e tudo voltará ao normal.

— Assim espero! — disse o moço depois de tomar um gole de café.

— Cássio, você poderia fazer um favor para mim? — perguntou a mãe.

— O quê? — respondeu mal-humorado...

— Preciso de uma carona até o supermercado lá do centro, pois somente lá encontro verduras frescas. Não vou atrapalhá-lo?

— Claro que não, vou passar em frente. Já está pronta? Podemos sair? — perguntou impaciente.

— Quase! Espere só um pouquinho, controle a ansiedade! Preciso pegar a bolsa e o dinheiro — redarguiu.

Cássio permaneceu sentado à mesa do café aguardando a mãe, enquanto seus pensamentos fervilhavam na mente. Refletia sobre o desequilíbrio de Liana e sentia-se indignado com a proposta que ela lhe fizera e com a raiva que ela demonstrara estar sentindo dele a ponto de ameaçá-lo de morte. "Como ela pôde falar uma coisa dessas?", pensou indignado.

Impaciente, Cássio levantou-se, tomou um gole de água e bocejou. Estava visivelmente temeroso e perturbado, quando disse em voz alta:

— Só falta essa mulher ficar mais atormentada e tentar prejudicar meu relacionamento com Sabrina. Se isso acontecer, nem sei do que seria capaz!

Sentindo muita raiva e com notável preocupação, Cássio tentou desviar-se dos pensamentos nefastos. Recompôs-se rapidamente para encontrar a noiva, tentando esquecer-se por alguns momentos de todos aborrecimentos que Liana lhe causara.

Neusa interrompeu a reflexão do rapaz e perguntou:

— Podemos ir? Estou pronta!

— Oh, sim! Vamos sair rapidamente, pois não quero me atrasar — respondeu ligeiramente, tentando não deixar transparecer a preocupação que o acometia.

No caminho, os dois foram conversando a respeito da compra de algumas peças de decoração. Neusa, entusiasmada, deu algumas dicas para o filho para que ele pudesse economizar e indicou os lugares mais em conta para aquele fim.

Cássio olhou para a mãe e sentiu vontade de abrir-se e contar-lhe tudo sobre Liana. Temia que a moça fizesse alguma besteira, por ter ficado enciumada e principalmente por ele ter dado um basta na relação. Entretanto, como estavam chegando ao local onde ele deixaria Neusa, considerou ser imprudente falar-lhe a respeito do assunto naquele momento. Despediu-se, então, dando-lhe um beijo no rosto e seguiu rumo à casa de Sabrina.

Minutos depois, Cássio parou em frente à bela casa onde a noiva residia e, sem desligar o motor do carro, tocou a buzina duas vezes. Era notável a impaciência do rapaz.

Sabrina recebeu-o sorridente, entrou no carro e beijou-lhe os lábios com fervor. A moça estava radiante, muito atraente e usava um vestido azul que realçava a cor de seus olhos, contrastando com o louro claro de seus cabelos cacheados.

Cássio desligou o carro após elogiar a beleza da noiva e beijou-a ardentemente. Depois, tornou a ligar o veículo e saiu em disparada.

Durante o trajeto, o casal trocou carícias enquanto conversava. Inesperadamente, Cássio segurou firme nas mãos de Sabrina e disse:

— Meu amor, quero que saiba que você é a única mulher que eu amo e que estou muito feliz por tê-la, em breve, como minha esposa e futura mãe de meus filhos. Eu a amo muito!

— Eu também o amo. Nada será mais importante para mim do que viver para sempre ao seu lado. Estou muito feliz e peço a Deus que nos proteja, nos abençoe e que perpetue nossa felicidade.

— Isso mesmo, querida! Peça a Deus que nos proteja e mantenha nossa vida com paz, harmonia e tranquilidade. Nada há de atrapalhar nossa união! Ninguém poderá se intrometer em nossa vida!

Sabrina estranhou a atitude do noivo e reforçou:

— Claro que não! Estamos muito felizes e permaneceremos assim por muitos e muitos anos! Basta que saibamos conservar o respeito e a harmonia entre nós quando as diferenças surgirem, pois, com o tempo, a rotina pode chegar... Mas isso está bem longe! Ainda teremos muito tempo para superar qualquer dissabor que surgir, e o principal nós temos: o amor! Com isso, será muito fácil inovarmos e incrementarmos nossa relação. Seremos eternos namorados. Entretanto, não precisamos nos preocupar com isso agora. Vamos curtir intensamente a nossa felicidade. Não há nada a temer!

— Concordo, meu amor! Não há nada a temer! — Cássio repetiu com tom firme de voz.

Percebendo a reação do noivo, ela questionou:

— Aconteceu alguma coisa desagradável? Você me parece preocupado. Estou enganada?

— Não, você está certa. Percebo que me conhece muito bem, Sabrina. Nada muito sério, apenas alguns contratempos no serviço. Estou tão feliz que não quero que nada me atormente, pois quero viver esses momentos com intensidade, afinal, é a primeira vez que irei me casar! — desconversou sorrindo.

— Então, como somos "marinheiros de primeira viagem", estamos no mesmo barco! — complementou Sabrina.

Cássio procurou dispersar os pensamentos negativos e, aproveitando que a dor de cabeça cessara, tentou se envolver com os afazeres em companhia de sua amada, por certo, o assunto que o envolvia com Liana, para ele já estava acabado e o melhor seria manter a firmeza em sua decisão até que ela se cansasse e o deixasse em paz.

No fim do dia, os dois estavam exaustos, e Cássio sugeriu que eles descansassem no domingo. O rapaz justificou-se dizendo que não estava disposto a passar o dia arrumando as coisas no apartamento, pois precisava relaxar e queria reservar o domingo inteiro apenas para namorar. Sabrina, mais do que depressa, aceitou o convite do noivo e sugeriu que passassem o dia na praia. Descansariam à tarde e à noite e voltariam bem cedo à capital na segunda-feira.

— Ótima ideia! Vamos para meu apartamento. Passaremos um ótimo domingo! Aliás, um excelente domingo! — disse, piscando para ela.

— Combinado! Sairemos antes do amanhecer, pois pretendo estar na praia logo pela manhã.

— Perfeito! O que acha de passarmos em sua casa agora? Você arruma suas coisas e dorme lá em casa, pois, se o cansaço tentar nos impedir, ficará mais fácil de um acordar o outro.

— Devido a essa correria, estamos precisando relaxar um pouco. Um domingo de pausa não atrapalhará muito nossos afazeres, não é mesmo? Você, principalmente, será beneficiado e esquecerá um pouco o contratempo do serviço — ressaltou Sabrina.

Cássio sentiu o coração bater mais forte ao se lembrar de Liana, mas desviou os pensamentos imediatamente, procurando concentrar-se no passeio do dia seguinte.

Após tomarem um bom banho, os dois jantaram e se recolheram em seguida, pois pretendiam acordar bem cedo e partir para o descanso merecido.

Sentada no sofá da sala de televisão, Neusa conversava alegremente com Carla, sua filha mais nova. Por consequência do casamento de Cássio, as duas tinham ficado mais unidas. Neusa separara-se do marido havia mais de cinco anos e tinha uma boa condição de vida, pois Murilo cumpria rigorosamente com as despesas da casa, proporcionando-lhes fartura e abundância. Depois da separação, que fora amigável, Murilo casara-se novamente e fora morar no interior de São Paulo, mas, sempre que podia, visitava-os, presenteava-os com coisas caras e prestava todo apoio de que os filhos necessitavam, principalmente a Cássio que estava às portas do casamento. Ao rapaz dera de presente um bom e espaçoso apartamento na zona sul da cidade.

Carla tinha 16 anos e estudava em um dos melhores colégios da capital. No ano seguinte, a jovem prestaria vestibular para entrar na faculdade e estava feliz, pois o pai lhe prometera um carro de presente caso ela passasse nas provas.

Entre um assunto e outro, a moça lançou uma questão que pegou a mãe de surpresa e deixou-a espantada:

— Mãe, a senhora perdeu algum filho?

Dona Neusa remexeu-se no sofá e, franzindo a testa, respondeu:

— Perdi... Mas que pergunta é essa agora, minha filha? Nunca comentei nada. Isso aconteceu muito antes de eu engravidar de Cássio.

— A senhora era solteira? Foi de meu pai?

A mulher sentiu certo desconforto, porém, não quis omitir a verdade para a filha. Hesitou, mas acabou respondendo:

— Sim, eu era solteira, mas não foi de seu pai.

— Mãe, desculpe-me pela invasão, mas é que eu estava sentada na cama estudando e de repente vi essa cena acontecer com a senhora. Posso perguntar mais uma coisa?

Espantada, Neusa pigarreou e em seguida assentiu com um gesto de cabeça.

— Foi um aborto provocado?

Visivelmente constrangida, a mãe respondeu:

— Foi sim, minha filha. Naquela época, eu achava que não tinha condições de assumir aquele bebê. Se fosse hoje, com a maturidade que tenho, jamais teria feito aquilo, pois nunca me perdoei pelo que fiz... Quando conheci o Gerson, tive por ele uma paixão louca. Ele era extremamente sedutor, e eu me apaixonei. Pouco depois de começarmos a sair, fiquei grávida, e, quando lhe contei sobre o bebê, ele sumiu sem me deixar um único recado. Então, decidi interromper a gravidez, pois pensava que não poderia assumir aquela criança sozinha. Meu pai era muito enérgico, e eu fiquei com muito medo de ele me expulsar de casa. Naquela época, as coisas funcionavam assim. Ainda bem que hoje a moçada pode contar com muitas informações, e os pais até ensinam os filhos a evitarem uma gravidez precoce. Bem, quero dizer, alguns pais... No meu tempo, tudo era mais rígido, e eu não tive essa sorte. Hoje em dia, muitas pessoas falam mais abertamente sobre esse assunto. Às vezes, me lembro disso e imagino como seria essa criança, mas já passou e nada posso fazer a respeito. O que escolhi fazer naquela época foi o melhor que pude. Confesso-lhe que, às vezes, me sinto culpada e rezo pedindo perdão a Deus! No entanto, o que eu poderia fazer? Eu estava desesperada! Por outro lado, Deus me presenteou com dois filhos lindos e saudáveis! Às vezes, me pergunto como poderei me redimir desse erro...

Neusa silenciou e depois lançou a pergunta para a filha:

— Que história foi essa que me contou? Você estava estudando e viu essa cena?

— Sim! Não sei explicar. Foi como um filme que passou rapidamente em minha mente.

— Que coisa estranha! Por que será que você viu isso? Será que essa criança me perdoou? Ah! Meu Deus! Não quero nem pensar nisso! Não sei o que eu poderia fazer... Bem, o que passou, passou... E com você, Carla? Já havia tido pressentimentos com outras coisas?

— Sim, algumas vezes... Já aconteceu de eu estar pronta para sair para uma festa e pressentir que não deveria ir, pois alguma coisa negativa poderia acontecer. Depois, fiquei sabendo que o carro de meu amigo quebrou e que eles foram assaltados, enquanto esperavam socorro do seguro.

— Nossa! Por que nunca comentou essas coisas comigo? Acho que você é médium! Li muitos livros espíritas que explicam esses fenômenos extrassensoriais. Você sabe lidar com isso, sem esbarrar em conflitos? — preocupou-se a mãe.

— Eu não tenho conflitos com isso, mãe. Para mim, parece ser algo muito natural. É tão forte as sensações que tenho que acabo atendendo o que estou sentindo sem questionar. Parece que tenho certeza dos fatos e sigo essa sensação sem qualquer problema.

— Puxa! Que maravilha! Se bem que eu a aconselho a estudar o assunto, para que possa se beneficiar disso com maior consciência.

— Já pensei nisso. Assim que eu entrar na faculdade, pesquisarei a respeito. Posso adquirir alguns livros sobre o assunto ou ir até um centro espírita e verificar o que eles têm para me ensinar. O que acha?

— Me parece que é o lugar mais indicado! Se bem que, hoje em dia, esses assuntos estão entrando em moda e não será difícil você obter muitas informações a respeito. Eu mesma gostaria de acompanhá-la, pois gosto desses assuntos!

— Claro! Seria muito bom se fôssemos juntas!

— Você já viu algum espírito?

— Não. Apenas tenho esse tipo de pressentimento — respondeu Carla, fazendo biquinho com a boca.

— Interessante! Se tiver mais algum pressentimento, gostaria que falasse a respeito comigo, pois assim poderíamos buscar informações mais esclarecedoras.

— O que posso adiantar para a senhora é que isso acontece repentinamente, sem minha vontade. Entendeu?

— Claro que sim! Como eu lhe disse, acredito que você seja médium!

— Não duvido do que vejo ou sinto. Isso é mediunidade?

— Creio que é um tipo de sensibilidade mais aguçada. Fiquei intrigada com uma coisa... por que você viu esse episódio de minha vida? Qual é a razão disso ter acontecido? Realmente é surpreendente!

— Não saberia lhe responder. Não sei...

— Talvez para que eu saiba o que acontece com você, pois esse equívoco aconteceu há tanto tempo... muito estranho!

— Pois é, mas o que importa é que eu vi o que realmente aconteceu e isso, por ora, já me deu mais confiança para seguir minha intuição.

— Pode ser que você esteja sendo treinada. Vai saber o que virá pela frente!

Carla assentiu. Depois, repentinamente, a jovem esticou as pernas no sofá e pediu silêncio. Começara um filme na televisão, e ela quis assistir.

Neusa silenciou a fim de não incomodar a filha, porém, com certa inquietação, questionou-se interiormente por que o passado vira à tona novamente. Intrigada com a questão, pensou em

Gerson. "Onde será que ele está? O que terá acontecido com ele? Desapareceu sem deixar vestígios, depois que soube que eu havia engravidado. Quanta imaturidade!", Pensou.

Neusa recordou-se ainda de que a única pessoa que ficara sabendo de sua gravidez e do aborto fora sua amiga Carina. Depois de se formarem na faculdade, as duas amigas seguiram por caminhos diferentes e nunca mais tiveram contato. Ela relembrou-se também do dia da despedida, quando Carina lhe disse que tentaria a vida em outra cidade para futuramente fazer pós-graduação no exterior. Nessa época, Neusa já conhecia Murilo, e o casal estava prestes a firmar noivado. Depois disso, nunca mais tivera notícias dela.

Neusa reconheceu que tivera uma vida boa ao lado do ex-marido, porém, a única coisa que os impedira de permanecerem casados fora a incompatibilidade de gênios, pois nunca souberam administrar as diferenças. Amigavelmente, decidiram que o melhor seria que cada um levasse a vida do jeito que gostasse, e com isso a separação não foi conflitante. Após o fim da relação, Neusa teve alguns relacionamentos, mas nenhum chegou a se tornar tão sério. Sentia-se feliz com os filhos, mas sempre dizia estar aberta para conhecer alguém, desde que fosse somente para namorar.

Durante aqueles anos, Neusa jamais ousou pensar em Gerson. Ela compreendeu que fora apenas uma paixão e nada mais, entretanto, não pôde deixar de reconhecer o quanto ele era atraente e sensual e que tinha vasta habilidade para envolver qualquer mulher.

De repente, Neusa franziu a testa quando se lembrou do aborto que provocara e de como sofrera. Apesar de não ter tido problemas com as gestações dos filhos, essa questão ainda não estava bem resolvida dentro dela. Muitas vezes, pensava que poderia ter agido de forma diferente, apesar do medo que tivera de enfrentar a agressividade do pai, mas depois o tempo foi passando e dissipou parcialmente a culpa que ela sentia.

Movida pelas emoções, Neusa saiu discretamente da sala e foi dormir. Entretida com o filme, Carla não percebeu que a mãe deixara o cômodo. A moça não chegou a assistir ao final do programa, adormeceu com a televisão ligada e, somente no fim da madrugada, despertou e foi para o quarto.

No corredor, Carla percebeu um movimento no quarto do irmão. Sabia que Cássio acordaria cedo para seguir viagem rumo ao litoral e pensou em bater na porta dele para convidá-lo a tomar um café. Hesitou, por fim; não quis incomodá-lo. Abriu a porta do quarto e debruçou-se na janela, esperando amanhecer ou o sono chegar novamente.

Inesperadamente, Carla ouviu um assobio que vinha do jardim. A moça espiou para ver quem estava lá, contudo, não avistou ninguém. Pensou que o som viesse da casa do vizinho e que talvez o jardineiro houvesse começado cedo o seu trabalho. Por fim, verificou o horário e viu que faltava meia hora para as cinco horas da manhã. "Por certo, é ele mesmo!", concluiu.

Depois, ouviu passos no corredor e, pensando que o irmão houvesse acordado, saiu alegremente ao encontro dele. Carla, então, desceu as escadas e, chegando à cozinha, percebeu que não havia ninguém lá. Decepcionada, quis voltar para o quarto, mas ouviu risadas na escada e resolveu aguardar.

Cássio e a noiva surpreenderam-se ao encontrá-la ali à espera deles. De imediato, o rapaz perguntou:

— Acordou cedo hoje? Ou marcou alguma coisa com amigos? Vai sair?

Carla sorriu e respondeu em seguida:

— Dormi no sofá e acordei há pouco. Perdi o sono e, quando ouvi passos no corredor, pensei que vocês já tivessem se levantado e vim correndo para lancharmos juntos.

— Está adiantada, chegamos agora! — disse ele debochando da irmã.

— O dia será quente! O sol já está nascendo — falou a moça, após espiar o tempo pela janela da cozinha.

— Que maravilha! Vou poder pegar um bronzeado! Estou muito branca e pálida — comentou Sabrina.

— Loira e "branquela"! — acentuou Carla, provocando a futura cunhada.

— Você verá quando voltarmos da praia! Eu estarei tostadinha! Comprei um novo bronzeador para levar na viagem de lua de mel. Me disseram que é muito bom. Vou testá-lo hoje e, se eu gostar, comprarei somente desta marca.

— O bom mesmo é não ficar direto no sol. Só com o mormaço, você já ficará bronzeada e sem correr o risco de voltar parecendo um pimentão vermelho e assado! — provocou novamente Carla.

Os três riram, enquanto degustavam o café matinal. Logo em seguida, o casal despediu-se de Carla e saiu para o passeio programado.

A moça acenou para os dois no portão de saída e esperou o carro virar a esquina para entrar em casa. Quando passou pela porta, Carla deu um grito ao se deparar com a silhueta de uma mulher, que usava um lenço que lhe escondia cabeça e parte do rosto. Imediatamente, a imagem desapareceu da frente de Carla, que, assustada, correu para a cozinha a fim de beber um pouco d'água.

Dona Neusa ouviu o grito da filha, levantou-se apressadamente e chamou por Carla:

— Carla! Está tudo bem? O que aconteceu?

Sem obter resposta, Neusa saiu imediatamente à procura da filha. Quando abriu a porta do quarto e não a viu, seguiu para a copa e finalmente encontrou Carla, que, debruçada na mesa de refeição, estava muito assustada.

— O que foi, minha filha? Cássio já saiu?

— Já! — respondeu choramingando.

— O que houve?

— Não sei, mãe. Acho que acontecerá algo ruim, e Cássio ficará muito desgostoso e irritado...

— Como assim? O que houve? — perguntou aflita a mãe.

— Eu acho que, pela primeira vez, vi um espírito! Fui acompanhar Cássio e Sabrina até o portão e, quando voltei, vi uma mulher horrível. A cabeça dela estava coberta por um lenço, que lhe escondia o rosto. Tive a impressão de que ela se escondia para não ser reconhecida. Era jovem, mas estava com a feição apavorante! Depois, relacionei que ela já estivesse por aqui, pois tinha ouvido passos no corredor. Pensei que Cássio já tivesse se levantado e desci para

47

encontrá-lo na cozinha. Logo em seguida, ele e Sabrina desceram as escadas, e eu não entendi nada... Antes disso, ouvi assobios no jardim, espiei, mas não havia ninguém. Pensei que, mesmo sendo domingo, o jardineiro do vizinho tivesse chegado cedo. Não o vi e nem sei se era ele mesmo!

— Calma, Carla. Você pode ter sido sugestionada pelo assunto de que falamos. Não que eu esteja duvidando de você, porém, a sugestão também ocorre.

— Não é isso, mãe! Eu juro que vi uma mulher horrível aqui dentro de casa. Com o grito que dei, ela desapareceu. Depois disso, veio a sensação de que um forte dissabor estava por vir e senti que era com Cássio. Será que vai acontecer alguma coisa na viagem deles?

— Calma, filha! Vamos aguardar. Acredito que não acontecerá nenhum acidente com eles. Meu coração materno aponta que não é isso. Tente descansar e não pense no negativo, porque não há força maior que a força de Deus para nos proteger e guiar. Vou fazer uma oração para que nada de ruim aconteça com Cássio, e você verá que tudo não passou de uma grande impressão.

— Tomara que a senhora esteja certa, mas ainda sinto que ele corre perigo. Não consigo saber exatamente o que pode acontecer, apenas sinto que alguma coisa poderá incomodá-lo, e isso o fará perder o controle. Foi o que senti...

— Deixe isso para lá. Vamos fazer uma oração e pedir que a luz de Deus nos envolva e nos proteja de todos os males. E se algum espírito estiver perdido por aqui, há de ser encaminhado em nome de Jesus!

Carla aceitou a sugestão da mãe, e as duas começaram a rezar fervorosamente. Minutos depois, terminaram a oração e sentiram-se mais aliviadas.

Dona Neusa aproveitou e fez um convite para a filha:

— Carla, que tal irmos almoçar em algum restaurante? Poderíamos passear pela cidade e, quando sentíssemos fome, escolheríamos um bom lugar!

A moça pensou e depois respondeu:

— Acho uma ótima ideia. Poderíamos ir ao shopping e almoçaríamos por lá mesmo. Assim, aproveitaria para comprar algumas roupas novas, pois as minhas estão muito feias.

Dona Neusa balançou a cabeça e, sorrindo, fez sinal para que se arrumassem para o passeio de domingo. Apesar de mais calma, Carla não dissipou o pressentimento do infortúnio que Cássio poderia passar.

Capítulo 5

Cristina remexeu-se na cama e ergueu a cabeça em direção ao rádio-relógio, que marcava sete horas em ponto. Ela bocejou e, após uma longa espreguiçada, decidiu levantar-se e acordar a amiga.

Na noite anterior, as duas haviam saído para jantar. Caminharam um pouco pelo calçadão da praia, tomaram sorvete e conversaram muito a respeito do ocorrido com Liana. A moça relatou detalhadamente tudo o que a entidade espiritual lhe dissera e contou também sobre os dois pesadelos que tivera. Por fim, complementou dizendo o quanto gostaria que a amiga conhecesse aquele tipo de trabalho espiritual.

Cristina ouviu tudo com muita atenção e fez o seguinte comentário:

— Liana, eu acho que esse índio estava certo! Você ficou muito fragilizada com o rompimento da relação. Apesar de não ter sido fácil, tente aceitar a situação, afinal, não há mais nada a ser feito de sua parte. Pare de implorar amor! Pelo que me contou, ele foi sincero lhe revelando que não tinha o mesmo sentimento por você. Cobrá-lo por isso só vai piorar a situação. Ele vai acabar sentindo raiva e indignação. Então, para quê lutar? O melhor a ser feito é ignorá-lo de vez! Deixe ele se casar e construir a vida dele. Você perdeu nessa, mas ganhará em outra relação. Tenho certeza de que logo conhecerá alguém que valha seu amor. Pare de se humilhar, de correr atrás dele. Você não merece isso! Valorize-se! Fez sua parte com dignidade e expôs seus sentimentos. Agora, não há mais nada a ser feito. Procure esquecê-lo e parta para outro!

Liana chorou muito naquela noite. Não conseguia aceitar o rompimento, sentia-se traída e menosprezada. Por outro lado, sabia que todos tinham razão. Ele mesmo fora sincero, no entanto, algo dentro dela insistia em lutar pelo amor supostamente perdido.

Cristina salientara que, assim como alertara o caboclo, todos nós não escapamos de confrontar o "orgulho ferido" nessas situações, mas que a saída estaria em aceitarmos e seguirmos em frente, pois muitas pessoas se perdem por isso, sofrendo anos de amargura em vez de aprenderem a lidar com as frustrações naturais da vida. A lição estava convidando-a a aprender sobre o desapego e a confiar que a vida lhe traria alguém especial, do jeito que ela precisava. Insistir seria pura ignorância e falta de amor-próprio. Ressaltou ainda estar mais do que na hora de Liana começar a encarar sua afetividade com mais maturidade e deixar de ser infantil por não querer aceitar o óbvio.

Depois que Cristina se recolheu para dormir, Liana ficou pensando muito sobre tudo o que ouvira, mas estava difícil de aceitar. Percebendo o quanto se sentia impossibilitada de reagir, resolveu procurar ajuda na tenda espiritual e, se preciso fosse, consultaria também um psiquiatra para ajudá-la a sair daquele conflito emocional desesperador.

Quando Cristina se levantou, deparou-se com a amiga na sacada do apartamento. Era notável a aparência deplorável da moça. Tentando dissimular, sugeriu:

— Bom dia! Pelo que percebo, você não pregou os olhos a noite passada. Está com fome? Que tal tomar um bom café? Precisamos nos alimentar! Talvez fiquemos o dia inteiro na praia. Temos que aproveitar o dia de sol!

Liana estava com os olhos inchados de tanto chorar, porém, não quis tocar no assunto. Sentia-se estressada e não desejava causar desconforto em Cristina. Disfarçando a angústia, disse que acordara cedo e que não quisera fazer barulho por medo de acordá-la.

Cristina começou a preparar a mesa para o café matinal e tentou distrair a amiga dizendo que, aos domingos, a praia ficava lotada de "avulsos", e que o dia seria muito proveitoso. Liana sorriu e decidiu melhorar a aparência, a fim de reagir às emoções conturbadas. Tomou um bom banho, colocou um biquíni novo que trouxera, passou bronzeador, amarrou a saída de banho na cintura, calçou os chinelos e saiu com Cristina para o banho de sol.

As duas escolheram o melhor lugar para sentarem-se na praia. Ainda era cedo, e sobrava lugar. O sol estava radiante, e Liana estendeu a toalha na areia e deitou-se, colocando o chapéu no rosto.

— Pelo jeito, não vai demorar a dormir! Quando você estiver torradinha na frente, eu a acordarei para virar de costas antes de pegar uma insolação, é claro! — falou descontraída.

— Que nada, não estou com um pingo de sono! Apenas quero relaxar um pouco. Não aguento mais pensar em Cássio, parece uma obsessão sem fim... — Liana considerou com certa lucidez!

— Isso mesmo! Relaxe! Se a imagem dele lhe vier à mente, não aceite! Imagine um homem lindo aproximando-se e jogando muito charme para você.

Liana sorriu e respondeu:

— Talvez hoje seja meu dia de sorte, ou melhor, nosso dia! Que venham dois! Um para mim, outro para você!

— Precisamos ter sorte mesmo, porque, ultimamente, os homens não parecem querer um relacionamento firme! — ressaltou Cristina com bom humor.

Liana remexeu-se ao constatar que Cássio era realmente diferente dos outros homens, pois ele quis se casar... mas não com ela. Imediatamente, ela tentou reagir aos pensamentos e puxou assunto com a amiga, preferindo, assim, não se atormentar novamente. Estava ali para relaxar e, por mais difícil que fosse, haveria de conseguir esquecê-lo nem que fosse apenas por alguns minutos.

Passada uma hora, a praia já estava lotada. O sol esquentara, e o calor tornara-se intenso. Cristina cochilava deitada na cadeira, e Liana, suada, resolveu entrar no mar. Depois de colocar alguns pertences embaixo do guarda-sol, a moça correu em direção à beira da praia, pisou delicadamente na água e, sentindo-a gelada, deu um gritinho, mas continuou em frente, atirando-se de corpo inteiro e deixando que as ondas lavassem os seus cabelos. Com os braços, Liana movimentou a espuma branca que se formava e suspirou descontraída e alegre. Ela rodopiava como uma criança, quando uma onda forte a surpreendeu. Sentindo-se mais relaxada, resolveu sair e caminhar pela praia, mas antes marcou a cadeira onde Cristina estava sentada, usando um prédio azul do outro lado da avenida como ponto de referência.

Absorta em seus pensamentos, Liana caminhava observando o ir e vir das pessoas e pensou que poderia aproveitar melhor a vida, permitindo-se viajar mais, pois nos fins de semana era comum ela ficar na metrópole, acordar tarde, comer alguma coisa e voltar a dormir a tarde inteira.

— Que desperdício de tempo! Preciso me permitir sair e passear mais vezes, por isso, fico sem opção de vida. Só trabalho e durmo...

De repente, Liana teve um sobressalto quando avistou, a poucos metros de distância, um casal de mãos dadas caminhando em sua direção e estremeceu quando reconheceu Cássio com a noiva.

"Meu Deus! Isso é demais! Agora que eu me acabo de vez!", pensou.

Rapidamente, Liana quis desviar-se do casal, porém, não houve tempo hábil para isso. Segundos depois, Cássio e a noiva passaram ao lado dela.

Distraído, Cássio não viu Liana. Acompanhado de Sabrina, ele passou desviando o olhar naturalmente para o mar, e Liana pôde ouvir claramente quando ele convidou a noiva para entrarem na água.

— Desgraçado! Fingiu que não me viu! Ou será que realmente não me viu? — questionou-se atormentada. — Vou tirar a prova!

Apesar de trêmula, Liana retornou e começou a seguir o casal a certa distância. Mais à frente, Cássio puxou a noiva para dentro da água e começaram a brincar como duas crianças levadas: um jogava água no outro e depois se abraçaram e se beijaram intensamente.

— É agora! — disse Liana furiosa.

Não demorou dois minutos para que ela se postasse ao lado dos dois e fingisse banhar-se descontraidamente. A moça ficou de costas para ouvir o que eles diziam e, enciumada com as brincadeiras entre os dois, deu um salto para mais perto de onde estavam e disse com ironia:

— Olha que casal mais lindo! Como vai, Cássio? Já se esqueceu de mim?

Quando viu Liana, Cássio empalideceu e, sem saber o que responder, fingiu não conhecê-la e virou-se para o lado da noiva. Sabrina não deixou por menos e questionou:

— Conhece meu noivo?

Liana gargalhou e respondeu em seguida:

— Muito mais do que você imagina!

Sabrina cerrou o cenho e fez sinal para Cássio sair da água junto dela. O rapaz continuava trêmulo e pasmo com a atitude de Liana e apenas fixou os olhos nela, demonstrando raiva e indignação.

Liana não deixou por menos:

— Disse alguma coisa errada? Por acaso estou mentindo? — provocou impiedosamente.

Não aguentando o insulto, Cássio, irritado, virou-se e respondeu:

— Cale a boca, sua mundana de baixa categoria! Jamais me envolveria com seu tipo de mulher! Você tentou me prejudicar na empresa, porque não aceitei a propina que me ofereceu. Não jogo sujo! Bem que eu quis lhe falar cara a cara, mas confesso que não pensei que seria hoje, neste lugar, onde não devemos misturar coisas de trabalho — simulou inesperadamente a mentira e surpreendeu-se com a "saída" que tivera para desviar-se do assunto afetivo. E, intimamente, gostou da "atirada" que fez ao defender-se.

Pasma com a resposta inesperada que recebeu, Liana ficou calada pensando rapidamente em alguma coisa para revidar o insulto.

Nesse ínterim, o casal saiu mais do que depressa da água, misturando-se à multidão que circulava pela praia. Liana perdeu-os de vista e saiu para procurá-los desesperadamente. Quando notou que Cássio desaparecera no meio da multidão, berrou descontrolada:

— Desgraçado! Você me paga! Vou acabar com sua vida! Isso não ficará assim! — esbravejou como uma demente, chamando a atenção de algumas pessoas que, assustadas, olharam para ela, buscando a pessoa a qual ela se referia.

Fora de si, Liana tornou a berrar:

— O que foi?! Nunca viram uma pessoa gritar por ter sido traída por alguém que ama? Bem possível! Afinal, vocês nunca souberam que foram traídos! Com essas caras de idiotas espantados, não saberiam mesmo! — xingando muito, ela foi contar tudo o que acontecera para Cristina.

Cássio e Sabrina conseguiram afastar-se do local rapidamente, e ele, ainda descontrolado, continuou sustentando a mentira para safar-se da acusação e não criar problemas com a noiva. Indignado, disse:

— Que azar! Fui encontrar justamente essa mulher que me causou infortúnio no serviço! Lembra quando lhe falei de minha preocupação? Aquela vigarista quis me chantagear por não ter aceitado a propina que me ofereceu. Por outro lado, falei tudo o que estava engasgado em mim e que ela precisava ouvir. Mau caráter! Falarei com a diretoria geral! Tenho certeza de que esse caso não terminará assim! Ela será despedida da empresa onde trabalha. Agora sou eu quem vai ameaçá-la. Ela verá!

Sabrina não sabia o que dizer e procurou confortá-lo, pedindo-lhe que se acalmasse. A moça percebeu o quanto o noivo se descontrolara e preferiu não dar espaço para ele continuar irritado. Por fim, respondeu com ternura:

— Deixe isso para lá, meu amor! Não estraguemos nosso dia por causa disso! Certamente, essa mulher está temerosa por você não ter aceitado a propina. O azar foi encontrá-la cara a cara!

Cássio suava frio, porém, percebendo que a noiva acreditara nele, começou a retomar o equilíbrio lentamente.

Sugerindo que eles voltassem para o apartamento, Sabrina tentou distraí-lo, dizendo que faria uma comida rápida e convidando-o a aproveitarem o resto do dia na a piscina. Cássio aceitou o convite e concordou prontamente dizendo que, se encontrasse aquela mulher novamente, todos iriam parar na delegacia.

Mais calmos, os dois pararam no supermercado e compraram alimentos para fazer o almoço. Discretamente, Cássio olhava ao redor temendo estar sendo seguido por Liana e, impaciente, não via a hora de chegar ao prédio e esquecer tudo aquilo.

Fingindo não perceber a inquietação de Cássio, Sabrina descontraidamente tentou amenizar o nervosismo do noivo, falando de outros assuntos que se referiam à festa do casamento.

Assim que entrou no apartamento, Cássio novamente estremeceu ao ouvir o toque do telefone. Estático, ele hesitou em atender à ligação, mas suspirou em seguida ao se lembrar de que estava no apartamento da praia e de que Liana não tinha aquele número. Na cozinha, Sabrina ouviu-o falando com Carla e mais do que depressa, em voz alta, pediu a Cássio que enviasse um grande beijo à moça.

Cássio terminou a conversa enfatizando que estava bem e disse à irmã que ela não precisava se preocupar. Por fim, despediu-se e desligou a chamada.

Pensativo, Cássio comentou com Sabrina que a irmã tivera um pressentimento ruim em relação a eles e que por isso insistira em alertá-lo sobre algo que lhe traria muito dissabor durante o passeio do fim de semana.

— Veja só! Não sabia que Carla tinha esse tipo de coisa! Ela acertou em cheio! Sua irmã pressentiu que algo ruim aconteceria e realmente aconteceu! Você acabou de passar por um grande dissabor — considerou Sabrina.

— Eu também estranhei a colocação de Carla. Talvez tenha sido pura coincidência, pois todos nós estamos muito ansiosos com o casamento. Certamente, ela se preocupou quando dissemos que estávamos esgotados e precisávamos descansar um pouco. Ou tenha imaginado que a estrada estaria congestionada ou algo semelhante. Ela sabe que não gosto de ficar parado em congestionamentos. Por outro lado, espero que nada mais aconteça para estragar nosso dia!

— Bem, já passou! Acredito que nada de ruim acontecerá. Ficaremos aqui e aproveitaremos o dia para namorar, não era essa a proposta? — perguntou Sabrina, tentando amenizar a sugestão negativa.

Cássio esboçou um sorriso maroto, abraçou a noiva e beijou-a com ternura, dizendo em seguida:

— Você é uma mulher exemplar! Por isso, a cada dia eu a amo mais! Você está certa, a proposta será cumprida!

Sabrina estava decidida a dissipar o infortúnio do noivo, envolvendo-o com muito amor e carinho por todo o dia. De imediato, ela escolheu uma música romântica e preparou um drinque para iniciarem o romance a dois.

***

Na praia, o clima estava totalmente oposto ao do casal apaixonado. Completamente transtornada, Liana aproximou-se aos berros de Cristina, que, sem saber o que tinha acontecido, deu um pulo da cadeira e perguntou assustada:

— O que aconteceu? Por que você está gritando assim?

Liana desabou a chorar compulsivamente e, aos soluços, tentou relatar o que havia ocorrido. Cristina abraçou a amiga e pediu-lhe para se acalmar. A moça, descontrolada e aos berros, jurava que se vingaria do rapaz e que acabaria com o casamento dele.

— Calma, Liana! Não exagere! Você estava tão bem! Por que se descontrolou dessa forma? Procure manter o equilíbrio, pois as pessoas estão assustadas vendo-a descontrolada! Tente se controlar! — alertou, fazendo sinal com a cabeça para que ela notasse o espanto das pessoas que estavam ao redor.

Entre soluços, Liana chorou ainda mais e pediu desculpas para a amiga por causar-lhe constrangimento.

Percebendo que ali não havia jeito de acalmá-la, Cristina sugeriu que fossem embora para o apartamento. Desgostosa, Liana assumiu o desconforto causado e, aos prantos, pediu à amiga que ficasse na praia e aproveitasse o dia e informou que voltaria sozinha para casa.

— De jeito nenhum! Vamos voltar juntas! Quando você se acalmar, retornaremos — respondeu Cristina.

Liana concordou a contragosto com a amiga, pois, ao mesmo tempo que queria desabafar com a amiga, sentia vontade de ficar sozinha, de beber até cair na cama e dormir para não enfrentar a situação. Ela sabia, no entanto, que Cristina não a deixaria sozinha naquele estado de desequilíbrio emocional e tampouco encontrava forças para reagir por si mesma.

No caminho, Liana, choramingando, começou a relatar o que ocorrera e, inconformada, disse que Cássio fora muito esperto ao se safar das insinuações que recebera da parte dela. Ele levara vantagem e virara o jogo a favor dele, deixando-a humilhada e sem resposta. Indignada, considerou:

— Como ele conseguiu ser tão rápido e inteligente a ponto de virar o jogo? Desgraçado! Infame! Pensa que não revidarei? Ele me chamou de mundana na frente da noiva dele! Desrespeitou-me como se eu fosse um "nada"! Quem ele pensa que é? Ah! Ele vai me pagar!

Cristina quis falar algo, mas Liana não a escutava e continuava repetindo as frases que ouvira de Cássio, enquanto o amaldiçoava.

Assim que chegou ao apartamento, Cristina rapidamente foi buscar um calmante natural que trouxera e ofereceu-o a Liana para ela tomar. A moça aceitou o fármaco para não causar desgosto à amiga. Sentindo-se esgotada de tanto chorar, decidiu banhar-se para aliviar as tensões. Depois, recolheu-se no quarto, pois queria ficar sozinha e tentar cochilar. Pensou que bom seria dormir e não acordar mais. Sentia-se fragilizada e desorientada e atirou-se na cama choramingando até adormecer.

Cristina não considerou viável deixar Liana sozinha no apartamento e, enquanto ela cochilava, aproveitou o resto da tarde para ler um livro que ganhara de um amigo. Após se alimentar, sentou-se na varanda da sala e, pensativa, lamentou a situação de Liana. Temia que a amiga não conseguisse superar a decepção amorosa e faria qualquer coisa para ajudá-la. Estava determinada a acompanhá-la a um bom terapeuta ou a um médico, caso percebesse um aprofundamento da depressão de Liana.

Procurando livrar-se da tensão que passara ao lado de Liana, Cristina ligou o aparelho de som, pegou o livro que ganhara de um amigo e leu a dedicatória: "Que a nossa amizade continue formando laços eternos em nosso espírito". Cristina sorriu. Gostava da amizade que tinha com Diego. Eram amigos desde a época da adolescência e não haviam perdido contato.

Cristina leu a contracapa do livro e achou interessante o fato de tratar-se de um romance espiritualista. Ela balbuciou vagarosamente o título do livro e exclamou em seguida:

— "Laços Eternos". Que tema bonito! — Entusiasmada, Cristina iniciou a leitura.

Já passava das dezoito horas quando Liana se remexeu no leito, esfregou os olhos e espreguiçou-se em seguida. Apesar de se sentir mais calma, imediatamente voltou a pensar no rapaz. Ela sacudiu a cabeça e disse:

— Ah! Meu Deus! Que tormento! Isso não pode continuar assim! Estou decidida a procurar ajuda. Ficarei aqui até amanhã e irei à tenda do caboclo. Ele há de me ajudar! Não aguento mais esses pensamentos obsessivos! A imagem desse homem não sai de minha mente. Temo adoecer se continuar assim...

Tentando reagir, Liana pensou em sair para espairecer e convidar Cristina para um lanche rápido em um lugar agradável. Não tocaria mais no assunto com a amiga, pois reconhecia que havia lhe causado um grande transtorno após o encontro inesperado com Cássio. Ela abriu a porta do quarto e chamou a amiga:

— Cristina, você está aí?

— Estou aqui na sala. Melhorou? — indagou Cristina.

— Dormi demais! E você? Não quis sair?

— Não, estou lendo um livro maravilhoso que ganhei do Diego. Veja! Trata-se de um romance espiritualista. Estou adorando a leitura. — Apontou com entusiasmo.

— Romance espiritualista? Nunca li nenhum livro desse tipo. Está gostando?

— Adorando! Não quero parar de ler! É muito interessante. Quando eu terminar, posso emprestá-lo para você. Acho que se beneficiará muito com esse tipo de leitura.

— Que bom! Pelo menos, alguma coisa boa aconteceu para aliviar o transtorno que lhe causei — falou Liana, tentando redimir-se pelo infortúnio causado.

— Ora, deixe isso pra lá! O importante é que esteja se sentindo melhor. Quer comer alguma coisa? Estava tão entretida com a leitura que me esqueci de lanchar.

— Pensei que poderíamos sair um pouco, dar um volta e parar em algum lugar agradável para comer alguma coisa. O que acha?

— Que tal uma pizza? Aqui perto, há uma pizzaria muito boa. Poderíamos ir até lá — sugeriu Cristina.

— Hum! Que ideia maravilhosa! Meu estômago até roncou de tanta fome! — Liana respondeu descontraída.

Cristina animou-se ao ver a amiga mais calma e rapidamente marcou a página do livro para continuar a leitura posteriormente. Ela colocou a sandália, ajeitou os cabelos e disse:

— Estou pronta! Vamos comer!

As duas amigas saíram sorridentes, e Cristina foi relatando parte da história que estava lendo, procurando entretê-la para que o assunto não voltasse a Cássio.

Liana ficou curiosa e aproveitou para fazer um breve comentário:

— Estive pensando em ficar aqui até amanhã. Pretendo ir até a tenda do caboclo. Estou decidida a procurar ajuda, pois não quero continuar a falar sobre isso. Apenas peço sua permissão para usar seu apartamento por mais um dia.

Cristina pensou e depois respondeu:

— Não posso ficar aqui amanhã, pois preciso estar na loja logo cedo. Não acho conveniente você ficar sozinha, Liana. Prefiro que volte comigo, e na sexta-feira retornarmos aqui para irmos juntas à tenda do caboclo.

— Estou muito ansiosa! Não aguento mais pensar naquele homem. Tento me desviar do assunto, mas a imagem dele logo aparece em minha mente. Por esse motivo, pensei em ir logo amanhã. Eu ligaria para a empresa e diria que estou acamada e, à noite, falaria com a entidade espiritual. Fique tranquila! Não darei mais trabalho para você. Só queria ficar mais um dia aqui, pois estou precisando muito dessa ajuda. Não conseguirei trabalhar pensando em tudo o que aconteceu. Não estou conseguindo me controlar, por isso, é melhor eu ficar aqui. Descansaria durante o dia na praia e depois, à noite, falaria com o caboclo.

— Não sei, não! Eu não ficarei tranquila sabendo que você não está em condições de ficar aqui sozinha. Vamos combinar uma coisa, então. No fim da tarde, eu volto para acompanhá-la na consulta.

— Acho que seria muito trabalhoso para você, e não quero incomodá-la. Não acho justo que viaje depois de um dia de trabalho exaustivo. Fique sossegada! Eu ficarei bem! Prometo avisá-la, caso não me sinta em condições de dirigir! Mas acredito que amanhã estarei bem melhor. A praia me faz muito bem. Se não fosse o azar de ter encontrado aquele cafajeste, teríamos passado um ótimo domingo.

Cristina apontou a pizzaria a poucos metros e decidiu pensar antes de dar a palavra final. Disse em seguida:

— Vamos comer. Depois, damos uma volta no calçadão, e aí eu decido o que fazer. Não posso concordar em deixá-la aqui sozinha. Deixe-me pensar em outra solução. Vamos comer agora.

Durante o jantar, as duas falaram de outros assuntos. Cristina observava Liana atentamente, tentando certificar-se de que ela realmente estava mais calma e de que ficaria bem sozinha. As duas mulheres andaram por meia hora, entretidas com o papo descontraído, e por fim decidiram voltar para casa.

Liana ousou perguntar:

— O que me aconselha fazer, Cristina? Posso ficar aqui até amanhã?

— Como tem certeza de que poderá falar com a entidade na segunda-feira? E se você for até lá e não tiver trabalho? Perderá seu tempo, não acha?

— Não sei exatamente se conseguirei falar com ele, mas quero tentar. Alguém deve me atender...

— Não acha prudente voltarmos no próximo fim de semana? Será mais seguro voltarmos na próxima sexta-feira, concorda?

Liana pensou por alguns minutos e respondeu:

— Prefiro ficar e tentar! Caso não o encontre, pelo menos terei aproveitado o dia e ficado mais calma por estar longe de São Paulo. Com isso, evito também armar outra confusão...

— Está com medo de que ele vá tirar satisfação pelo que você fez? — indagou repentinamente Cristina.

— Não pensei nisso. Acho que o covarde jamais me procuraria, porque teme que eu faça um escândalo no banco. Além disso, acredito que não ele queira ser exposto ao ridículo às portas do casamento... Cristina, deixe-me ficar aqui, pois assim eu me controlo e não faço uma besteira.

— Concordo! Entretanto, me prometa uma coisa. Se você sentir que está depressiva, me telefone, e eu virei imediatamente, certo? Caso não, quando chegar a São Paulo, me avise e me conte tudo o que aconteceu na tenda do caboclo.

Liana abraçou a amiga e quis se redimir dizendo:

— Lamento ter estragado nosso domingo. Prometo ficar bem e manter o equilíbrio. Se acontecer qualquer coisa, prometo também lhe telefonar para que venha pra cá. Muito obrigada pela ajuda!

— Não há de quê! O que importa no momento é que fique equilibrada. Procure manter o pensamento em outras coisas, vá à praia, caminhe e relaxe o quanto puder. Pense em si mesma em primeiro lugar, porque tudo passa nesta vida. Além disso, morrer de amor hoje em dia é antigo, hein? Veja que você escolhe seu destino por seus atos e terá de lidar com as consequências do que está fazendo. Quando escolhemos sofrer, é bem possível que muita dor venha ao nosso encontro. Mude a maneira de agir e pense em ser feliz! Não existe só um homem nesta terra. Com todo o respeito por seus sentimentos, eu lhe digo que opte por mudar o rumo afetivo de sua vida. Perceba o quanto você está sendo infantil e resistente a essa mudança. Sentir frustração é natural, mas tudo passa, Liana. Viver esse martírio é escolha sua! Determine que você merece o melhor e não se sinta desvalorizada por um homem que não quer ficar com você. E se fosse o contrário? Já pensou nisso?

— Nunca senti amor por alguém... Você não entende, Cristina... eu o amo muito!

— Você se apegou aos carinhos dele, porém, esqueceu-se de que, para existir uma troca compatível entre duas pessoas, as duas precisam estar na mesma sintonia. Cássio foi sincero, não omitiu a situação dele nem a incentivou a fazer o contrário. Você não quer entender e está decepcionada consigo mesma por ter colocado muita expectativa nele. Você é livre para amá-lo, minha amiga, mas perderá tempo vivendo esse amor platônico em vez de se permitir encontrar a pessoa certa que a fará feliz. Quer ficar assim? Perder muito tempo com uma paixão aventurosa?

— Claro que não! Mas eu gostaria que fosse ele... Está difícil aceitar que Cássio não me ama, por isso quero ajuda. Quem sabe assim volto mais segura para São Paulo e deixo essa história de lado?!

— Liana, você parece uma adolescente! Desculpe-me a observação, mas talvez essa não seja a primeira nem a última vez que você passará por isso. Tente amadurecer para compreender que isso faz parte da vida. Continue tentando até encontrar alguém que dê certo com você, contudo, tenha em mente que nada é muito seguro e que a qualquer momento tudo poderá mudar. Saber relacionar-se é um aprendizado, mas, sem amor, isso se torna mais difícil, então, dê graças a Deus por ele ter sido sincero com você. Mesmo angustiada, procure perceber que ele teve dignidade de não lhe criar mais ilusão.

— Eu sei, porém, não consigo esquecê-lo. Gostaria de poder pensar como você e parar de sofrer! O que farei de minha vida agora? Temo sentir solidão e ficar fechada em casa sem estímulo e sem opção para nada.

— Veja, é justamente por esse motivo que muitas pessoas escolhem não tomar atitudes a favor de si mesmas e preferem se iludir para não encarar esse desconforto. Para fugirem da solidão e por não aceitarem os fatos, acabam optando por não enxergar a realidade. Outras escolhem estar supostamente acompanhadas para fugirem do mesmo problema. Você quer isso para sua vida? Não seria melhor confrontar o motivo dessa solidão? Ou você não se ama suficientemente para despertar amor em alguém?

— Como assim? Eu tenho que me amar para despertar o amor em outro? — indagou Liana.

— É isso mesmo! Quando nos amamos em primeiro lugar, nos tornamos atraentes para outras pessoas! Depois, é só aprendermos a nos relacionarmos devidamente, com muito respeito à individualidade. É muito importante nos amarmos em primeiro lugar e não sermos dependentes afetivamente.

— Mas será somente isso? Há tantas pessoas sozinhas...

— Acredito que estejamos aprendendo uma nova forma de nos relacionarmos para não cairmos nos mesmos erros dos nossos antepassados. Por isso, a liberdade sexual veio à tona. Juntando isso com o respeito pela individualidade e com muito amor, só pode dar certo! E se não der, ainda seremos livres para continuarmos tentando. No passado não era comum uma mulher decidir... Hoje, nós temos essa liberdade, mas parece que não a usamos muito bem, pois conservamos as mesmas ilusões de outrora. Precisamos ser mais práticas e rápidas afetivamente! Para isso, temos de mudar alguns conceitos e algumas atitudes. Em minha opinião, isso é cuidar de si! Note quantos exemplos existem por aí, Liana. Quantas pessoas ficam amarradas em uma ilusão em vez de darem um basta e seguirem adiante? Observe se você não precisa dessa renovação de conceitos afetivos e sexuais. Seja livre para levar a vida mais intensamente, afinal, não há nada que possa impedi-la de fazer isso, a não ser você mesma. Permanecer iludida por não querer aceitar a realidade é dar muito valor para o orgulho ferido.

— Você tem razão! Estou iludida e, para falar a verdade, não acredito que encontrarei alguém que me faça feliz como Cássio.

— Você pôs nele essa responsabilidade, Liana. Perceba que o proibido estimula a conquista! Será que você não está sofrendo para defender seu orgulho? Você parou na rejeição! Poderia muito bem ter lhe desejado boa sorte e ter partido para outra sem problema algum. E mesmo que sentisse um aperto no peito pela situação desconfortável e pelos sentimentos feridos, você teria tirado de letra esse rompimento. Ficar implorando amor e atenção? Negar a vida por isso? Essas coisas podem até se tornar patológicas e criar muitos distúrbios emocionais pelo fato de você não se aceitar e se rejeitar...

— Acha que, além de ajuda espiritual, eu deva procurar ajuda terapêutica?

— Acho que as duas coisas andam juntas. Dependendo de quem for o orientador para isso, é claro!

— Gostei do caboclo! Ele me orientou sobre muitas coisas semelhantes às que você está me dizendo e foi claro e objetivo. Confesso-lhe que me senti muito melhor, embora eu tema me envolver com esse tipo de coisa...

— Vá procurá-lo e deixe o tempo passar. Quando estiver mais disposta, poderá procurar alternativas para seu crescimento interior. Eu, por exemplo, sempre procuro aprender alguma coisa que me fortaleça. Estou sozinha no momento, mas estou bem comigo e quero encontrar alguém que valha um relacionamento mais intenso. É preciso deixar acontecer e viver o que há para viver! Acredito que esse seja o caminho para a felicidade verdadeira. Livres para optar, livres para aprender e livres pela eternidade!

— O que é ser livre? É ser sozinha? — questionou novamente Liana.

— Não. Livre é ter responsabilidade sobre si mesmo em primeiro lugar! Respeitando o que sentimos, aprendemos a respeitar o que o outro sente. É daí que surgem o verdadeiro encontro, a verdadeira impessoalidade e o respeito.

— Sinto que fui ridícula ao implorar amor a Cássio. Realmente, fui muito infantil. Brigar para pedir amor! Foi isso que eu fiz! — lamentou Liana.

— A comunicação ainda é o melhor caminho! Quantas trapaças são feitas, porque os casais não se comunicam e não se tornam íntimos? No seu caso, você teve um surto por não aceitar a decisão dele e reagiu de acordo com seu temperamento, perdendo, assim, o controle para extravasar a raiva.

— Estou arrependida e envergonhada! Realmente, eu fui muito dura e infantil. Devo me desculpar com ele?

— Deixe a coisa esfriar, Liana. Depois, você saberá o que dizer no momento certo.

— É isso aí! Vou deixar passar o casamento e, depois disso, entrarei em contato com ele para lhe pedir desculpas pelos infortúnios que causei na praia e no banco.

— Talvez isso não seja necessário. Só deixar de segui-lo já representará sua intenção! Aguarde até ficar mais fortalecida. Certamente, você enxergará as coisas de outra forma e encontrará a melhor atitude a tomar. Bem, já está tarde! Vamos dormir? Amanhã, tenho que sair bem cedo e ir direto para o trabalho! Enquanto você estiver aqui na praia se divertindo, eu estarei trabalhando... Coisa chata para você, não? — satirizou Cristina.

Liana sorriu e tornou a abraçar a amiga carinhosamente. Cristina, então, despediu-se e foi dormir.

Liana ainda ficou algumas horas refletindo sobre tudo o que ouvira no fim de semana. Tanto a orientação do caboclo quanto à da amiga tornavam-se mais claras para ela.

Sem sono, Liana foi para a sacada e deixou-se embalar novamente pelo movimento das ondas do mar. O céu estrelado e a lua cheia compunham um lindo cenário, acompanhado do som do quebrar das ondas na praia. Sentindo-se mais fortalecida, Liana respirou profundamente. Sem saber como sair daquela situação, ela temia voltar a desesperar-se ao sentir a falta de Cássio. A moça fechou os olhos e, pela primeira vez, pediu ajuda a Deus para que pudesse manter a paz e o equilíbrio. Estava decidida a seguir em frente e não queria mais sofrer por um amor perdido.

Enquanto orava, uma luz intensa formou-se ao redor de Liana. Sem que pudesse perceber, ela recebeu a visita do caboclo, que chegou naquele momento e, com uma de suas mãos, irradiou uma luz de tom esverdeado por cima da cabeça dela. Sentindo-se em paz, a moça suspirou levemente, enquanto a entidade espiritual continuava irradiando-lhe luz. Após alguns minutos, ele saiu envolto por uma névoa branca e luminosa.

Sem saber o que havia acontecido, Liana lembrou-se repentinamente da entidade e sorriu agradecendo-lhe a orientação que recebera na noite em que se sentira muito angustiada. A moça pensou ter feito a escolha certa em ficar mais um dia na praia, e pretendia agradecer-lhe pessoalmente. Estava confiante de que receberia uma nova e precisa orientação.

A madrugada avançava, e, sentada em uma cadeira de vime na sacada do apartamento, Liana permanecia pensativa, observando a quantidade de estrelas no céu. Dirigindo os pensamentos para perderem-se no imenso universo, ela relutava em apagar a imagem de Cássio de sua mente. Embora estivesse mais calma, a imagem do rosto do moço ainda era bem marcante nos pensamentos de Liana. Ao se lembrar do encontro inesperado com o casal na praia, ela sentiu múltiplas emoções e subitamente esboçou uma frase em voz alta:

— Mas que azar! Por que será que nos encontramos aqui? Tentei fugir de São Paulo, e ele veio para cá acompanhado da noiva! — dizendo isso, Liana sentiu um aperto no peito e uma forte amargura. Colocando as mãos na cabeça, a moça suspirou, seu coração começou a acelerar e lágrimas escorregaram-lhe pela face. Ela olhou para o céu e pediu ajuda novamente para conseguir banir da mente as cenas que lhe provocavam ciúme e descontrole. E tornou a falar em voz alta: — Desse jeito, eu vou enlouquecer! Não sei o que fazer para me livrar dessa angústia. Por que fui me apaixonar por esse homem? Ele me avisou, foi até sincero comigo, e mesmo assim me deixei envolver pelos carinhos dele. Agora, não sei o que fazer sem a presença dele em minha vida. Sou uma azarada mesmo! Nunca conquistarei o amor verdadeiro com meu comportamento infantil. Confesso que pensei em vencer a parada e conquistá-lo, mas o perdi para sempre. — Suspirou angustiada.

Percebendo que, ao dar vazão ao sentimento de frustração, se desequilibrara ainda mais, Liana resolveu entrar e distrair-se enquanto o sono não vinha. A moça sentou-se no sofá e ligou a televisão a fim de assistir a um bom filme que lhe prendesse a atenção. Ela foi mudando os canais, mas nenhuma programação lhe despertou o interesse. Acabou, por fim, desligando a televisão e procurou algo para ler no porta-revistas. Pegou uma revista, folheou-a rapidamente e bufou em seguida, reclamando que nada poderia envolvê-la ou distraí-la. Depois, atentou que precisava dormir, pois almejava ir à praia pela manhã e procurar o centro espírita do caboclo à noite.

    Tentando encontrar algo que lhe provocasse sono, Liana tomou um tranquilizante, pois não queria passar o resto da madrugada atormentando-se com os pensamentos em Cássio nem preocupar a amiga, pois, se a visse desorientada, Cristina insistiria para que Liana voltasse com ela para São Paulo. Como ela se levantaria bem cedo para pegar a estrada rumo ao trabalho, melhor seria que Cristina a visse dormindo. Meia hora depois, Liana começou a bocejar e conseguiu dormir serenamente.

Capítulo 6

Ao lado da noiva, Cássio conseguiu passar o fim do domingo mais calmo, embora intimamente houvesse decidido tirar a limpo a atitude imprudente de Liana. Ele pensava que, se não reagisse, a moça poderia cometer mais algum ato desagradável, o que colocaria seu casamento em risco ou provocaria uma desgraça.

Naquela manhã de segunda-feira, o casal retornou bem cedo para São Paulo. Aparentemente, Cássio estava mais relaxado, porém, após deixar a noiva em casa, ele seguiu rapidamente para o trabalho, desejando chegar antes do horário habitual. Com certa impaciência para colocar tudo em "pratos limpos", ele, assim que entrou na empresa, prontamente telefonou para a empresa onde Liana trabalhava. Estava disposto a conversar com a moça e esclarecer de uma vez por todas que ele nada tinha a ver com o ciúme dela. E se por acaso ela insistisse em abordá-lo como o fizera no domingo, Cássio pensava em tomar providências mais drásticas para impedir qualquer infortúnio ou coisa pior que ela tivesse a intenção de fazer. Quando recebeu a informação de que a moça pedira licença por alguns dias em virtude de um imprevisto familiar, ele bateu o fone no gancho irritado. Ainda alterado, Cássio ligou rapidamente para a residência de Liana e desligou subitamente quando ouviu a mensagem da secretária eletrônica, pedindo que deixasse um recado. Ele preferiu desligar sem dizer nada e esbravejou:

— Infame! Não atendeu à ligação nem em casa nem no emprego... Isso não é bom sinal! Onde ela estará? Só falta essa louca ter entrado no banco para fazer um escândalo! Mas, se isso acontecer, ela terá o que merece! Se Liana pensa que me prejudicará, está muito enganada! Não medirei esforços para acabar com isso!

Aflito, Cássio pensou em ligar novamente para Liana e deixar um recado ameaçador na secretária eletrônica da moça, porém, hesitou. Passou as mãos pelos cabelos, cruzou os dedos, respirou fundo e resolveu não deixar transparecer preocupação, pois ela poderia usar isso contra ele e chantageá-lo para sempre. Aguardaria até o fim do dia e, se Liana não o procurasse, tentaria falar-lhe à noite. Conhecia-a muito bem e sabia que ela não abandonaria o emprego por nada desse mundo. Apesar de supostamente ter pedido licença do trabalho, ela certamente manteria contato com a secretária para o caso de ocorrer alguma urgência. E se estivesse mentindo, era bem possível que Liana o procurasse durante o dia para tirar satisfação ou ameaçá-lo de alguma forma. Assim pensou.

Inquieto, Cássio levantou-se e foi pegar um copo d'água. Sentia a garganta seca, as mãos trêmulas e um leve suor escorrer por sua face. Por fim, desatou o nó da gravata, deixando a garganta livre de apertos.

Os outros funcionários do banco começaram a chegar, e, em menos de meia hora, a agência seria aberta para atender aos clientes. Procurando avistar Liana, Cássio olhava constantemente para a porta de entrada e, transtornado, não conseguia concentrar-se devidamente no trabalho. O movimento na agência começou intenso naquele dia, o que piorou a situação do rapaz, que, desconcentrado, levantava várias vezes para ir ao toalete, deixando alguns clientes à sua espera.

O outro gerente, que se sentava ao lado da mesa de Cássio, percebeu que o amigo estava agoniado e resolveu ir atrás dele em uma de suas escapadas para o toalete.

— Cássio? Você está bem? — perguntou preocupado.

— Oi, Ricardo... estou sim. Embora tenha tido um pequeno desarranjo intestinal logo pela manhã, estou bem melhor — respondeu, tentando disfarçar a aflição.

— Tem certeza de que não precisa de nada? — perguntou Ricardo.

Não aguentando a aflição, Cássio resolveu abrir-se com o amigo e respondeu:

— Na verdade, estou bem aflito com uma situação constrangedora... Não sei como agir e, caso eu receba uma visita inesperada, temo perder o controle.

Ricardo coçou o queixo e esboçou um riso maroto ao questionar o amigo:

— É mulher na parada? Por acaso, é a mesma daquele dia, que ficou chorando em sua mesa? Desculpe-me a indiscrição, Cássio, mas percebi que havia algo errado entre vocês naquele dia e tenho certeza de que ela não chorava por estar pedindo um empréstimo para quitar alguma dívida.

Cássio franziu a testa, suspirou e respondeu em seguida:

— É isso mesmo... Tive uma aventura com ela, porém, deixei claro desde o início que estava noivo. No entanto, quando terminei a relação, ela não aceitou o rompimento e demonstrou com certas atitudes querer me prejudicar. Já pensou se ela tentar falar tudo para a Sabrina? Às portas do casamento, minha noiva ter uma decepção dessas? Ela nunca me perdoaria!

— Mas essa moça conhece sua noiva?

— Conheceu nesse fim de semana. Fomos à praia descansar um pouco, e adivinha quem encontrei ali bem perto de nós banhando-se na água? A "própria"! Quando me viu ao lado de Sabrina, ela tentou vingar-se, insinuando que havíamos tido um caso. Por sorte, consegui despistar, simulando inesperadamente uma situação de conflito no trabalho. Joguei toda a culpa nela, quando disse que ela queria se vingar de mim por eu não ter aceitado uma propina. Sabrina acreditou no que eu disse, mas temo que essa louca entre aqui, se vingue de mim e promova um escândalo. Temo também que ela me siga e conte tudo para minha noiva. Entendeu minha aflição? Quando uma mulher fica enciumada, perde a razão e faz besteira! Essa moça está se sentindo traída e enganada, contudo, fui sincero desde o começo. Quando ela veio aqui me propor que eu a aceitasse como minha amante, percebi o quanto ela estava transtornada. Já viu isso? Aceitá-la como amante, depois de meu casamento? Ela não se valoriza, perdeu a razão, e isso é muito perigoso! Bem que notei a reação dela quando nos encontramos na praia. Além disso, naquele dia aqui no banco, ela chegou a me ameaçar de morte! Estava totalmente fora de si! Confesso-lhe que estou temeroso e não estou conseguindo me concentrar no trabalho. Telefonei hoje cedo para ameaçá-la e impedi-la de fazer alguma coisa para acabar com meu casamento, mas não a encontrei. Disseram que, alegando um imprevisto familiar, ela pediu alguns dias de licença do trabalho.

— Puxa! Que azar encontrá-la cara a cara! No entanto, de nada adianta você ficar inseguro dessa forma. Por mais indesejável que seja essa situação, você deve enfrentá-la sem medo algum, afinal, se essa moça perceber que você está nas mãos dela, vai fazê-lo de "gato e sapato"!

— Eu sei disso, por isso tenho que agir com bastante diplomacia e firmeza. Nunca se sabe até onde ela poderá ir, e, se necessário, tomarei atitudes mais drásticas. Ninguém atrapalhará meu casamento e muito menos afetará minha imagem no trabalho, muito menos ela. Caso essa moça intente extrapolar, farei pior! Se ela quiser acabar com minha felicidade, sofrerá muito mais do que pensa!

— Não se precipite, Cássio! Manter a calma é providencial nesta hora. Quando estamos de cabeça quente, não conseguimos fazer nada de bom! Vamos aguardar. Se ela aparecer, eu levantarei de minha mesa e ficarei ao seu lado para tentar inibi-la de qualquer provocação. Se acontecer alguma coisa, podemos dizer que ela está desequilibrada e que soubemos que ela já tentou coagir outros colegas e nos coagir também. Nada poderá provar que você teve um caso com ela, não é?

— Claro que não!

— Então, não há nada o que temer! Se ela falar com sua noiva, eu mesmo poderei ajudá-lo nisso. Digo a Sabrina que também fui coagido, mas que, desta vez, nós iremos denunciá-la à polícia. Fique tranquilo! Você teve uma saída brilhante ao acusá-la de lhe oferecer propina. Isso é muito comum em nossa profissão. Todos acreditarão em você, e ela sairá mal dessa situação.

Cássio suspirou mais aliviado e, abraçando o amigo, disse:

— Muito obrigado, Ricardo! Você conseguiu me deixar mais aliviado! Se precisar de mim, farei o mesmo por você em qualquer situação.

— Espero que não seja uma situação igual a essa... — respondeu o moço sorridente, tentando descontrair o amigo.

Os dois saíram rindo do toalete e fazendo piada da situação, porém, Cássio ainda passou os olhos pela agência para ver se Liana estava por perto.

Sentindo-se bem mais calmo, Cássio sentou-se e começou a atender à clientela. Ricardo observava o amigo e fazia sinal com o polegar avisando que estava tudo em ordem.

Durante o dia, tudo transcorreu normalmente na agência bancária, e Cássio, embora apreensivo, conseguiu executar as tarefas com mais equilíbrio. Em algumas vezes, olhou em direção à porta de entrada, como quem esperava uma "surpresa" de Liana.

No fim do expediente, Cássio finalizou as tarefas e, ressabiado, pediu a Ricardo que o esperasse para saírem juntos rumo ao estacionamento e fez o seguinte comentário:

— Só falta ela estar lá me esperando! Venha comigo, Ricardo! Esse sumiço está me deixando preocupado. Do jeito que ela estava atordoada, como pode ter sumido assim? Deve estar tramando para aprontar alguma...

— Vamos sair juntos! Caso ela esteja lá fora, chamaremos o segurança para nos acompanhar, e certamente ela ficará sem ação alguma para abordá-lo.

Cássio suspirou, passou as mãos pela testa e chegou a pensar que jamais deveria ter se envolvido naquela aventura. Ofegante, ele respondeu:

— Boa ideia! Tenho de enfrentá-la de um jeito bem mais agressivo! Ela não perde por esperar! Estou disposto a procurar a polícia e fazer uma queixa, afinal, ela chegou a me ameaçar! Isso não pode continuar!

— Calma, meu amigo! Vamos espiar para ver se ela está escondida.

Quando constataram que Liana não estava no estacionamento à espera de Cássio, os dois amigos saíram rapidamente, e, após se despedirem, cada um seguiu seu rumo para o descanso necessário.

Inquieto, Cássio olhou várias vezes pelo retrovisor para certificar-se de que não estava sendo seguido. Após uma considerável distância, ele sentiu-se mais aliviado, porém, ainda permanecia desconfiado, pois esperava que Liana o abordasse inesperadamente. Por precaução, resolveu não passar na casa da noiva naquela noite, imaginando que seria uma atitude mais prudente. Pensou em desculpar-se com Sabrina, alegando indisposição. Por outro lado, ansiava resolver rapidamente aquela situação para livrar-se das ameaças de Liana. Decidira procurar a ex-amante no dia seguinte e deixaria bem claro que estava disposto a denunciá-la à polícia por assédio. Levaria Ricardo como testemunha, e com isso ela ficaria intimidada e o deixaria em paz.

Quando entrou na garagem de casa, Cássio deparou-se com Carla, que se surpreendeu com a chegada antecipada do irmão. Ao correr para recepcioná-lo, falou:

— Não quis passar na casa da noivinha? Aposto que está com saudades de mim! Só porque não me viu pela manhã, chegou mais cedo hoje! Aposto que está morrendo de saudades da irmãzinha querida, não é mesmo?

Cássio sorriu e retribuiu o abraço, apertando com carinho a irmã em seus braços.

— Ai, que abraço gostoso! — disse ela.

— Acertou, estou com saudades! — Cássio respondeu-lhe descontraidamente.

— Então, entre logo e venha ver o que fiz para o jantar. Aposto que você pressentiu e por isso quis voltar logo para casa!

Cássio sorriu novamente e seguiu Carla, que o puxou pelas mãos, levando-o direto para a cozinha.

— Hummm! Que cheirinho gostoso! Carne assada com batatas?

— Acertou em cheio! Até disse para a mamãe que, se você chegasse muito tarde e fosse espionar a geladeira, não resistiria ao seu prato preferido!

— Então, acertei em chegar cedo?

— Pelo menos vai comer tudo bem quentinho! Sabrina não vem?

— Vou telefonar para ela. Hoje, eu não passei na casa dela, porque estou me sentindo um pouco cansado. Tive um dia estressante no trabalho. Vou jantar e cair na cama!

Carla observou melhor o rosto do irmão, notou que ele estava bem abatido e ousou perguntar:

— Você teve outro dissabor?

Cássio suspirou, puxou a cadeira para sentar-se e desatou o nó da gravata, dizendo em seguida:

— Por muito pouco, nosso domingo não desabou. — E silenciou em seguida.

— Quer falar sobre o assunto? — instigou Carla.

Cássio levantou a cabeça e perguntou:

— Que história foi aquela de pressentimento?

Carla franziu a testa e depois começou a relatar o que sentira após a saída do irmão e da cunhada rumo ao litoral paulistano. Ela revelou ainda que, por várias vezes, tivera a mesma sensação em situações diferentes e que por isso ficara preocupada ao pressentir que ele passaria por um grande dissabor. Depois, instigou-o para saber mais o que realmente acontecera.

Cássio não quis abrir-se com a irmã e apenas fez um gesto positivo com a cabeça, confirmando a premonição.

Carla tentou estimulá-lo a se abrir com ela, mas, percebendo que o irmão estava esgotado, não quis cansá-lo ainda mais. A moça apenas sugeriu que, quando ele se sentisse mais à vontade para desabafar com ela, a procurasse para conversar. Por fim, ela colocou a mesa para o jantar e procurou distraí-lo, contando suas aventuras do dia. Assim que apontou na cozinha, Neusa abraçou o filho carinhosamente e disse:

— Ora, ora! Você veio jantar em nossa companhia hoje?

O rapaz esboçou um leve sorriso e convidou-a para sentar-se ao seu lado.

— Está tudo bem, meu filho? Você me parece um pouco cansado! O dia foi muito estressante na agência?

— Início de semana é sempre muito estressante, mãe. Todo mundo quer resolver tudo no mesmo dia...

— Eu já lhe disse que, devido à correria para o casamento, tudo ficou muito intenso. Pense que logo estará de férias, pois isso o ajudará... — orientou sorrindo.

— Ah, mãe! Às vezes, não temos noção das inconsequências que fazemos. Se eu pudesse voltar no tempo, eu jamais faria algumas coisas novamente.

— O que aconteceu, meu filho? Desabafe comigo! Posso ajudá-lo em algo?

— Obrigado, mãe! Apenas preciso resolver uma situação que está me atormentando, mas não quero falar sobre isso agora. Vamos jantar! — Tentando despistar a mãe, pediu a Sabrina que o servisse.

Demonstrando certa preocupação, a moça trocou olhares com a mãe, que imediatamente fez sinal de silêncio.

Após o jantar, Cássio telefonou para a noiva e justificou sua ausência naquela noite. Sabrina tentou instigá-lo a respeito do caso da "propina", mas ele não quis continuar a conversa, limitando-se a responder que aguardaria uma nova ameaça por parte da moça para se reportar ao gerente geral. Caso isso acontecesse, tomaria as devidas providências jurídicas. Por fim, tentou tranquilizá-la mudando de assunto e depois se despediu alegando estar exausto.

Deitado na cama, Cássio não conseguiu relaxar imediatamente. Por mais que quisesse dissipar os pensamentos, a lembrança de Liana em desequilíbrio atormentava-o. Considerou que a moça estava realmente apaixonada por ele e, por não aceitar a separação, o abordara de forma histérica. Ao considerar que jamais deveria ter iniciado aquela aventura, ele quis punir-se, pensando que poderia ter evitado aqueles dissabores. Por um instante, deixou-se levar pelas lembranças recordando-se das carícias e da intimidade que haviam trocado, sem conseguir acreditar que aquela mulher tão inteligente e doce fosse se transformar em uma pessoa tão inconsequente e imatura emocionalmente. Por outro lado, sentiu certa compaixão por Liana, imaginando que ela deveria estar sofrendo muito e que a única forma que encontrara para extravasar a decepção foi se oferecer como amante para continuarem o relacionamento.

Pensativo, Cássio remexeu-se várias vezes na cama. Teve vontade de ir ao apartamento de Liana para colocar um ponto final naquela situação, mas rejeitou a ideia, imaginando que, se fizesse isso, ficaria ainda mais exposto às ameaças. Considerou que seria melhor manter-se afastado e esperar que ela o procurasse, pois, assim, teria total razão para ameaçá-la e, se preciso fosse, daria uma queixa dela na delegacia.

Apreensivo, Cássio lembrou-se de que faltavam apenas duas semanas para as férias e pensou que, se conseguisse afastá-la nesse período, estaria livre de futuros problemas. Assim pensou.

Capítulo 7

    Liana acordou mais tarde que o habitual, sentindo-se leve e pretendendo aproveitar o dia como planejara. A moça tomou café e depois telefonou para a amiga, procurando saber se ela fizera boa viagem. Educadamente, pediu também a Cristina que avisasse sua secretária sobre sua ausência na empresa, pois não se sentia disposta para dar explicações. Pretendia retornar no dia seguinte e conversar pessoalmente com o diretor. Ressaltou ainda que dormira muito bem naquela noite e que acordara bem mais disposta.
    Cristina ficou contente ao notar que a amiga estava mais animada, mas não deixou de considerar que, se ela precisasse de alguma coisa, não hesitasse em chamá-la. Salientou ainda que percebera que Liana fora dormir muito tarde e que, devido a isso, tomara a iniciativa de telefonar para a secretária da amiga para informá-la sobre sua ausência por motivos de saúde. Liana agradeceu profundamente a Cristina e, com certo constrangimento, afirmou que realmente fora dormir muito tarde naquela noite, mas que despertara bem mais calma. A amiga respondeu-lhe que ela poderia contar sempre com sua ajuda e aconselhou-a a distrair-se durante o dia.
    Durante a manhã, Liana seguiu os conselhos da amiga. Caminhou, banhou-se na água do mar, alimentou-se com comida típica de praia e bebeu muita água de coco. Sentindo-se verdadeiramente mais animada e disposta a esquecer os infortúnios afetivos,

procurou distrair a mente conversando com pessoas que moravam na Baixada Santista. Foi numa dessas conversas que Liana conheceu Brigite, e não demorou muito para que as duas mulheres reconhecessem entre si afinidades. Conversaram sobre muitos assuntos até que Brigite contou a Liana sobre sua vivência afetiva com um homem casado que morava em São Paulo. Havia mais de dois anos que mantinham um relacionamento, e ela sentia-se muito feliz e segura ao lado dele, pois, mesmo tendo compromisso com outra mulher, ele nunca deixara de dar-lhe a atenção que merecia. Telefonava-lhe todos os dias e a mantinha financeiramente, dando a ela um alto padrão de vida. Brigite orgulhava-se do caráter do amante e contribuía não cobrando dele mais do que poderia oferecer-lhe. Considerou até mesmo que a relação perdurava pelo fato de o casal não conviver; ela gostava de liberdade, e ele era um executivo com muitos afazeres, então, se encaixavam perfeitamente. De vez em quando, ele simulava uma viagem para a esposa e passava vários dias ao lado de Brigite, administrando os negócios a distância, curtindo a companhia da amante e esbanjando carinho e atenção.

Liana emocionou-se ao ouvir de Brigite detalhes da intimidade do casal e elogiou a flexibilidade da moça por ter levado adiante aquele relacionamento e ser bem-sucedida. Discretamente, lamentou por não ter tido a sorte de ter alguém que a amasse e fizesse tudo por ela.

Brigite consolou Liana e depois comentou que fora agraciada pelo destino ao encontrar Rodrigo em uma festa em São Paulo. Disse também que assim que cruzaram os olhares, nunca mais se separaram.

Ao mesmo tempo que se sentia com menos sorte, Liana ansiava poder encontrar alguém que a fizesse feliz por completo. Desgostosa, falou:

— Ah, Brigite! O que preciso fazer para o destino me presentear com um homem bom e que me ame pra valer?

— Isso acontece quando realmente queremos que aconteça, Liana. Você quer mudar seu destino e se tornar mais sortuda no campo afetivo?

— Claro que quero!

— Então, preste atenção! Primeiramente, você deverá se sentir muito atraente e confiar que o homem certo está vindo ao seu encontro e que, quando o encontrar, vocês se reconhecerão de imediato, formando, assim, uma sólida relação.

— Somente isso? Mas isso é o que eu sempre quis! Quando pensei ter encontrado esse homem, fui traída por ele, fui traída por quem me despertou paixão. Ou melhor, não fui traída... não fui escolhida. Ele preferiu ficar com a "noivinha", com quem se casará em breve.

— Ah! Aventuras acontecem no meio do caminho, Liana! Deixe esse babaca para lá e espere por alguém que a valorize! Você é muito bonita e não precisa ficar esmolando o amor de ninguém. Quando um homem realmente gosta de uma mulher, ele faz tudo para mantê-la ao seu lado. Homens gostam de ser os provedores e de nos dar amor, dinheiro e muito mais... E, para falar a verdade, cheguei à conclusão de que amante tem sempre mais benefícios. Os homens freiam a grana para as "titulares", mas com as amantes a coisa é bem diferente... Para nos manter ao lado deles e nos fazer saciar seus desejos, fazem de tudo e mais um pouco.

— Eu até sugeri isso para o Cássio, mas ele não aceitou minha proposta de ser sua amante. Ele virou um bicho e foi logo me descartando, dizendo que amava a noiva e que seria com ela que formaria uma família.

— Esse aí está apaixonado pela mulher! O melhor é conseguir um que já tenha se cansado do casamento e que não tenha coragem de largar a família. Se for rico como o meu Rodrigo, melhor ainda, pois poderá manter as duas mulheres tranquilamente. Dividir bens na justiça nenhum deles quer, mas eu não me importo! Tenho carro do ano, dinheiro na conta e, quando preciso de alguma coisa, só falo, e, em questão de segundos, ele providencia tudo como quero. Rodrigo nem pergunta muito! Apenas avisa que o dinheiro estará em minha conta. Quer mais que isso? Sou mesmo abençoada! — ressaltou Brigite, tocando sensualmente os cabelos com as mãos.

— Ah! Brigite! Será que um dia isso acontecerá comigo?

— Pare de querer amor eterno e mantenha-se aberta ao novo. Quem sabe Rodrigo não tenha um amigo disponível? Já pensou? Isso seria demais! Bisbilhotarei e depois lhe avisarei se conseguir algum ricaço que queira uma mulher linda como você.

Liana sorriu, balançou a cabeça e tornou dizendo que para ela talvez as coisas não fossem tão fáceis. Desejava amar e ser amada, contudo, se o homem fosse rico, seria muito melhor!

As duas riram muito e depois saíram para tomar um banho de mar. Descontraidamente, faziam chacotas dizendo que os homens trabalhavam para que elas aproveitassem o dia na praia.

A tarde chegou, e as duas mulheres continuaram a conversa caminhando no calçadão. Liana, então, decidiu abrir-se com a nova amiga e contou-lhe sobre sua intenção de procurar a ajuda de um guia espiritual na tenda espírita. Delicadamente, insinuou que gostaria que ela a acompanhasse e lançou o convite a Brigite, que pensou um pouco e depois respondeu:

— Hum...! Tenda de um caboclo? Será que ele poderá ajudá-la a encontrar um homem rico?

— Não é isso. Eu quero apoio para ficar bem emocionalmente. Estou debilitada e confesso que ele contribuiu muito para que eu melhorasse, assim como você está fazendo agora... Estou adorando sua companhia! Fiquei aqui na praia para esse fim. Eu realmente gostaria de falar com ele. O que acha?

— Eu não gosto muito dessas coisas, Liana. Prefiro resolver qualquer questão por mim mesma, mas, se quiser ajuda, conheço outras coisas que são muito eficazes nessa questão.

— Como assim?

Brigite balançou os cabelos, abriu um largo sorriso e respondeu:

— Ora, você quer ser atendida por esse guia espiritual somente para ficar mais alegre? E por que não se alegra chantageando o rapazinho puritano? Você não disse que ele é gerente de banco? Então, peça dinheiro em troca do seu silêncio! — Instigou Brigite com o tom de voz sarcástico.

Liana arregalou os olhos e com certo espanto respondeu:

— O que é isso, Brigite? Como eu poderia fazer uma coisa dessas?

— Estou lhe ensinando a ser compensada pelo infortúnio que sofreu. Você ficará feliz, e ele seguirá a vida dele. Somente isso, nada mais! Se fosse comigo, eu certamente eu faria isso!

Liana balançou a cabeça indignada e tornou:

— Ah! Brigite! Para você, as coisas são muito fáceis! Eu jamais faria isso e nem quero mais falar com ele. Estou decida a me afastar de vez! Vou procurar um médico, pois acredito que esteja precisando de um antidepressivo. Tenho sonhos horríveis e preciso me controlar com a bebida... Não posso ficar desse jeito! Já pensei em me matar ou em matá-lo! Tenho essa ideia fixa e reconheço que preciso de ajuda. Sinto-me fragilizada e por isso gostaria de conversar novamente com o caboclo. Quando ele me atendeu, me senti muito melhor. Senti alívio, mas depois aquela sensação de posse por Cássio voltou a me atormentar. Estou muito perturbada emocionalmente.

Brigite ouviu atentamente o relato de Liana e quis ajudá-la propondo-lhe outra estratégia. Por fim, sugeriu:

— Que médico que nada! Vou ajudá-la a resolver essa questão! Se você quiser, conheço uns jagunços aqui que podem fazer alguns "servicinhos" para mim, que tal?

Liana balançou a cabeça e, sorrindo, perguntou:

— Que tipo de serviço?

— Ora, podemos pregar-lhe um bom susto! Contrato um capanga, dou-lhe um "banho de loja" e peço a ele que vá conversar com o "engomadinho", apresentando-se com sendo seu primo. Depois, esse homem o surpreenderá afirmando que você está grávida!

— O quê? Grávida? Eu?

— Sim! Você o ameaçará! — ressaltou Brigite.

Liana sentiu-se atraída com a suposta chantagem, mas ao mesmo tempo temerosa em relação ao que poderia acontecer com a vida de Cássio. Ela pensou um pouco e por fim respondeu:

— Isso seria muito bom e acabaria de vez com o casamento! Depois de um tempo longe da noiva, ele voltaria a me procurar para saber do filho. Até que não é má ideia! Por outro lado, fui alertada a me afastar dele, pois caso contrário eu sofreria muito...

— Ora! Deixe de besteira! Você quer ou não esse homem ao seu lado? Depois que você destruir o casamento, ele certamente vai procurá-la para assumir a criança. Aí, quando voltarem a se encontrar, você dá um jeito de engravidar sem que ele saiba... Ou pode dizer também que perdeu o bebê de tanto nervoso! Então, o que decide? Quer ajuda ou não?

— Vou pensar a respeito! Por enquanto, vou aguardar mais um pouco.

— Aguardar o quê? Quer perdê-lo de vez?! É melhor fazer isso agora para dar tempo de acabar com o casamento de vez!

— Brigite, desse jeito você me assusta! Noto sua frieza! Ainda não sei se seria capaz de fazer isso e temo me arrepender pelo resto da vida.

— Então, pense e depois me diga o que decidiu fazer. Qualquer coisa, estarei aqui pronta para ajudá-la. É só pedir que eu prontamente a ajudarei... Essa estratégia é melhor do que matá-lo ou se matar, não acha?

— Ah! Nem quero pensar mais nisso! Que desespero! Mas realmente essa estratégia é melhor... Pensarei a respeito, prometo! — respondeu Liana um pouco ressabiada.

— Não venha me dizer que ainda quer falar com o tal caboclo! E se for, não comente com ele o que sugeri, está certo, brotinho? Vai que ele vem atrás de mim! Serei obrigada a sumir daqui...

Sorrindo, Liana respondeu:

— Não comentarei nada. Aliás, nem sei se hoje conseguirei encontrá-lo, mas pensarei a respeito e lhe avisarei de minha decisão. Por enquanto, lhe agradeço por querer me ajudar... Sinto-me de certa forma amparada por muitas pessoas. Todas elas querem uma solução para que eu saia desta depressão...

Brigite abraçou Liana delicadamente e concluiu dizendo:

— Jamais esqueça que você tem uma amiga para ajudá-la a qualquer momento!

Brigite abriu a sacola de praia, pegou uma caneta, um pequeno bloquinho de papel, anotou o número de telefone e endereço de sua residência e entregou para Liana.

Quando se despediram, Brigite alertou:

— Liana, reveja seus valores e nunca mais enlouqueça por qualquer homem. Faça o contrário: enlouqueça-os! Homens não gostam de mulheres choronas e melindrosas; eles gostam de mulheres fascinantes e exuberantes. Transforme-os em escravos de seu desejo!

Liana arregalou os olhos e timidamente respondeu:

— Você está certa! Reconheço que sou muito imatura em questões afetivas. Eu não sei me relacionar, aliás, não tive outro relacionamento. Cássio foi o primeiro homem que amei de verdade! Mas certamente a noiva dele é muito mais interessante que eu...

— Deixe de bobagens! Você aprenderá rapidamente a domá-los! No entanto, concordo que você esteja se sentindo rejeitada por não ter tido outros homens e outras aventuras. Você pôs muitas expectativas em Cássio, por isso, se desequilibrou por amá-lo e se iludiu. Mesmo assim, se quiser forçar um pouco as coisas, lembre-se do meu conselho. Quem sabe assim as coisas mudam e você se torna vitoriosa nessa situação?

Cabisbaixa, Liana abraçou a nova amiga carinhosamente e ressaltou que em breve se encontrariam novamente.

Brigite correspondeu ao gesto, e em seguida as duas seguiram para suas respectivas casas. Durante o trajeto, Liana, pensativa, observava o lindo entardecer. Enquanto caminhava vagarosamente, absorvia cada minuto daquele belo cenário. A praia vazia, as ondas quebrando mansamente na praia, o cheiro de maresia, tudo isso contribuía para que ela sentisse paz. E, em estado de contemplação, decidiu que visitaria a tenda do guia espiritual.

Pouco depois das dezoito horas, Liana chegou ao local indicado e surpreendeu-se ao se deparar com uma enorme fila de pessoas que aguardavam para pegar a ficha de entrada. Aos primeiros toques de atabaque, deu-se início a reunião espiritual.

A plateia assistia silenciosamente ao ritual, e Liana, por sua vez, sentia certo desconforto. Impaciente, ela cruzou as mãos e percebeu que estava trêmula e com o coração acelerado. Liana sentiu uma leve tontura seguida por fortes arrepios pelo corpo e pensou em sair dali, quando, de repente, uma senhora vestida com uma saia branca longa e que usava um turbante pediu que todos se levantassem para receber a defumação do ambiente. A senhora começou, então, a passar o incensário por todos os cantos da sala e, acompanhada de mais três pessoas, começou a defumar todas as pessoas que ali se encontravam.

Liana pensou que iria desmaiar, quando a bela senhora direcionou a seu corpo a fumaça que saía do incensário. Sem que pudesse se controlar, ela apoiou-se para não cair nos braços da mulher, que imediatamente solicitou que Liana abrisse os olhos e forçasse a respiração.

Estonteada, a moça obedeceu e, aos poucos, foi retomando os sentidos. Gélida e suando frio, Liana começou a se recompor mais rapidamente depois de a mulher colocar a mão sobre sua testa.

Depois disso, iniciaram a sessão com orações, saudações aos guias espirituais e belas canções. O grupo era formado por trinta pessoas, que estavam separadas da plateia por uma pequena grade de madeira pintada de branco e verde.

Liana notou que o homem que ela conhecera na praia estava no centro da roda e suspeitou que ele fosse o dirigente daquele grupo. Aliviada, sentiu que sua ida àquele local não fora perdida, pois certamente o guia espiritual falaria através daquele homem. Ela, então, suspirou, sentindo-se mais segura e confiante.

De repente, Liana deu um pulo na cadeira quando presenciou a incorporação de guias espirituais pelos médiuns. Espantada, ela arregalou os olhos, mas procurou controlar-se. Olhando ao redor, percebeu que, enquanto os médiuns manifestavam a chegada dos índios e caboclos por meio da incorporação, todos os presentes batiam palmas e estavam concentrados cantando as melodias de saudação. Em seguida, os médiuns bateram as mãos no peito, saudaram a plateia e ajoelharam-se diante do altar composto de várias estátuas: Jesus Cristo, Virgem Maria, Iemanjá, São Jorge, Índios, Pretos Velhos e outros mais.

O homem que Liana vira na praia recebeu um caboclo de nome Tupinambá, e os outros médiuns dirigiram-se a ele em um primeiro momento, saudaram-no e depois iniciaram os atendimentos.

Liana observava tudo com muita curiosidade e com certa ansiedade pensou em como conseguiria falar com aquele guia, visto que havia outros médiuns na casa e que, de acordo com a ordem, ela talvez não tivesse a chance de ser atendida por ele. Para surpresa de Liana, no entanto, ela foi chamada e encaminhada para o caboclo Tupinambá.

— Como está a filha? — perguntou o ilustríssimo "Cacique Tupinambá".

— Aiii! Eu não sei por onde devo começar a falar — respondeu a moça com um leve sorriso nos lábios.

O caboclo sorriu e disse:

— Pensou que não fosse falar comigo, não é?

A moça corou instantaneamente e respondeu:

— Sim! Eu estava aflita, pois não conhecia as regras da casa.

— Pois é, minha filha, as coisas espirituais vão além de nossa compreensão. Você está melhor? Percebo que, por um fio de cabelo, a filha não sucumbiu de vez!

— Nossa! Eu não sei quando esse pesadelo terminará! Vim aqui lhe pedir ajuda novamente, pois há momentos em que me sinto bem, mas há outros em que penso que enlouquecerei.

O caboclo começou a passar as mãos na cabeça de Liana, enquanto dizia:

— Solte o passado, filha! Solte essa angústia, pense em Jesus Cristo e peça ajuda para essa libertação.

A moça sentiu uma forte tontura e, sem que pudesse se controlar, caiu em prantos nos braços do caboclo.

— Opa! Erga-se, filha! — ordenou o caboclo com veemência e continuou: — Fique firme e tenha fé! Tudo passará! Não duvide da providência divina, mas cuidado para não cair em uma cilada! Eu já lhe falei sobre isso! Não tente forçar as coisas! Não caia em tentação! A filha precisa aprender muitas coisas e só com esse desprendimento conseguirá renovar a vida e abrir portas para o conhecimento espiritual. Chegou a sua hora, filha!

Liana conseguiu erguer-se, mas em seguida caiu aos pés do caboclo. Sem noção do que estava acontecendo, esboçou um riso irônico e debochado. Ao mesmo tempo, teve a impressão de estar acorrentada.

O caboclo novamente colocou as mãos sobre a cabeça de Liana e ordenou:

— Afaste-se dela! Se você quiser ajuda, posso ajudá-lo, mas, se não quiser, peço-lhe que se retire imediatamente — dizendo isso, o caboclo fez um sinal para as duas mulheres que o auxiliavam, e elas iniciaram um ritual com ervas, passando-as pelo corpo de Liana, enquanto cantavam melodias do ponto do caboclo Tupinambá.

Aos poucos, Liana foi retomando os sentidos, porém, sem saber ainda o que havia acontecido consigo, levantou-se vagarosamente auxiliada pelas duas mulheres, sentindo-se muito fraca e com as pernas bambas.

O caboclo segurou os braços de Liana e disse:

— Não se assuste, filha! Você tem a mediunidade aflorada e precisa aprender a lidar com isso. Você precisa fortalecer seu emocional para não ser vítima de visitantes oportunistas, que, ao notarem sua fragilidade, visam sugar suas energias. É por isso que, para as pessoas com esse tipo de sensibilidade, qualquer problema emocional parece não ter fim... Quando alguém fica vulnerável, baixa a sintonia e capta ondas de pensamentos e emoções de espíritos que vagam na órbita da Terra. Alguns desses espíritos se aproveitam disso para aguçar a mente das pessoas, induzindo os pensamentos para o negativo; e outros, mais espertos, tentam influenciar algumas pessoas que não têm conhecimento das leis espirituais, aconselhando-as negativamente, defendendo a vaidade e o orgulho. Saiba, filha, que você também pode receber irradiações das mentes das pessoas, dos sentimentos e das emoções delas e, quando isso acontece, tudo fica muito bagunçado dentro de você. Isso não presta, viu, filha?! Em virtude disso, você tem de aprender muitas coisas. Primeiro, precisa aprender a fortalecer o emocional, criando novas formas de encarar a vida, e, em paralelo a isso, aprender sobre as leis espirituais... Você está conversando comigo, não está? E essa conversa está acontecendo através de um médium, que, em alguns lugares, é chamado de "cavalo"! Aqui, no entanto, a gente não galopa não! Nossa conversa é outra! Nós estamos aqui usando a mediunidade desse homem para o aprendizado dele e das pessoas. É como se fosse um intercâmbio de lá pra cá! Eu estou do outro lado da vida, e você está conversando comigo, não está? Estou vivo do outro lado, só meu corpo morreu, mas a vida continua... Neste país, as pessoas estão mais abertas à espiritualidade... Existem outros lugares em que o povo sofre, viu, filha?! Aproveite essa oportunidade que Deus está lhe dando para aprender além da matéria. Esse povo vive muito no materialismo, esquece que morrerá um dia e que deixará tudo aqui. Esquece também que só levará o que fez de bom e responderá pelo que deixou de fazer ou fez errado em virtude do orgulho e da vaidade. Essa é a lei, viu, filha?! Por isso, estamos aqui ajudando este planeta e o país a evoluírem, para que não precisem sofrer mais devido à tanta ignorância. E olhe que tem trabalho! O mundo evoluiu muito em alguns aspectos, mas o ser humano ainda não aprendeu muita coisa e insiste em repetir os mesmos erros... Tudo isso é imaturidade! Tá na hora de todo mundo acordar para as verdades do espírito! Chega de tanta ilusão e ganância! Isso faz parte, porém, devemos aprender que os estímulos podem ser renovados. Tá tudo muito antigo ainda, viu?! Parece que mudou, mas todo mundo ainda tá muito perdido, sem saber o que fazer para ser realmente feliz. Se por um lado muita coisa foi descoberta, por outro, muito há a ser desvendado.

    O caboclo fez uma breve pausa e depois continuou:

    — A filha tá sendo chamada para aprender, e eu sei que você questionará por onde começar e se demorará a encontrar a solução que deseja, mas também descobrirá um mundo novo e aprenderá a superar os conflitos que a atormenta e a gostar de si mesma em primeiro lugar. Viu, filha? Você está compreendendo o que este caboclo quer lhe dizer? Logo, logo, você também se interessará por coisas novas que vêm por aí... Quando estamos procurando respostas, algo dentro de nós nos encaminha. Você aprenderá muitas coisas novas! Há muitas coisas boas neste mundo, basta se permitir e buscar o conhecimento. Ah! Se esse povo soubesse que esse é o caminho para a verdadeira realização do espírito! Quantos males seriam evitados! Infelizmente, a humanidade ainda resiste a esse aprendizado profundo, porém, sem isso não há evolução nem felicidade completa. Tudo aqui é passageiro, e todo sofrimento vem para alertar que chegou a hora da renovação.

Liana absorvia cada palavra que ouvia e sentiu paz. A moça pensava que somente receberia aquela paz se permanecesse ali conversando com aquele homem desconhecido, cujo lema espiritual estava abrindo-lhe as portas da consciência e promovendo-lhe paz de espírito.

O caboclo percebeu que Liana estava em estado de contemplação e, com um gesto carinhoso, pegou as mãos dela e começou a acariciá-las enquanto dizia:

— Isso mesmo, filha! Perceba essa sensação de paz que está sentindo neste momento. Essa é a escolha do espírito! Chega de tormentos emocionais! Aliás, você também aprenderá a lidar com isso, pois tá precisando de renovação em tudo, tudo mesmo! Lá onde você mora, encontrará o caminho certo! E, quando puder e quiser, venha passear por aqui e visitar esta casa. Saiba que será sempre bem-vinda! Eu a ajudarei e estarei sempre por perto... Para o espírito não há distância, filha! Fique sossegada. Eu estarei sempre por perto!

Emocionada, Liana respondeu:

— Muito obrigada por me ajudar! Eu realmente não sei por onde começar... Nunca acreditei nessas coisas, mas percebo algo diferente dentro de mim quando converso com o senhor... Eu gostaria de ficar aqui e poder aprender mais sobre tudo o que ouvi, porém, moro em São Paulo e não sei onde encontrarei alguém assim, tão gentil e inteligente. Gostei deste lugar e espero poder continuar nesse caminho. Não quero me perder novamente em ilusões. No momento, só quero aprender mais sobre esses assuntos. Por enquanto, não quero me relacionar com mais ninguém, pois tenho medo de sofrer tudo isso novamente e ficar desequilibrada.

— Ora, ora! Eu já lhe disse que você encontrará o caminho certo! Não há o que temer! Você não precisa se fechar para o amor, porque o amor entre duas pessoas é bênção e união de alma. É vivendo junto que se aprende a tolerância, o perdão e todos os ajustes necessários para manter o amor sempre vivo. Pare de fantasiar amor de príncipe encantado e ponha os pés no chão. Não existe ninguém perfeitinho! Somente o amor faz a gente se render e aprender a viver bem, sem medo de ser feliz, sem melindres, possessão... Troque tudo isso por respeito à individualidade, pois é o que traz harmonia e segurança ao casal. É preciso, no entanto, que exista amor de ambas a partes, pois não adianta forçar. Tem que deixar a vida lhe trazer o que realmente lhe cabe!

"Você pode estranhar o fato de um caboclo saber tudo isso e usar uma linguagem diferente da dos outros, e eu lhe digo que há muitas coisas sobre a espiritualidade que vocês ainda não sabem, ou melhor, que certos médiuns ainda não sabem. No entanto, quanto mais estudam sobre si mesmos, mais atraem companheiros espirituais com notável sabedoria. No mundo espiritual há também diferentes níveis de aprendizado. Veja só esse médium que me permite a comunicação tão boa e clara! Ele estuda muito o comportamento humano, e eu aproveito o conhecimento dele e o somo ao meu. Então, acontece aí uma comunicação diferenciada. Há diferentes tipos de mediunidade, filha! Quando o médium estuda, ele facilita a comunicação dos guias. Muita gente pensa que essa fala bonita só pode partir de outros tipos de espíritos, e não de um caboclo, mas eu lhe afirmo que sou um caboclo e que toda comunicação obedece à capacidade mediúnica de cada médium. Isso também conta muito, viu? E posso dar o nome que eu quiser desde que o que eu esteja falando possa ajudar a esclarecer esse povo sofrido que vem buscar ajuda. Para aqueles que podem compreender com maior clareza eu falo mais; nos demais casos, falo do jeito que a pessoa entenda. O importante é que eu consiga esclarecer a mente por meio da boa palavra ou incentivar a fé, para depois despertar para as verdades espirituais por meio do aprendizado. Você precisava desse tipo de comunicação para acreditar, pois chegou a comentar que sou gentil e inteligente. Justamente por isso, fiz uso de toda a minha gentileza e inteligência para sensibilizá-la, caso contrário, a filha nem voltaria mais aqui, não é mesmo?"

Liana assentiu e admirou a estratégia do caboclo, considerando que realmente havia um mistério naquele homem. Ele parecia saber tudo a respeito dela, e as coisas que ele dissera faziam muito sentido para Liana, que espontaneamente abraçou o caboclo e comentou:

— Eu só tenho a agradecer por tudo o que estou ouvindo nesta noite! Muito obrigada mesmo! Se não fosse o senhor, eu teria feito uma besteira!

— Por nada, minha filha! Fico feliz que tenha gostado de tudo o que ouviu e, principalmente, por ter refletido sobre as escolhas que precisa fazer para encontrar a felicidade. Se não tiver pressa, fique até o final e depois fale com o médium. Ele poderá ajudá-la em algumas questões. Com isso, você voltará mais calma para sua cidade e com mais direções para procurar ajuda. E não se esqueça de que estarei por perto!

— Ah! Eu posso ficar sim! Novamente, eu lhe agradeço e peço ao senhor que me ajude a ficar equilibrada. Temo ficar depressiva e angustiada... Não quero fazer nenhuma besteira...

— Não vai fazer besteira, não! Não se esqueça de minhas orientações e continue fazendo suas orações para manter o equilíbrio. Volte aqui quando quiser e puder!

Dizendo isso, o caboclo abraçou Liana e apontou um lugar para que ela se sentasse e aguardasse o término da sessão espiritual.

Com lágrimas nos olhos, Liana retribuiu o abraço e falou que fizera a melhor escolha naquela noite, quando persistiu em ir aos trabalhos espirituais. Depois, ela sentou-se na área dos assistidos e, emocionada, agradeceu a Deus por tudo o que recebera. Era a primeira vez que ela fazia isso de coração. Lágrimas escorriam pela face delgada e jovial da moça, que se sentia esperançosa e revigorada. Apesar de ainda não compreender aquele tipo de trabalho espiritual, Liana constatou que realmente recebera uma grande ajuda, não somente pelas palavras que ouvira, mas também pela paz que estava sentindo.

Em estado de reflexão, Liana olhou novamente para as pessoas ao redor e notou a expressão sofrida no rosto de cada uma delas. Outras, contudo, esboçavam um riso calmo e sereno depois de conversarem com os médiuns, igualmente como acontecera com ela. Liana observava atentamente cada detalhe do salão e, enquanto aguardava o término da sessão, às vezes, cruzava o olhar com pessoas que faziam o mesmo. "Certamente, é a primeira vez que elas vêm aqui também...", pensou.

Depois de meia hora de espera, Liana começou a sentir sonolência e, sem que pudesse controlar o sono, baixou a cabeça e cochilou de braços cruzados. De repente, no entanto, ela sobressaltou-se com o toque de uma mulher, que a alertava a ficar de olhos abertos. Liana pigarreou e ergueu a cabeça, atendendo prontamente ao alerta recebido. Nesse momento, ouviu-se o toque dos atabaques, e os médiuns fizeram uma roda para se despedirem das entidades por meio de cânticos, cujas letras ditavam agradecimentos e pedidos de proteção. Dois participantes do grupo pegaram duas cestas com rosas brancas e distribuíram-nas aos assistidos, enquanto cantavam alegremente a melodia: "Fica sempre um pouco de perfume nas mãos que oferecem rosas, nas mãos que sabem ser generosas...".

Liana pegou uma rosa, beijou-a e depois quis acompanhar o cântico, pronunciando bem baixinho a bela melodia.

Entre abraços e cumprimentos, os médiuns foram se despedindo, e o homem que incorporara a entidade do caboclo tirou os colares do pescoço e colocou-os sobre o altar aos pés da imagem da Virgem Maria. Reverenciando-a de braços abertos, virou-se para a área dos assistidos e acenou para Liana, que atentamente o observava e aguardava para falar-lhe em particular.

— Por favor, aproxime-se! — disse Raul, apontando para ela.

Liana levantou-se rapidamente e atendeu ao chamado do médium.

— Seja bem-vinda a esta casa! Gostou dos trabalhos?

— Oh, sim! Gostei muito! Senti paz e alívio! — respondeu a moça entusiasmada e admirada ao notar a beleza do homem.

Sorrindo, Raul disse:

— Muito prazer em conhecê-la! Meu nome é Raul, e o seu?

— Liana! O prazer é todo meu! Parabéns pelo trabalho de caridade que exerce — acentuou.

— Muito obrigado! Procuro seguir corretamente os fundamentos da doutrina e, na medida do possível, faço o que posso... O resto fica por conta de Deus e de seus emissários, que são os guias que trabalham em nome do bem de cada um e para a evolução do planeta.

— Eu não entendo nada disso, mas, diante de tudo que assisti, pude constatar que este é um lugar em que as pessoas só fazem o bem!

— Sim! Como lhe disse, procuramos seguir corretamente os fundamentos da religião, a fim de fazermos o melhor para todos que nos procuram, seja qual for a questão... — Raul fez uma breve pausa e depois perguntou: — Onde você mora?

— Sou de São Paulo e vim para o litoral na última sexta-feira. Passei o fim de semana aqui e resolvi ficar para conhecer esta casa espiritual. Aliás, ressalto que precisei vir conhecer a casa, pois estava me sentindo muito angustiada e perturbada emocionalmente. Após falar com seu guia na praia, me senti muito aliviada, mas depois tive alguns infortúnios que pioraram meu estado e resolvi aceitar o convite dele para conhecer os trabalhos da tenda, pois não aguentava mais lidar com tanta angústia e tristeza. Amanhã cedo, retornarei para a capital paulista e espero chegar com força renovada e mais equilibrada, do mesmo jeito que estou me sentindo agora. Espero mesmo que isso aconteça...

— Tudo isso dependerá exclusivamente de você, Liana. É preciso que aprenda a se controlar! Você recebeu muitas informações e deve se prontificar a segui-las para o seu próprio bem! — disse Raul com um tom firme de voz.

— Espero! Farei o possível, mas ainda não posso lhe garantir que esse estado pacífico continuará. Eu gostaria muito que continuasse, contudo, temo sucumbir...

— Você deve procurar apoio terapêutico, pois isso ajuda muito o trabalho espiritual e vice-versa. Conhece algo a respeito disso?

— Você quis dizer um psiquiatra?

— Talvez, mas no caso de você apresentar alguma anomalia patológica. Caso contrário, outros tipos de terapia lhe são indicados, como psicoterapia, terapia holística... Hoje em dia, há uma grande abertura para aprendermos sobre esse novo assunto denominado de "terapia alternativa" ou "terapia holística". Essa nova abordagem engloba os estudos sobre corpo, mente e espírito, bem como o processo de reconhecer crenças e atitudes que geram situações negativas em nossa vida, transformando, assim, o comportamento através de uma nova maneira de pensar e agir, equilibrando as emoções e burilando os sentimentos. Assim, começamos a limpar a "casa interior" e iniciamos a grande renovação de que tanto necessitamos. Para isso, no entanto, são necessárias coragem e muita persistência para enfrentar o confronto consigo mesmo. Não é fácil confrontar o orgulho, mas é extremamente libertador. Valerá o esforço, Liana!

Raul fez uma breve pausa e continuou:

— Você deve procurar conhecer cada uma dessas coisas e iniciar um novo ciclo de aprendizado. E, quando começar, não terá mais volta... Tenho certeza de que você escolherá aquilo que no momento lhe fará bem. É assim que identificamos o que estamos precisando e é assim que se processa a grande libertação: deixando para trás o passado e as coisas que não nos acrescentam nada na vida, procurando atender o que nossa alma deseja e aprendendo a nos valorizar e respeitar. São esses os princípios de uma base sólida e firme!

— Minha amiga já havia me orientado a fazer terapia, e acredito que eu esteja mesmo precisando de ajuda médica. Talvez, eu esteja com depressão... Tem horas em que me sinto muito bem, porém, quando estou sozinha, me sinto muito triste e infeliz.

— Estou me preparando para trabalhar com isso. Além de administrar uma loja de artigos espirituais, estou estudando para atuar como terapeuta holístico. Nos cursos que tenho feito, venho notando que muitas pessoas melhoram rapidamente, então, se você começar a buscar, acredito que sairá logo desse estado de lamentações e tristeza. É importante saber confrontar as emoções, sejam elas de alegria ou de tristeza, pois fazem parte de nossa vida. Saber lidar com as frustrações é indispensável. Isso não é estar desequilibrado. Nós nos desequilibramos por não sabermos confrontar as emoções conturbadas e por não sabermos o que fazer para mudar. O contraste faz parte da vida! Se há escuridão, não tardará a aparecer a luz. Precisamos aprender a passar pelos dois estados, assim como passamos por dias de forte calor ou por dias chuvosos de frio intenso. É preciso que nos adaptemos às situações para que possamos mudá-las. É necessário que tomemos o rumo de nossa vida por vontade própria, sem exageros ou privações, e que quebremos conceitos antigos e regras desnecessárias, mas que conservemos também a ordem e a liberdade de ser e sentir. Precisamos saber que as emoções descontroladas geram desequilíbrios físicos e que, se mudarmos essas crenças e emoções, nosso corpo reagirá positivamente com saúde e vitalidade. Precisamos nos cuidar! Nos respeitar em primeiro lugar! Você aprenderá isso e muito mais se realmente quiser e se permitir.

Liana ouvia atentamente o que Raul falava e estava estupefata com tantas informações novas. Ao mesmo tempo, a moça sentia vontade de iniciar imediatamente aqueles aprendizados, mas não sabia por onde começar. Apresentando certa insegurança, ela lançou as questões:

— Por onde devo começar? Quem eu devo procurar? Não conheço nada desses assuntos. Você conhece alguém para me indicar em São Paulo?

— Eu faço alguns cursos em São Paulo. Se você quiser, podíamos marcar, e eu a apresentaria a alguns profissionais habilitados. Provavelmente, você gostará muito de tudo isso...

— Claro que aceito! Puxa! Por essa eu não esperava! Em quais dias da semana você faz os cursos em São Paulo?

— Às terças, quintas e, às vezes, o dia inteiro aos domingos. Chamamos isso de "intensivão". Semestre que vem, farei um curso de massoterapia! Mais um curso a ser acrescentado ao meu currículo. Estou me dedicando muito, porque pretendo abrir um espaço holístico aqui na Baixada. Continuarei a administrar meus negócios e darei continuidade aos atendimentos aqui no centro. Sou muito requisitado e pretendo formar todos esses médiuns para que eles possam aprender tudo sobre mediunidade e autoajuda. Considero importantíssima essa associação, pois o médium que estuda facilita a comunicação dos guias espirituais e assim pode ajudar mais rapidamente a todos que o procuram e que precisam de ajuda rápida.

— Eu poderia ir com você amanhã? Qual é o horário desse curso?

— Eu faço o curso à tarde, pois retorno para a Baixada no começo da noite. No entanto, se você quiser, posso esperá-la para irmos a uma palestra que acontecerá às vinte horas. O tema é muito interessante: "Como largar situações negativas do passado".

— Ah! Que tema propício! Estou precisando ouvir algo a respeito e também adoraria ir com você! E, pela gentileza, convido-o a pernoitar em minha casa e, logo pela manhã, você pega a estrada. Eu ficaria mais tranquila se você aceitasse, pois assim conseguirá descansar e dormir bem para depois retornar para casa. O que acha? Aceita?

— Muito obrigado! Sendo assim, acordo fechado! Aceito!

Liana abriu um largo sorriso e sentiu seu coração pulsar de alegria. Algo novo a esperava e ela estava disposta a renovar-se. E, na companhia de Raul, se sentiria mais segura. Com um gesto carinhoso, segurou a mão do rapaz e agradeceu-o por toda a ajuda e pelo início de uma grande amizade.

Os dois trocaram número de telefone e endereço, conversaram mais alguns minutos e, depois de combinarem horário e local para o encontro em São Paulo, se despediram.

Naquela noite, Liana não cabia em si de felicidade. Quando retornou para o apartamento de Cristina, pensou em telefonar para a amiga e também para Brigite. Ansiava contar-lhes tudo o que ocorrera no centro espírita, porém, hesitou ao perceber que já era muito tarde e que provavelmente elas já estariam dormindo. Não quis incomodá-las, por isso tentaria controlar a ansiedade até o amanhecer. Depois, entraria em contato com as duas quando chegasse à empresa. Ligaria para Brigite e depois convidaria Cristina para almoçar. Tinha certeza de que ambas ficariam felizes em saber que ela sentia-se muito bem e animada.

Entusiasmada, Liana começou a arrumar a mala. Pretendia sair bem cedo da Baixada Santista e chegar à empresa antes do horário habitual. Com isso, adiantaria o trabalho para sair no horário e ir ao encontro de Raul. Uma nova etapa de sua vida estava prestes a acontecer e estimava poder iniciar imediatamente os cursos na área holística. Sentia-se curiosa e ansiosa para aprender a tão falada renovação interior. Isso seria o grande apoio de que ela necessitava para esquecer Cássio de vez e seguir sob a orientação do caboclo, o guia espiritual de Raul.

Com essa intenção, a moça terminou de arrumar a mala, elevou o pensamento a Deus, agradeceu novamente a ajuda recebida e foi dormir.

Capítulo 8

Os raios intensos de sol abriram o dia na Baixada Santista. O mar calmo exibia a cor azul mesclada ao branco das ondas que quebravam mansamente na praia, e algumas pessoas caminhavam na areia. Naquele dia da semana, havia poucos turistas, o que favorecia o belo cenário entre o céu límpido e o mar.

Raul despertou cedo, tomou um bom café e, depois de fazer as orações costumeiras, resolveu caminhar um pouco na praia, pois gostava de aproveitar cada segundo matutino para manter a forma. O rapaz era extremamente disciplinado na vida pessoal e no exercício da mediunidade e compreendia que os médiuns precisavam renovar as energias, além de manterem o pensamento em conexão positiva. Apreciar o mar durante a caminhada fazia muito bem à sua saúde mental e física. O bom humor era peculiar a Raul, o que o fazia ser muito querido e respeitado pelos amigos e moradores do bairro onde residia.

Absorto em seus pensamentos, Raul foi surpreendido pelo grito de um homem que se banhava no mar.

— Socorro! — gritou o homem acenando com o braço.

Raul e dois homens que se encontravam na praia correram para auxiliá-lo. Um deles mergulhou rapidamente e conseguiu levantar o homem que, ofegante, se agarrou aos braços de Raul.

— Calma! Vamos ajudá-lo! — disse Raul, ao perceber que por pouco aquele homem teria se afogado.

Os três homens carregaram-no para a beira da praia, e a vítima, ainda ofegante, mostrou a perna tentando se explicar:

— Tive uma cãibra na perna direita! Se não fossem vocês, eu teria me afogado!

O outro homem que o auxiliara respondeu:

— Sorte sua, meu "chapa"! Essas coisas acontecem... Você ficará bem!

Pálido e trêmulo, o homem levantou o dedão em um gesto afirmativo.

— Barbaridade! Graças a Deus, nós estávamos próximos! — disse o outro.

Raul passou as mãos pelo cabelo, suspirou e complementou:

— Graças a Deus! Conseguimos ajudá-lo a tempo! — dizendo isso, ele sentiu um arrepio percorrer seu corpo. Repentinamente, Raul foi intuído por seu guia espiritual, que sinalizou que aquele homem estava precisando de muita ajuda espiritual. Obedecendo prontamente à informação recebida, ele passou carinhosamente a mão na cabeça do homem, que estava sentado na areia, e perguntou:

— O senhor me permite uma observação?

O homem, cabisbaixo e ainda trêmulo, respondeu:

— Sim! Sim!

— O senhor está passando por algum problema particular difícil?

O homem pigarreou, tentou levantar-se, mas sentiu dificuldade.

Percebendo que o homem sentia um incômodo na perna direita, Raul esfregou as mãos e começou a massagear as pernas. Enquanto isso, dizia:

— Não há mal que perdure! Fique calmo! Se o senhor permitir, eu posso ajudá-lo nessas questões que o atormentam há tempo...

— Estou muito desesperado! Não sei o que fazer para me livrar de uma situação financeira na empresa, que está indo de mal a pior. De repente, tudo começou a dar errado. Perdi muitos fornecedores por estar endividado.

— Isso é medo de tomar uma atitude! O senhor está se privando de agir de acordo com aquilo que pensa em fazer e fica muito tenso aguardando os resultados positivos. O senhor, no entanto, não está agindo de acordo com o que sua alma quer! Falta-lhe prazer de viver! A vida se tornou uma obrigação sem fim... Está na hora de mudar sua atitude e mudar essa situação!

O homem arregalou os olhos e, espantado, respondeu:

— É isso mesmo, meu bom rapaz! Como pode me dizer isso com tamanha presteza?

Raul sorriu e perguntou descontraidamente:

— Qual é seu nome?

— Josué de Almeida!

— Prazer, senhor Josué. Meu nome é Raul — ele virou-se educadamente para os outros dois homens que ouviam atentamente a conversa e estendeu-lhes a mão para cumprimentá-los.

— Muito prazer! Marcos e Vinícius — disseram os homens.

— Eu recebi essa intuição por meio do guia espiritual que me acompanha. Sou proprietário e dirigente do Centro Espiritual Cacique Tupinambá. Creio que posso ajudá-lo, se assim o senhor permitir...

— Eu não conheço esses assuntos. Na verdade, tenho um pouco de receio de mexer com essas coisas, mas, devido ao ocorrido e diante daquilo que escutei de você, acredito que eu realmente esteja com algum problema espiritual. Aceito ajuda sim! Aliás, eu necessito de ajuda! Confesso-lhe que não tenho religião e preciso da ajuda de Deus! Não aguento mais essa situação desesperadora. Tem horas que penso que enlouquecerei!

Marcos e Vinícius cruzaram olhares e esboçaram um sorriso "maroto". Um cutucou o braço do outro, e em seguida um deles disse:

— Já ouvimos falar muito bem desse centro e melhor ainda de você, Raul! Temos muito prazer em conhecê-lo e também gostaríamos de conhecer os trabalhos do centro.

— Sejam bem-vindos, amigos! As portas estão abertas para todos! Com todo o respeito, senhor Josué, mas o ditado é certo: "Há males que vêm para bem!". Creio que nasceu hoje uma grande e duradoura amizade entre nós! Sejam todos muito bem-vindos! Estou indo para São Paulo hoje, mas amanhã abrirei os trabalhos normalmente. — Eu também moro em São Paulo! Estou aqui a serviço e aproveitei para tentar relaxar um pouco. Entrei no mar para esquecer os problemas, mas por azar, ou melhor, por sorte, tive essa cãibra e pedi socorro. Estarei aqui amanhã, pois quero e preciso falar com o Cacique — disse Josué com certa aflição.

— Pelo que percebo agora, o senhor teve a ajuda das forças das Ondinas, entidades das águas que têm como especialidade limpar o emocional e mental das pessoas. Agora, preciso me apressar, pois tenho um compromisso à tarde em São Paulo. Espero vocês amanhã!

Josué levantou-se, sentiu-se mais animado e perguntou:

— Posso levar minha esposa?

— Claro que pode! Tem filhos?

— Um casal de adolescentes, mas eles estudam na parte da manhã. Vou deixá-los com minha sogra e assim poderei vir com mais tranquilidade e sem pressa para voltar.

— Perfeito! Valerá o sacrifício! Se Deus quiser, você começará o tratamento amanhã e logo, logo se libertará de toda essa negatividade.

— Se isso acontecer, eu me mudarei para a Baixada para ajudá-lo em tudo o que você precisar!

Raul tornou a sorrir e gentilmente respondeu:

— Aguardemos as mudanças que virão, pois tudo tem o tempo certo! Tenha fé e paciência. Faça sua parte com equilíbrio, e tudo se transformará. Se esse caminho for para o seu bem, você saberá fazer as mudanças necessárias no tempo devido.

Os três se abraçaram carinhosamente e se despediram. Marcos e Vinícius prontamente se ofereceram para ajudar Josué, perguntando se ele precisava de alguma coisa e ofereceram-lhe estadia para pernoitar na cidade e voltar para a capital com mais tranquilidade no dia seguinte.

Raul sorriu ao constatar a gentileza dos dois homens e, com o olhar firme, fixou-os dizendo:

— Vocês são dois homens do bem! Fiquei muito feliz em conhecê-los! Espero que nossa amizade perdure e que possamos trilhar juntos os caminhos espirituais, formando, assim, uma grande família!

Novamente, os três homens cumprimentaram e despediram-se de Raul, que acenou carinhosamente enquanto se afastava.

No caminho de volta para casa, Raul agradeceu mentalmente a Deus toda ajuda que eles haviam recebido no salvamento de Josué. Cada situação que ele vivenciava fortalecia sua fé e dedicação no auxílio ao próximo. Raul, então, reconheceu que nascera para isso. Na infância, ele começou a registrar a presença de seu amigo espiritual por meio da vidência e da audição, características predominantes do tipo de mediunidade que ele possuía e denominada como "médiuns inteligentes", dentro dos conceitos do estudo da doutrina espírita.

Quando tinha cinco anos de idade, Raul perdeu os pais em um acidente de estrada e, a partir disso, seus avós maternos, que moravam na Baixada Santista, prontificaram-se a criá-lo e a dar-lhe toda assistência material e emocional de que ele necessitasse. Aos sete anos de idade, Raul recebeu a primeira visita espiritual do caboclo, que se apresentou em uma noite em que ele dormia tranquilamente. Acordado por um imenso clarão que envolvera todo o aposento e surpreso com tanta claridade, Raul esfregou os olhos ao despertar e deparou-se com a figura de um índio, que, sorridente, acenou para ele e disse:

— Raul, sou o Cacique Tupinambá. Você faz parte de minha história, e nós teremos muito trabalho a fazer quando você crescer! Estou aqui para ajudá-lo e para guiá-lo. Não se sinta sozinho. Estarei sempre ao seu lado!

O menino arregalou os olhos e sentiu o coração disparar, mas não teve o ímpeto de chamar pelos avós, que dormiam no quarto ao lado. Raul ficou observando a figura do índio até ele desaparecer envolto em um raio luminoso. Logo depois, o menino levantou-se, pegou uma folha de papel e desenhou o retrato do índio e acabou dormindo com a folha desenhada ao lado de seu travesseiro.

No dia seguinte, no café da manhã, Raul levou consigo o desenho para mostrar aos avós e disse:

— Vovó! Vovô! Olhem isso! Estão vendo esse índio que eu desenhei? Ele veio me visitar ontem à noite e me disse que, quando eu crescer, vou trabalhar com ele! Também falou que se chama

Cacique "Toipibambá"! — Raul tentou soletrar corretamente, mas não conseguiu.

Ana e Roberto entreolharam-se surpresos ao verem o retrato do índio. Apressadamente, ela dirigiu-se à sala de estar, abriu a gaveta de um móvel onde guardava algumas coisas de escola da filha falecida e pegou uma folha de jornal que trazia a seguinte matéria: "Os Índios Guerreiros – A Confederação dos Tamoios. A Batalha contra o Invasor no Litoral Sul", um documentário que relatava os conflitos no Brasil no período da colonização, envolvendo portugueses, franceses e as tribos indígenas dos Tupinambás, Guainazes, Aimorés e Temiminós. Uma nota especial sobre a tribo do Cacique Tupinambá estava circulada.

Ana sentou-se no sofá, tentando controlar as emoções ao se recordar do entusiasmo de sua filha Lígia, quando esta concluiu o magistério superior, habilitando-se em Licenciatura Plena em História. Desde a infância, Lígia demonstrava notável curiosidade pelos estudos da colonização brasileira. Ela lia e relia tudo a respeito do assunto e gesticulava sozinha como se estivesse ensinando um grupo de pessoas. O pai admirava a menina, que era filha única, e sempre lhe levava material para ajudá-la em seus estudos. Certa vez, em um fim de tarde, Roberto deitou-se em uma rede de balanço pendurada na varanda de sua casa e resolveu tirar um pequeno cochilo antes do jantar. Subitamente, ele foi acometido por um torpor estranho que o fez adormecer profundamente e, quando despertou, surpreendeu-se ao ver a figura de um índio sorrindo ao seu lado e desaparecendo minutos depois.

Naquela noite, Roberto discretamente relatou o ocorrido à esposa, que decifrou o que ocorrera como sendo uma "visão espiritual". A partir daquele dia, o casal, então, começou a se interessar em aprender algo sobre o assunto e a procurar por várias instituições espiritualistas. Com o passar do tempo, Ana e Roberto decidiram formar um pequeno grupo de estudos com amigos mais próximos, a fim de estudarem mais intensamente os mecanismos da mediunidade.

Lígia, já formada, trabalhava durante o dia e participava das reuniões do grupo idealizado pelos pais. Em um desses encontros, a moça, em estado profundo de concentração, viu uma entidade espiritual indígena, que se apresentou como "Cacique Tupinambá, o Guerreiro da Luz". A moça concluiu que aquela entidade espiritual acompanhava a família e que, possivelmente, era também o tutor espiritual do pequeno grupo de estudos.

Pouco antes de se casar, Lígia recebeu por intuição uma mensagem do Cacique Tupinambá que a alertava sobre sua breve passagem na Terra e que ela deixaria como herança uma criança que assumiria o propósito de levar para a humanidade novos conceitos e ensinamentos vinculados à espiritualidade.

Quando Raul nasceu, Lígia começou a fazer de tudo para o filho, pois não sabia quanto tempo teria ao lado dele na Terra. Conversava com Raul enquanto ele dormia e dizia estar falando diretamente com o espírito do menino. Aconselhava-o para que fosse forte, pois a missão dela estava prestes a ser concluída, e afirmava que sempre que fosse possível estaria ao lado dele. Lígia emocionava-se, mas não se desesperava. Às vezes, questionava a razão de sua breve partida, contudo, reagia, tentando confiar nos desígnios divinos. Os pais acreditavam, porém, que, se isso realmente acontecesse, aconteceria quando Raul já estivesse adulto. Não foi, no entanto, o que ocorreu.

Em uma noite chuvosa, Lígia decidiu acompanhar o marido em uma breve viagem de trabalho, mas, no trajeto, o veículo do casal colidiu com um barranco após derrapar em uma curva acentuada e capotou em seguida, levando-os para a Casa Espiritual.

Quando ouviu o relato de seu neto Raul, Ana conseguiu compreender que os desígnios divinos não falham e que nem sempre poderemos entender a razão enquanto estivermos neste estágio de passagem pela Terra. A mulher levantou-se e, com a folha nas mãos, foi para cozinha. Em seguida, perguntou para o menino:

— Raul, o nome do índio é Cacique Tupinambá? Reconhece esse nome?

O menino sorriu e respondeu:

— É sim, vovó!

— Pois bem, vamos esperar você crescer para entendermos que tipo de trabalho o espera... — falou sem enfatizar para não ativar a curiosidade e a imaginação natural infantil. Ela, contudo, sabia muito bem que o neto seria o condutor dos trabalhos espirituais no futuro.

Discretamente, Roberto pegou um lenço e enxugou as lágrimas. Estava visivelmente emocionado, mas tentou disfarçar a emoção por causa do menino. Interiormente, ele fez uma prece, agradeceu a companhia espiritual do Cacique e colocou-se à disposição para ensinar tudo o que sabia para o neto. Depois, direcionou um breve pensamento para a filha e para o genro, dizendo que eles sabiam que o menino estava em boas mãos tanto na parte física quanto na espiritual.

Distraidamente, Raul correu para o quintal e foi brincar com o cãozinho, mostrando para o animal o retrato do índio.

Naquele dia, Ana e Roberto conversaram com os outros integrantes do grupo e colocou-os a par do ocorrido. Para eles, no entanto, não foi nenhuma novidade, pois já sabiam que, quando crescesse, o menino seria o condutor do grupo.

Passaram-se os anos, e o grupo foi aumentando. Roberto, então, decidiu consolidá-lo, abrindo oficialmente um centro espírita que foi batizado com o nome de Cacique Tupinambá. Raul, que atingira a maioridade, foi nomeado vice-presidente da casa e começou a aprender a administrar o local. O jovem, que iniciara o curso de administração na faculdade, estudava durante o dia e, à noite, participava dos trabalhos espirituais dirigido pelo avô.

Dez anos se passaram, e o Centro Espírita Cacique Tupinambá ficou muito conhecido e passou a ser frequentado por muitas pessoas, que procuravam ajuda para diversos tipos de problemas. Ao lado da casa, Raul resolveu abrir uma loja para vender artigos religiosos e assim foi conduzindo magnificamente os negócios e as atividades religiosas. Quando os avós faleceram, ele continuou a seguir corretamente todas as instruções que recebera deles. Dia após dia, ele procurava estudar mais sobre assuntos que a entidade espiritual lhe intuía, pois, naquela época, iniciara-se uma nova abordagem sobre estudos de autoajuda. Raul foi orientado a aprender sobre o assunto e a passar os novos conhecimentos para os médiuns, assim, ele sobressaía ajudando e educando a todos que por eles procuravam. Dotado de esplêndida mediunidade, Raul exercia seu papel com nobreza, responsabilidade, disciplina e honestidade. Na vida pessoal, ele mantinha-se com as mesmas características e por isso era extremamente querido por todos. Dali para frente, ele também iniciaria um novo período de grande aprendizado pessoal.

Capítulo 9

    Liana entrou no escritório bem antes de os outros funcionários chegarem e apressou-se em verificar as pendências e resolvê-las. Continuava animada e com bom humor. Pouco depois, telefonou para Brigite e contou-lhe tudo sobre o que acontecera na noite anterior e insistiu para que ela a acompanhasse nos trabalhos do centro na sexta-feira. Brigite, com seu costumeiro humor satírico, declinou do convite, justificando que aquelas coisas não funcionavam para ela, pois costumava resolver suas questões a seu modo.

    Tentando estimular a amiga, Brigite instigou Liana sobre Raul pernoitar na casa dela e aconselhou-a a usar todo o seu charme e não perder a oportunidade de insinuar-se para o rapaz. Liana, por sua vez, respondeu à amiga pedindo que ela não fantasiasse as coisas, pois os dois estavam apenas iniciando uma boa amizade. As duas mulheres deram boas gargalhadas e despediram-se, marcando um encontro no sábado para colocarem a conversa em dia. Feito isso, ainda ansiosa, Liana ligou para Cristina, que, ao ouvir o relato da amiga, ficou extremamente feliz e aliviada ao notar que ela estava alegre e descontraída. Cristina, contudo, não pôde aceitar o convite para almoçarem juntas devido aos compromissos da loja. Não poderia se ausentar por muito tempo e, como à noite Liana iria se encontrar com Raul, decidiu deixar a conversa mais detalhada para o dia seguinte.

No período matutino, tudo pareceu transcorrer magicamente a favor de Liana, que apenas teve receio de algo acontecer quando foi justificar sua ausência ao diretor da empresa. Samuel, contudo, foi muito receptivo e compreensivo com a moça, pois gostava muito de Liana e a considerava uma filha e seu "braço direito". Ele disse:

— Às vezes, temos que dar uma "parada" para refazermos nosso estado psicológico, Liana. Além disso, você é muito querida na empresa e sempre foi uma excelente funcionária. Ausentar-se por dois dias, como você fez, não representou nenhuma negligência em relação aos compromissos da empresa.

Com isso, Liana pôde manter seu estado emocional em equilíbrio e notou que poucas vezes Cássio lhe viera à mente. A moça sentia-se mais firme e confiante para abandonar definitivamente a grande ilusão que criara, jurando amor eterno ao rapaz. Cássio, por sua vez, ainda atormentado e inseguro, temia uma visita inesperada de Liana, ser seguido pela moça ou que ela revelasse tudo para Sabrina.

Após o almoço, a secretária de Liana informou-lhe sobre uma ligação do banco. A moça estremeceu e hesitou em atender ao chamado. Por fim, ela respirou profundamente e, mentalmente, pediu ajuda ao guia espiritual Cacique Tupinambá. Precisava manter equilíbrio e firmeza para atender à chamada.

— Alô! Pois não?! — respondeu ressabiada.

— Liana? É Cássio. Estou ligando para lhe pedir que se afaste de mim definitivamente ou, então, perderá seu emprego. Peço que, se me encontrar em algum lugar, não se aproxime de mim. Fiquei atordoado durante o fim de semana e considerei que seria melhor falar com você, pois temo alguma reação impensada de sua parte. Uma reação que ponha meu casamento em risco.

Liana teve vontade de xingá-lo. A moça sentiu o rosto ferver de raiva, o coração disparar e as mãos ficarem trêmulas, porém, pretendendo acalmar-se, silenciou interiormente e demorou a responder.

— Liana, você está aí? Está me ouvindo? Responda por favor! Não adianta fingir que não me ouviu! Vou persegui-la caso não atenda ao meu pedido.

A moça respirou profundamente e conseguiu responder:

— Estou aqui sim! Ouvi tudo e quero que saiba que decidi esquecer definitivamente que um dia me apaixonei por um homem que não merece meu amor. Lamento o ocorrido! Recebi muita ajuda de amigos e percebi o quanto me humilhei ao implorar amor de alguém que jamais me amou de verdade. Não quero mais isso para mim! Alguém merecerá meu amor e pretendo ser realmente feliz! Não vou mais importuná-lo, tenha certeza disso! Fique tranquilo! Não pretendo atrapalhar seu casamento, pois encontrei muitas outras coisas que preencherão o vazio de meu coração. Posso ajudá-lo em algo mais? — interrogou com intuito de dispensá-lo rapidamente.

Surpreso, o rapaz emudeceu, e foi a vez de Liana perguntar:

— Cássio, você está aí? Por que não me responde?

Pigarreando, ele respondeu:

— Sim, estou! Espero que esteja dizendo a verdade, caso contrário, farei de tudo para prejudicá-la na empresa. Entendeu bem?

— Acredite se quiser! E, se não quiser, continue atormentado! Eu já lhe falei sobre minha decisão! Só não posso lhe implorar que acredite em mim. Bem, era só isso que queria me dizer? Estou muito ocupada e não quero me desequilibrar. Estou bem e quero continuar assim!

— Pois bem! Eu já dei meu recado. Espero que cumpra o que acabou de me dizer. Boa tarde!

Liana não respondeu e desligou a ligação bruscamente o telefone no gancho. A moça pegou um lenço na bolsa, passou-o na testa molhada de suor, enxugou as mãos e em seguida pediu água para a secretária. Apesar de surpresa e com uma leve alteração emocional, ela sentia-se vitoriosa por ter conseguido posicionar-se devidamente. A fim de desabafar, no entanto, acabou blasfemando:

— Quem esse canalha pensa que é para me ameaçar? Precisei me segurar para não deixar meu equilíbrio ir por "água abaixo"! Bem que eu gostaria de tê-lo ameaçado, dizendo que contaria tudo para a magrela da noivinha puritana dele! Eu desejo que ele seja imensamente infeliz nesse casamento! Maldito! Prepotente!

Tentando controlar-se, Liana levantou-se e foi ao toalete. A moça lavou o rosto e, mais aliviada, retornou às tarefas cotidianas, pretendendo terminar o trabalho rapidamente e sair ao encontro de Raul. No entanto, não conseguiu concentrar-se devidamente e resolveu telefonar para Cristina, a fim de desabafar. Como não conseguiu localizá-la, Liana esfregou as mãos e repentinamente sentiu a cabeça rodopiar e o coração acelerar. Pensamentos negativos a acometeram naquele instante e, um tanto desequilibrada, ela caiu em prantos, reconhecendo certa fragilidade em relação ao rapaz. Por fim, suspirou profundamente e gritou:

— Bem que eu poderia acabar com a prepotência dele em um minuto! Bastaria eu seguir o plano de Brigite! Aí eu queria ver o que esse canalha iria fazer!

Falando isso, Liana recordou-se imediatamente da orientação do caboclo e, tentando retomar o equilíbrio, disse:

— Ah! Meu Deus! Afaste de mim esses pensamentos! Não quero nem posso sucumbir!

Liana respirou profundamente, ajeitou os cabelos e decidiu esquecer aquele infortúnio. Logo mais estaria com Raul, e isso era o que mais importava naquele momento. Pensando assim, conseguiu acalmar-se e voltou ao trabalho.

***

Cássio, por sua vez, não estava tão seguro em relação à decisão de Liana e, com certo constrangimento, fez sinal para Ricardo acompanhá-lo até o toalete.

— O que foi, Cássio? Liana o ameaçou?

— Não! Muito pelo contrário! Ela disse que resolveu me esquecer e lamentou o infortúnio que causou, pois percebeu o quanto havia se humilhado ao me implorar amor... Você não acha isso muito estranho? Domingo, ela estava histérica e hoje toma essa decisão de se afastar de mim de vez? Não sei, não! Para mim, Liana aprontará alguma...

— Talvez, ela tenha refletido e considerado melhor se afastar! Ou esteja fazendo um joguinho para ver se você sentirá a falta dela! Ou tenha enlouquecido e realmente pense em lhe aprontar alguma surpresa desagradável. O jeito é esperar para ver, Cássio! Você agiu corretamente! Se posicionou mais uma vez e ainda a ameaçou. Pode ter sido isso! Ela deve ter ficado com medo de perder o emprego.

— Pode ser, mas achei tudo isso muito estranho. Liana estava muito descontrolada na praia. Como conseguiu se reequilibrar tão rápido? Ela me disse que recebeu a ajuda de amigos, mas não sei, não! O que devo fazer?

— Não faça nada! Aguarde e, se ela aprontar alguma, nós consolidamos nosso plano. Vamos à delegacia e falamos com o diretor da empresa onde ela trabalha. Ela ficará tão acuada com isso que sumirá daqui por muito tempo e ainda será indiciada judicialmente. Não se preocupe! Nós reagiremos de acordo. Essa moça vai temer chegar perto de você e com certeza vai sumir de São Paulo. Tenha certeza disso! Acabaremos com ela!

— Isso mesmo! Ela não perde por esperar! Você tem razão, Ricardo! Tenho que aguardar, mas ficarei sempre na expectativa de Liana me surpreender a qualquer hora no dia. Bem... tenho que me controlar! Obrigado mais uma vez! Vamos voltar ao trabalho, pois é o melhor que temos a fazer agora! Desculpe-me o infortúnio!

Naquele fim de tarde, tudo transcorreu normalmente tanto para Cássio quanto para Liana. Envolvidos nas tarefas profissionais, os dois conseguiram dissipar momentaneamente o dissabor criado pelo confronto que tiveram mais cedo.

Liana decidira nunca mais falar com Cássio, que, ainda temeroso, planejava várias estratégias para se defender, caso ocorresse uma ação impensada por parte dela.

A moça apressou-se para sair do trabalho. Estava ansiosa para encontrar Raul, para conhecer os cursos que ele lhe indicara, e pensou em ir para casa trocar de roupa para depois ir ao encontro dele.

No caminho, Liana foi imaginando o que o futuro lhe reservava. A moça parou diante do farol e observou as primeiras estrelas apontarem no céu. O anoitecer típico de verão apresentava-se formoso e belo. Mesmo com o trânsito intenso, comum naquele horário, pela primeira vez ela não se irritou. Sentia que algo muito bom estava por vir e que com isso mudaria tudo em sua vida. Fazer alguns cursos lhe proporcionaria conhecimento, assim como ocuparia seu tempo livre com coisas boas e amizades novas. Pensando nisso, Liana repentinamente decidiu não ir para casa e sim ao encontro de Raul no local combinado. Chegaria mais cedo e, se Raul já tivesse chegado, o convidaria para um lanche rápido.

Raul também decidiu chegar mais cedo. Apesar de adorar viver no litoral, admirava a metrópole paulistana. Ele entrou na lanchonete, pediu um sanduíche e resolveu sentar-se no lado de fora. Com a temperatura ainda elevada, o clima no início de noite propiciava a descontração. Muitas pessoas que saíam do trabalho paravam ali para um bate-papo a fim de relaxarem antes de retornarem para suas casas.

Liana parou o carro próximo ao local e seguiu a pé em direção à lanchonete. A moça virou a esquina e deparou-se com Raul, que, distraidamente, olhava os edifícios da bela Avenida Paulista.

— Olá, Raul! — falou a moça, esboçando um largo sorriso.

— Oh, Liana, boa noite! Pelo que vejo, conseguiu chegar mais cedo!

— Sim, resolvi vir direto para cá. Confesso-lhe que estou um pouco ansiosa e preferi não correr o risco de me atrasar.

Raul levantou-se e abraçou-a gentilmente. Em seguida, puxou uma cadeira ao lado, convidou-a para sentar-se e perguntou se ela estava com fome. A moça assentiu, e ele imediatamente ergueu o braço, chamando um garçom para atendê-la.

Animados, os dois conversavam descontraidamente. Liana comentou que passara por um pequeno infortúnio com Cássio e que se surpreendera com a postura firme que tivera. Raul observava-a atentamente, reconheceu o esforço de Liana e parabenizou-a.

Gesticulando, rindo e demonstrando estar muito feliz ao lado de Raul, Liana continuou falando sobre assuntos cotidianos. O rapaz, por sua vez, retribuía com risos espontâneos, e em alguns momentos os olhares dos dois se cruzaram. Quando isso acontecia, a moça sorria discretamente.

Ao terminar de comer o lanche, Raul descontraidamente atentou:

— Agora, acho melhor você comer seu lanche! Enquanto isso, falo sobre as atividades das aulas que eu tive hoje. O que acha?

Liana deu uma boa gargalhada e respondeu:

— Concordo! Estou falando muito! Nem me dei conta de que o lanche já estava aqui!

Os dois riram muito, e Raul começou a falar sobre tudo o que estava aprendendo. A moça ouvia-o atentamente, enquanto saboreava um delicioso hambúrguer. Estava curiosa e ao mesmo tempo sentia-se estimulada a aprender rapidamente tudo aquilo que estava ouvindo.

Inesperadamente, Liana arregalou os olhos quando notou a chegada de Cássio e de Ricardo ao local. A moça sentiu um arrepio percorrer seu corpo e subitamente parou de comer. Por fim, Liana virou o rosto, evitando confrontar o espanto do rapaz, que, desconcertado, pigarreou e cutucou o amigo alertando-o sobre ela.

Discretamente, Cássio e Ricardo seguiram para o interior da lanchonete, e a moça mais do que depressa cutucou Raul e comentou indignada:

— Não é possível! Com tanta lanchonete por aqui, esse infeliz tinha que escolher justamente essa! Isso é perseguição! Tenho encontrado esse homem em todos os lugares para onde vou! Meu Deus! Quero me livrar dele! Por que tive de encontrá-lo novamente?

Espantando, Raul procurou acalmá-la respondendo:

— Não se importe com isso! Fique na sua! Você está acompanhada. Ele não terá coragem de insultá-la.

Liana suspirou aliviada, mas imediatamente sugeriu:

— Peça a conta, Raul. Vamos embora daqui! Não quero mais olhar para esse homem! Chego a sentir náuseas! Você notou a cara de espanto dele quanto me viu?

Raul acenou positivamente, chamou o garçom e pediu a conta. Depois, tornou a dizer:

— Vamos embora, Liana! Não tenha medo, pois estou aqui para ampará-la! Fique firme e deixe isso para lá... — Gentilmente, o moço pegou nas mãos de Liana e beijou-as carinhosamente.

Do lado de dentro da lanchonete, Cássio, vendo aquela cena, soltou um largo sorriso, debochando de Liana e Raul. Ele cutucou novamente o amigo e disse:

— Olhe aquilo! Ah! Agora entendi! Essa vadia estava mesmo falando a verdade quando me dispensou. Deve estar de caso com aquele "bolha"! Quer saber? Ainda bem! Agora poderei respirar mais aliviado!

— Bom para todos, não é, Cássio?! Se ela está de "namorico" com outro, que sejam felizes! Agora, você poderá ficar mais aliviado e se concentrar melhor no trabalho e nos preparativos para seu casamento. Não há com que se preocupar daqui para frente! Liana aparenta estar muito envolvida com aquele homem.

Sentindo ciúmes e raiva, Cássio franziu a testa, mas não quis demonstrar seus sentimentos para o amigo. Por essa razão, respondeu sarcasticamente:

— Deve ser outro "comprometido"! É somente para isso que ela serve! Que sejam felizes, e que ela me esqueça de vez!

Ricardo percebeu que Cássio estava alterado, mas preferiu fingir que não entendera que o amigo ficara enciumado ao ver o rapaz beijando as mãos de Liana. No entanto, considerou enfatizar mais uma vez que ele agora estava totalmente livre dela.

Cássio assentiu, porém, ainda estava muito alterado. O rapaz, então, disparou a falar mal de Liana, ora debochando dela, ora enfatizando que assim seria melhor para os dois.

Logo depois de pagarem a conta, Raul e Liana saíram de mãos dadas da lanchonete, o que irritou ainda mais Cássio, que os observava até os perder de vista. Pensando em aliviar-se do infortúnio, ele começou a beber descontroladamente e continuou a blasfemar dela.

— Vigarista! Dissimulada! Fez um escândalo no domingo, quase colocou em risco meu casamento e agora está agarrada com outro? Quem ela pensa que é? Deve ter invertido a história para aquele "trouxa"! É uma vigarista mesmo! Não se pode confiar em mulheres desse tipo! Vá com Deus, vadia! Seja feliz e me esqueça!

Ricardo, que ouvia o desabafo descontrolado do amigo, resolveu intervir:

— Desculpe-me a intromissão, Cássio, mas você está passando dos limites! Há pouco tempo, você estava desesperado, temendo que ela fizesse alguma coisa e o prejudicasse com sua noiva; agora, depois que a viu com outro, está atormentado e descontrolado. Não deveria estar contente e aliviado? O que está acontecendo? Você gosta dessa moça?

— De jeito nenhum! Quero que Liana suma de vez de minha vida! Estou irritado porque ela fez um escândalo quando me encontrou na praia e agora está nos braços de outro! Por pouco Sabrina não percebeu, Ricardo! Você não acha que ela fez tudo isso para me irritar?

— Não, não acho! Talvez ela tenha conhecido esse cara no fim de semana, e isso a está ajudando a esquecê-lo. Cássio, você deveria dar graças a Deus pelo que vimos! Procure se controlar e esqueça essa moça de vez! Se a encontrar, finja que não a conhece exatamente como fez hoje! Acabe com esse assunto e procure esquecê-la!

— Você está certo! Eu exagerei! Na verdade, fiquei com raiva porque ela me perturbou e porque cheguei a passar mal por medo de que uma desgraça acontecesse, mas ainda bem que as coisas seguiram o rumo certo! Agora, posso seguir em paz e ser feliz com minha noiva. Obrigado mais uma vez e desculpe-me por mais esse infortúnio! — respondeu, tentando convencer-se de que o melhor havia acontecido.

Naquela noite, Ricardo teve de deixar seu carro no estacionamento para acompanhar Cássio até a residência dele, pois o rapaz bebera muito e não tivera condições de dirigir. A caminho da casa do amigo, Ricardo pensava em qual desculpa daria para a família do colega para livrá-lo de um confronto, pois Cássio não tinha o hábito de beber e chegar semialcoolizado em casa despertaria preocupação na mãe do rapaz.

Ricardo e Cássio combinaram dizer que os amigos haviam organizado uma festa surpresa de "despedida de solteiro" após o expediente e que, devido a isso, ele se excedera um pouco na bebida.

Cássio ficou um pouco mais sóbrio após atender ao conselho do amigo de pararem em uma padaria. Depois de tomarem um café, os dois seguiram para a casa de Cássio, que, durante o trajeto de volta, não quis conversar muito. Ele pensava em Liana e cenas viam-lhe à mente: primeiro, a do rapaz beijando-lhe as mãos; depois, da moça gritando descontrolada na praia; e, por fim, de Liana chorando quando foi procurá-lo no banco para implorar seu amor.

Quando já estavam próximos da casa de Cássio, o rapaz esfregou as mãos, ajeitou o cabelo, colocou a camisa para dentro da calça e apertou o cinto, tentando livrar-se do aspecto deplorável. Por fim, decidiu entrar rapidamente na residência e manter-se em silêncio, mesmo porque estava se sentindo angustiado.

Quando Cássio entrou em casa, a mãe do rapaz, como de costume, correu para abraçá-lo, mas ele esquivou-se rapidamente e subiu em direção ao quarto, enquanto Ricardo, mais do que depressa, contemporizava, relatando o que haviam combinado.

Dona Neusa esboçou leve riso e comentou:

— Coisas de rapazes! Para falar a verdade, foi a primeira vez que vi meu filho nesse estado! Um bom banho e uma boa noite de sono resolverão isso! Obrigada, Ricardo, por acompanhá-lo até aqui. Ele certamente não teria condições de dirigir. Chamo um táxi para você?

— Oh! Sim! Eu lhe agradeço! Deixei meu carro no estacionamento do restaurante, pois percebi que ele tinha passado um pouquinho dos limites... Mas é compreensível neste momento. Ele está muito ansioso devido ao casamento. Cássio não é de "farra", porém, nossos amigos fizeram várias brincadeiras e o deixaram mais receptivo. Agora, ele está bem! Pelo menos soube me ensinar o caminho de casa! — satirizou.

— Ainda bem! Agradeço-lhe mais uma vez, Ricardo! Enquanto aguarda o táxi chegar, gostaria de tomar um café?

— Oh! Não se preocupe! Estou bem! Gostaria apenas de um copo d'água!

— Venha! Vamos aguardar na cozinha. Fiz alguns quitutes que Cássio adora, mas hoje ele certamente não comerá nada.

— Não, obrigado! Apenas água!

Dona Neusa serviu o rapaz, e os dois ficaram conversando por alguns minutos até a chegada do táxi. Ricardo despediu-se e saiu apressadamente.

***

Quando saiu do banho, Cássio irritou-se ao se deparar com a irmã deitada em sua cama. Visivelmente contrariado, ele perguntou:
— O que foi, Carla?
— Nada! Só queria saber se você está bem, só isso!
— Estou bem sim! Apenas gostaria de ficar sozinho! Preciso dormir! — respondeu mal-humorado.
— Desculpa! Pensei que estivesse precisando de algo!
— Não estou! Por favor, poderia me deixar sozinho?
Carla levantou-se rapidamente, fez um gesto positivo com as mãos e saiu sem perguntar mais nada.
— Ufa! — disse ele após fechar a porta. — Não quero falar com ninguém! Quero ficar sozinho! — balbuciou após se jogar na cama.
No andar de baixo, Carla fez um breve comentário com a mãe:
— Duvido que ele tenha bebido por causa da despedida de solteiro! Pra mim, aconteceu alguma coisa que o desagradou.
— Deixe disso, menina! Rapazes têm dessas coisas! Cássio está prestes a se tornar um homem casado, e isso mexe um pouco com a cabeça dos homens. Eles temem perder a liberdade, mesmo gostando da mulher...
— Tá bom! Mas não foi o que senti quando olhei para a cara dele!
— Deixe isso pra lá e vá dormir! Amanhã será um novo dia para todos!
No quarto, Cássio remexia-se de um lado a outro na cama, enquanto a imagem de Liana não saía de sua mente. Ele pensava que, se tivesse feito chacota dela na frente do namorado, a moça sentiria na pele o que ele sentira na praia. Depois, começou a blasfemar e atacar a imagem do rapaz que a acompanhava. Sentia ciúmes, mas não admitiu de pronto.

Cássio lembrou-se da noiva e sentiu certo arrependimento por não lhe ter dado a atenção costumeira devido ao horário e ao estado emocional em que se encontrava. Não tivera coragem de telefonar para Sabrina como de costume. Ora resmungando, ora se remexendo inquietamente, trocou de lado na cama e balbuciou algumas palavras que refletiam o quanto ele se incomodara por vê-la acompanhada. Por fim, vencido pelo cansaço, adormeceu.

***

O que era para ser uma noite tranquila para Liana acabou não sendo. Depois de sair da lanchonete acompanhada de Raul, a moça começou a desabafar sobre o quanto se sentia indigna por ter encontrado Cássio e o amigo. O rapaz, por sua vez, manteve-se em silêncio, limitando-se a escutá-la e considerando que após a palestra ela retomaria o equilíbrio. Contudo, ao contrário do que esperava, Raul percebeu que Liana não conseguira concentrar-se e que, por isso, não conseguira também absorver todo o aprendizado.

No caminho de volta, ela lamentou não ter aproveitado o curso como desejara, mas sinalizou que o pouco que ouvira lhe fizera muito bem.

Gentilmente, Raul disse:

— Essas coisas acontecem, Liana... Eu costumo relacionar esses acontecimentos com possíveis interferências que surgem quando estamos iniciando o aprendizado interior, pois somos envolvidos pela energia transformadora e tudo que está nos atrapalhando vem à tona. É preciso muita persistência para continuar nesse caminho, por meio do qual ocorrerão muitas modificações em nossa vida. Tenha paciência e persista!

— Não entendi o que você quis dizer, pois procurei passar o dia em equilíbrio e quase titubeei. Não fosse a ajuda do caboclo, eu teria sucumbido quando Cássio começou a me ofender. Eu estava muito entusiasmada para encontrá-lo, Raul, e irmos à palestra, e aí me deparo com esse homem bem no lugar em que marcarmos nosso encontro! Ah, me desculpe, mas me irritei profundamente e percebi que ele me olhava com deboche. Maldito! Só pode estar me perseguindo! Quando eu decido esquecê-lo, ele aparece na minha frente! O que é isso, Raul? Por favor, me explique!

— Tente não entrar nessa energia de raiva, Liana, pois você acabará estabelecendo uma ligação mental e emocional com ele e ficará difícil se desgrudar energeticamente de Cássio. De alguma forma, vocês ainda estão ligados mentalmente. Um pensa no outro, e assim a lei da atração acontece... Inconscientemente, ele foi atraído para o mesmo lugar onde você estava, mas você reagiu muito bem! Pense nisso!

— Ah, Raul, não quero mais esse sofrimento! Por favor, me ajude! Parece um tormento do qual jamais conseguirei me libertar... Vai saber o que virá pela frente! Não quero mais encontrar esse homem! O que devo fazer para que isso não aconteça?

— Primeiramente, vencer o medo de confrontar a si mesma, de confrontar suas inseguranças e treinar a impessoalidade. Você não se desprendeu totalmente dele. O amor e o ódio unem as pessoas... Não se preocupe demasiadamente, pois isso também passará!

— Você está cansado? Nem falamos sobre a palestra! Se bem que eu não estava tão concentrada... Que pena! Tudo por causa daquele verme!

— Não estou muito cansado. A noite está boa, e isso favorece! A aula foi sobre como as emoções ficam registradas no nosso corpo e como isso pode se agravar e causar desequilíbrio em nossos chacras, até atingir o corpo físico com possíveis doenças psicossomáticas. Foi também abordada a necessidade de nos desapegarmos de tudo aquilo que esteja nos fazendo mal, pois coisas mal resolvidas geram mágoa e ressentimento.

— Eu me enquadro nesse aspecto. Você viu como fiquei mal com essa história? Será que ficarei doente?

— O desequilíbrio, Liana, aparece primeiramente devido ao descontrole emocional. Quando não confrontamos a causa, as emoções aumentam até causar danos à nossa saúde física. Você já está começando a aprender a se cuidar emocionalmente, então, manter o controle é indispensável. Não conseguimos mudar nada se não mudamos nossa maneira de encarar as coisas. Contudo, quando conseguimos fazer isso, mudamos também as emoções e transformamos o negativo, mantendo-nos em equilíbrio físico e emocional. As situações afetivas mal resolvidas são complicadas... Confrontamos diretamente o orgulho ferido, dentre outros aspectos negativos, tais como: o lado possessivo e exagerado, as inseguranças, a baixa estima, a rejeição, os medos etc. Nunca conseguiremos transformar uma pessoa naquilo que gostaríamos que ela fosse... Ninguém muda ninguém! Só conseguimos transformar a nós mesmos... E, se houver receptividade entre o casal para conversar sobre as diferenças, será muito bom! É necessário agir com muito amor e respeitar a maneira como o outro pensa, bem como os limites e a individualidade de cada um. Saber conviver é uma arte!

— No meu caso, reconheço que não aceitei a rejeição e que isso causou meu transtorno emocional. No entanto, decidi esquecê-lo e seguir em frente. Gostei da ideia de fazer esses cursos, pois estou precisando mudar de vida e aprender a me valorizar e respeitar quando não sou correspondida. Confesso que precisarei exercitar isso muito, porque sou muito possessiva e orgulhosa, não sou?

— Digamos que você não soube lidar com seu orgulho ferido, que engloba tudo isso... Você colocou muita expectativa nessa relação, Liana, mesmo sabendo que ele não estava tão receptivo como havia imaginado... Você criou muitas ilusões, e, quando fazemos isso, acabamos confrontando a decepção. Para ele, foi apenas uma bonita aventura, ou teve de ser, afinal, ele está comprometido e logo se casará, não é mesmo?

— Concordo plenamente! Eu fui responsável por esse transtorno. Não tenho mais dúvidas sobre isso! Aceitei e me deixei envolver demais e agora preciso aprender a me controlar. Se encontrá-lo novamente em algum lugar, não quero me desequilibrar! Necessito aprender rápido como suportar essa situação sem cair no fundo do poço... Reconheço que, como minha amiga me alertou carinhosamente, sou infantil pois nunca namorei alguém... Sempre me dediquei aos estudos e ao trabalho, quis vencer na vida e consegui! Entretanto, no campo afetivo, nem sei como começar esse aprendizado. Acredito que me tornei invisível para os homens e, quando aconteceu esse romance com Cássio, me entreguei de corpo e alma e não quis perdê-lo. Você me entende?

— Claro que sim, Liana! Encontro alguma semelhança de sua situação com a minha. Namorei algumas mulheres, mas nunca me envolvi completamente, pois não encontrei alguém que tocasse meu coração e me aceitasse como sou. As namoradas que tive, por incrível que pareça, não aceitavam meu trabalho espiritual, o que dificultava muito as coisas na relação, porque para mim a espiritualidade é algo sagrado. Sei que tenho uma missão e a cumprirei até o último dia de minha existência.

Raul fez uma breve pausa e continuou:

— Espero encontrar uma mulher compreensiva e que juntos possamos nos dedicar aos ensinamentos espirituais. A única diferença é que, para mim, isso não afeta tanto, porque aprendi a gostar de mim em primeiro lugar e a respeitar aquilo que sinto. Costumo atender às minhas necessidades nas escolhas que faço e isso me preenche muito, logo, quero encontrar alguém que venha para somar. Caso contrário, não dará certo!

— Eu queria justamente lhe perguntar sobre isso! Namoradas ou envolvimento mais sério com alguém... Você me parece tão equilibrado, Raul! Minha amiga Cristina também não namora, está bem e feliz com o trabalho dela. Nunca a vi desequilibrada emocionalmente. Eu também me considerava equilibrada até aparecer esse homem para me perturbar. Melhor seria se não tivesse acontecido nada entre nós, pois eu teria continuado equilibrada e feliz!

— Todo mundo quer permanecer na zona de conforto, Liana, porém, a vida sabe como romper isso. Estamos aqui para aprender muitas coisas e uma delas é amar incondicionalmente. Grande exercício! Amar é muito bom e, desde que saibamos conviver com as diferenças, se deixar amar é melhor ainda!

Liana interrompeu-o para avisar:

— Olhe! Estamos quase chegando ao meu apartamento. É logo ali! Creio que precisamos descansar! Amanhã, tudo começa novamente, e temos de estar prontos para isso. Querendo ou não, precisamos estar bem! — disse sorrindo.

Raul sorriu e acenou positivamente com a cabeça. Notando que ela estava bem mais calma, ele alegrou-se. Enquanto Liana dirigia e falava, Raul observava-a discretamente e admirava sua beleza, sentindo que certa afinidade brotava naquele momento.

Os dois entraram no prédio e dirigiram-se ao terceiro andar. Entusiasmada, Liana apresentou o apartamento e o quarto de hóspede a Raul e perguntou se ele gostaria de tomar um chá antes de dormir. O rapaz aceitou a bebida, e a conversa entre eles estendeu-se por uma hora. Depois disso, cada um seguiu para seus aposentos. Estavam exaustos e necessitavam de uma boa e tranquila noite de sono.

Antes de dormir, como de costume, Raul fez uma profunda prece de agradecimento pelo dia e pediu proteção para ter uma boa noite de sono. Quando por fim adormeceu, ele, já fora do corpo físico e em estado onírico, deparou-se com um casal que, envolto em uma névoa escura e com feições terrivelmente assustadoras, se aproximava. O homem, malvestido e com aspecto fúnebre, olhou para Raul e intimou-o:

— Se não quiser entrar numa guerra e sair perdedor, afaste-se dessa mulher! Ela é uma traidora, não vale nem o que come! É uma vigarista, mal-amada, aproveitadora e falsa! Percebo que você tem outro caminho, um caminho muito diferente do meu, por isso não quero encrenca com seu povo. Preciso, no entanto, acertar as contas com essa mundana e não quero nenhum acordo, entendeu? Quero acertar as contas com ela e não com vocês! Não adianta tentar me prender nem me tirar do mundo em que vivo, pois eu não quero! Estou onde estou, porque é ali onde quero ficar, e não serão vocês que me tirarão de lá, entendeu?

A mulher que acompanhava o homem malvestido soltou uma gargalhada estridente e complementou:

— Não são vocês que dizem que um dia a lei do retorno acontecerá? Chegou a vez do retorno dessa vigarista traidora! Ela tramou uma armadilha ao se fazer de vítima, pensou em se livrar do meu amigo e achou que ninguém descobriria... Ela, no entanto, se enganou! Nós a encontramos e vamos cobrá-la pelo que fez...

Espantado, Raul tentou abrir uma conversa, mas o casal desapareceu quase de imediato após dar o recado. Subitamente, ele despertou, deu um pulo na cama e, mais do que depressa, fez uma prece pedindo auxílio ao seu guia espiritual.

— Tenha calma! Tudo se ajeitará no devido tempo! Estou sabendo do caso e atraí esses irmãos sofredores para que você compreenda o que deve ser feito no caso dessa moça. Vou dar a devida assistência, mas, se ela aceitar frequentar assiduamente os trabalhos espirituais, será bem melhor... Com isso, conseguiremos modificar mais rapidamente essa ligação que ela tem com esse irmão que está perdido no tempo.

Raul assentiu prontamente, agradeceu à presença espiritual e pediu-lhe força e proteção. Ele ficou pensando no que poderia ter acontecido nas vidas passadas de Liana, resolveu fazer uma breve meditação para mudar a energia e, com isso, conseguiu dormir mais aliviado e confiante, pois seu guia estaria lá para ampará-lo como sempre fazia.

Naquela noite, a equipe espiritual comandada pelo Cacique Tupinambá permaneceu no recinto durante toda a madrugada. Índios percorriam todos os ambientes, cruzando os cantos da casa com ervas, cantando, batendo os pés, e depois erguiam as mãos em reverência ao Criador.

Durante o sono, Raul não se desprendeu do local nem do corpo físico totalmente. Ele foi magnetizado por seu guia para que pudesse receber a limpeza energética que havia sido feita. De vez em quando, ele mexia-se no leito, mas, estonteado, voltava a dormir sem nada perceber.

Na porta do quarto de Liana, os índios cruzaram dois ramos de ervas em forma de cruz e, na porta de entrada do apartamento, desenharam uma pomba imantada para trazer paz e tranquilidade ao ambiente. Depois, sentaram-se em círculo no centro da sala com os olhos fechados e as mãos erguidas para o alto e ali permaneceram até o amanhecer. Com o nascer do sol, eles distanciaram-se envoltos em um raio de luz dourado, que ficou mais intenso quando o último índio se despediu do local em companhia do Cacique.

Capítulo 10

Duas horas após a saída do Cacique, Liana deu um pulo na cama, pegou o relógio rapidamente e checou o horário. A moça respirou fundo e disse:

— Ainda bem que acordei cedo!

Apressadamente, ela abriu a janela do quarto e inspirou o ar puro da manhã. O dia estava ensolarado, passarinhos cantavam e rodeavam as árvores da rua, e ela sentia-se bem e revigorada. Apesar dos infortúnios anteriores, tivera uma excelente noite de sono.

Ansiosa, Liana correu para arrumar-se e preparar um bom café da manhã para os dois. Sentia-se feliz e amparada com a companhia do rapaz.

Raul também já despertara e, depois de trocar de roupa, rezou fervorosamente, agradecendo toda a ajuda que tivera na noite anterior. Ele pediu que tudo transcorresse perfeitamente na paz e proteção durante o dia e principalmente no retorno para casa. Louvou a Deus, invocando a presença dos guias espirituais para que sempre estivessem por perto para amparar Liana. Faria tudo para ajudá-la, pois sabia que estava sendo um intermediário para a evolução da moça.

Com um sorriso estampado no rosto, Liana bateu na porta para acordá-lo:

— Raul, bom dia! Já está na hora de acordar! — falou bem-humorada.

— Bom dia! — respondeu Raul ao abrir a porta.

— Ah! Você está de pé faz tempo? Já está todo arrumado! — observou com carinho.

— Oh! Sim! Acordei, tomei um banho e fiz minhas orações, como sempre faço. Estava pronto para sair, quando você me chamou.

— Oh! Interrompi alguma coisa?

— De jeito nenhum! Eu já havia terminado.

— Vamos tomar café? Fiz um cafezinho bem gostoso para que você enfrente a estrada bem-disposto...

— Isso é bom! Dormiu bem? — instigou o rapaz, querendo saber se ela tivera alguma perturbação.

— Dormi como um anjo! Até pensei que não fosse dormir tão bem devido às emoções alteradas, mas aquele chazinho antes de deitar me ajudou muito. Relaxei profundamente, dormi muito bem e acordei mais animada e revigorada! Coisa difícil de acontecer! Acho que me senti segura com sua presença aqui em casa. Você tem uma energia boa e sempre está em boa companhia espiritual. Acredito que tenha sido isso que me permitiu uma boa noite de sono e um despertar ainda melhor.

Sentindo-se lisonjeado, Raul respondeu:

— Muito obrigado pelo carinho, Liana! Acredito que recebemos ajuda dos guias espirituais para que pudéssemos dormir em paz.

— Você dormiu bem? Estranhou a cama? — perguntou, intencionando demonstrar-lhe cuidados.

Antes de responder, Raul hesitou por alguns segundos e falou cabisbaixo:

— Dormi bem sim! A cama é muito boa!

Percebendo algo estranho no tom de voz de Raul, Liana questionou:

— Está preocupado? O que houve? Percebi certo desconforto em sua voz, estou errada? — e complementou em seguida: — Você toma café puro ou com leite?

— Com leite.

O moço tentou despistar e, não desejando causar-lhe preocupação, perguntou com um gesto generoso:

— Posso ajudá-la a colocar a mesa para o café?

— Claro! Sinta-se em casa! Abra o armário e pegue as xícaras e, na geladeira, manteiga e geleia.

— Hummm! Ninguém resiste a esse cheirinho de café! — salientou.

— Adoro! — respondeu ela.

— Então, vamos nos alimentar, porque hoje será um dia corrido para nós.

— Você vai viajar bem alimentado! Tenha certeza disso! — disse Liana sorrindo.

— Obrigado, Liana!

— Eu que lhe agradeço, Raul. Você tem feito a gentileza de me ajudar nesse momento pelo qual estou passando. Se não fossem você e seu guia espiritual, eu teria sucumbido! E, por falar nisso, gostaria de participar dos trabalhos na sexta-feira. Pretendo falar com minha amiga Cristina. Talvez ela se interesse e me acompanhe. Também pedirei para ficar no apartamento dela. Sei que isso ela não recusará.

— Acho muito bom que você tenha tomado essa iniciativa! Acredito que deva participar dos trabalhos com mais frequência. Pelo que percebi, você ainda não consegue se manter em perfeito equilíbrio. Indo ao centro semanalmente, sentirá uma grande diferença, mas sugiro ainda que faça alguns cursos entre os que lhe indiquei. Será muito bom para você.

— Concordo plenamente, Raul! Farei tudo conforme me orientou, pois pretendo me livrar desse tormento e também porque gostei muito dos trabalhos. Infelizmente, não pude aproveitar a palestra como gostaria, mas haverá outras oportunidades. Quero aprender a modificar minha maneira de agir e pensar. Tenho total consciência do quanto preciso disso e farei tudo para melhorar, porque não posso ficar desse jeito. Hoje, quando acordei, tive uma certeza dentro de mim: algo diferente aconteceu comigo na noite passada. Senti algo muito forte dentro do meu coração, uma vontade de viver e ser feliz verdadeiramente, sem ilusões e apegos. Há tanta coisa que preciso conhecer! Não vale manter esse sofrimento por questões afetivas mal resolvidas.

— Isso mesmo! Não se deixe sucumbir! Essas situações fazem parte da vida! Só amadurecemos participando e aprendendo algo a partir das experiências. Não é o fim do mundo. Você precisa compreender isso de vez e se permitir encontrar alguém que goste realmente de você.

— Sim, porém, não sei a razão. Para mim, essas questões não são muito fáceis. Como lhe disse, priorizei meu trabalho e não me permiti namorar. Aliás, nem sei paquerar como fazem as outras moças. Parece que sou invisível aos homens...

— Você se torna invisível porque teme não ser correspondida. Talvez tenha criado também uma defesa em relação a algo que registrou negativamente em seu subconsciente, o que a fez se dedicar somente ao trabalho. Inconscientemente, você pode ter escolhido essa forma de sentir realização, Liana. Creio que, após superar essa decepção, você se abra novamente para o amor... Tudo tem uma razão. Nenhuma experiência é totalmente ruim. Sempre há um lado bom em todas as questões.

— Pelo que estou percebendo, ao mesmo tempo em que me senti rejeitada, encontrei ajuda e uma nova estrada a percorrer. Realmente, há sempre um lado bom em tudo, porém, precisamos estar prontos para enxergar.

— Quando aprendemos a nos amar em primeiro lugar, tudo muda em nossa vida! Amar sem dependência afetiva, sem apego, sem posse, amar por amar! Permitir-se viver, sem colocar muita expectativa. Este é o caminho: deixar fluir, deixar acontecer... Sem ilusões! Bem... eu gostaria muito de ficar o dia inteiro conversando com você, mas nós temos compromissos a cumprir e, se não nos atentarmos, chegaremos atrasados. — Ressaltou Raul com delicadeza.

Liana respondeu sorrindo:

— Então, já que não há outro jeito, vamos cumprir os compromissos... Mas, antes, quer mais um cafezinho?

— Aceito!

— Ótimo! Enquanto isso, pego a minha bolsa e saímos juntos. Vou deixá-lo na rodoviária e depois seguirei para a empresa.

— Não se preocupe, posso pegar um táxi. Não quero lhe causar transtornos nem que se atrase para o trabalho.

— Sem problemas. Estou no horário, e, se me atrasar alguns minutos, não fará diferença. Tenho essa regalia.

— Sendo assim, aceito!

— Então, me espere um pouquinho, e já sairemos!

Raul acenou positivamente e, enquanto a esperava, retirou as louças do café e arrumou a cozinha. Sentiu-se feliz por estar ao lado de Liana e mentalmente agradeceu a amizade e os bons momentos que haviam passado juntos. Reconheceu que ela era muito inteligente e dinâmica, gostava de conversar sobre assuntos que lhe interessava, e certamente passariam horas juntos se não fossem os deveres a cumprir.

Raul quis fazer uma gentileza a Liana, então, pegou a mochila, retirou um caderno, arrancou-lhe uma folha e escreveu um bilhete:

Liana, adorei estar em sua casa, onde me senti muito bem e alegre! Você é uma mulher muito especial, tenha certeza disso! Agradeci nossa amizade a Deus e espero que possamos trilhar juntos os caminhos do autoconhecimento e da espiritualidade. Muito obrigado!

Raul

Raul deixou o bilhete em cima da mesa da cozinha e foi para a sala aguardar Liana até que ela estivesse pronta para saírem.

No caminho, os dois continuaram a conversar sobre diversos assuntos e riram quando Raul ressaltou que eles combinavam e tinham afinidade em muitas coisas.

Quando chegaram à rodoviária, os dois se despediram, e ele disse:

— Liana, gostei muito de ter estado com você! Vou aguardá-la na sexta-feira, e, se Deus quiser, teremos um ótimo fim de semana juntos!

Liana sentiu o coração palpitar quando, ao se despedir, ele a beijou no rosto, abriu um largo sorriso e respondeu:

— Se há alguém aqui para agradecer, esse alguém sou eu! E tenha certeza de que estarei lá, sem falta! Também gostei muito de ter estado com você e, quando quiser, pode ficar em minha casa. Assim, poderemos ir a algumas palestras juntos, o que acha?

Sorrindo, o moço respondeu:

— Vamos combinar! Estarei a esperando no fim de semana!

— Combinado! Estarei lá!

Raul saiu do carro, aguardou a moça distanciar-se e depois seguiu rumo ao embarque. Em poucos minutos, o ônibus estacionou, e os passageiros começaram a entrar. Ele foi o último a embarcar e, antes de colocar a mochila no bagageiro, retirou um livro para distrair-se durante a viagem. Raul sentou-se e, quando abriu o livro, surpreendeu-se ao encontrar um bilhete que dizia:

Raul, muito obrigada por nossa amizade! Eu me senti muito feliz ao seu lado, pois você me fez esquecer todo infortúnio pelo qual passei. Só tenho a agradecê-lo por tudo! Boa viagem e até breve!

Liana

Raul esboçou um largo sorriso, imaginando o que Liana diria quando chegasse do trabalho e visse o bilhete que ele deixara na cozinha. Eles tinham usado palavras semelhantes nos bilhetes, e certamente a moça também ficaria muito feliz.

Demorou um pouco para que Raul se desligasse da emoção. Ele fechou o livro, segurou o bilhete nas mãos, encostou a cabeça no assento e, enquanto pensava em Liana, ficou observando as paisagens na estrada. O sorriso da moça ficara gravado em sua mente.

De repente, Raul sentiu um leve arrepio ao se lembrar da orientação de seu guia espiritual. Por enquanto, Liana estava bem e entusiasmada com os trabalhos. Ele reconheceu ainda que os dois haviam firmado laços de profunda amizade e que talvez surgisse entre eles um envolvimento afetivo. Se por um lado tudo caminhava bem, por outro, Raul sabia que ele e Liana precisariam ser muito firmes para não ficarem vulneráveis a possíveis interferências espirituais negativas. Rapidamente, ele procurou dispersar o mau pressentimento, pois, naquela fase, teria de fortalecer a fé e manter os pensamentos em sintonia positiva para que qualquer indução mental negativa fosse cortada. De qualquer forma, ele acreditava que tudo sairia bem se os dois permanecessem na mesma sintonia.

Raul pensava que, primeiramente, deveria fortalecer os laços de amizades com Liana, mas, no que dizia respeito a um envolvimento afetivo, sabia que deveria esperar até se certificar de que os dois estariam prontos para isso. Um novo desafio apresentava-se para ele, que, tentando dissipar a ansiedade, abriu o livro em uma página e leu um trecho:

Coloque seu coração no bem. Não há fé maior que isso. O bem que se faz é o mérito que se recebe. Não se deixe abalar pelo medo e tenha convicção de que o amor é a maior força do universo. Todos se rendem ao receberem essa energia poderosa. Não há outro caminho que nos transforme rapidamente. Deixe fluir todo sentimento que há dentro de seu coração e não tenha medo de ser feliz!

Com certa emoção, Raul fez uma ligeira prece de agradecimento e conseguiu dissipar as preocupações. Ele reconheceu ainda a necessidade de concentrar o pensamento no momento presente, pois o futuro dependia das atitudes e do comportamento de cada um. Manteria a confiança de que tudo se resolveria se ele estivesse na sintonia do bem maior. Sentindo-se mais aliviado, ele pôde observar o belo cenário da natureza, que delineava as curvas da estrada da Serra do Mar.

Capítulo II

Os dias pareciam mais longos para Liana, que tentava controlar a ansiedade até a sexta-feira chegar, quando se encontraria com Raul na tenda espiritual. Carregando na bolsa o bilhete escrito por ele, a moça lia e relia as palavras várias vezes ao dia, o que a fez deixar de pensar em Cássio, mesmo sabendo que, na semana seguinte, ele estaria de férias preparando-se para o casamento. Decidira esquecê-lo de vez e sentia-se estimulada a conhecer mais sobre si mesma sob a nova perspectiva dos estudos da doutrina que abraçava.

Durante as noites, Liana e Raul conversavam por telefone. Ele comentava com ela suas experiências pessoais e as lições dos cursos que fazia, mas quase sempre desviavam do assunto quando a moça ressaltava o quanto estava feliz por encontrá-lo. Assim, dia após dia, os laços de amizade entre os dois foram estreitando-se.

Cristina acompanhava a notável transformação da amiga e também estava ansiosa para conhecer os trabalhos espirituais, afinal, em pouco tempo, Liana apresentara uma grande melhora em seu estado emocional. Ela considerou que a amiga tivera muita sorte em encontrar o caboclo e a amizade de Raul.

Cássio, por sua vez, também apresentou equilíbrio durante a semana, pois a ausência de Liana o deixara mais tranquilo. Intimamente, ele reconheceu que sentira ciúmes da moça quando a viu com o suposto namorado, contudo, achou que aquilo fora a melhor coisa que poderia ter acontecido. Os caminhos dos dois estavam definidos, e ele não haveria de ter mais preocupações com as ameaçadas recebidas. O casamento estava a salvo! "Sabrina jamais saberá dessa aventura impensada. Na próxima semana, estarei de férias, o passado ficará enterrado para sempre!", concluiu aliviado.

***

O tão sonhado fim de semana chegou para todos, e Cássio e a noiva ficaram entretidos com os últimos preparativos do casamento. Em companhia da amiga, Liana apressava-se para viajar e chegar a tempo à sessão espírita.

— Ufa! — disse a moça ao parar o carro em frente à tenda do caboclo.

— Chegamos cedo, Cristina! É melhor estarmos adiantadas do que atrasadas! Vamos ficar na fila e aguardar até que abram as portas. Raul já deve estar à nossa espera! Não vejo a hora de encontrá-lo! — disse Liana entusiasmada.

— Chegou o dia de conhecê-los! Raul e o tão famoso "caboclo". O que será que ele dirá para mim? — indagou Cristina com certa malícia no olhar.

— Não sei se você falará com ele, pois os atendimentos ocorrem por ordem de ficha... Quem sabe você tenha a mesma sorte que eu tive e ele a chama?! Aliás, nem sei se conseguirei falar com ele... mas com Raul certamente eu falarei!

— Ah! Eu gostaria muito de falar com esse guia, de conhecê-lo e de receber suas orientações, mas, se não for possível desta vez, tentarei na próxima vez.

— Você gostaria de vir todo fim de semana, Cristina?

— Se eu gostar, com certeza retornarei! Além do mais, farei questão de acompanhá-la em algumas vezes, pois ficarei mais segura sabendo que você realmente encontrou um caminho para seu desenvolvimento pessoal e espiritual.

— Obrigada, amiga! Você é como uma irmã para mim! Faço questão de que me acompanhe e espero que goste deste lugar tanto quanto eu gostei! Tenho certeza de que lhe fará bem assim como me fez. Raul é uma pessoa maravilhosa, e juntos poderemos formar grandes laços de amizade.

— Tenho certeza disso! Parece-me que vocês estão se entendendo de outra forma além da amizade, estou certa?

— Ah, Cristina! Raul é adorável, mas confesso que temo estragar uma linda amizade se algo mais acontecer precipitadamente entre nós... Além do mais, ainda não me sinto segura para iniciar outro relacionamento.

— Não vá me dizer que ainda pensa em Cássio! Por favor, minha amiga, não perca a chance de se abrir a novas oportunidades. Você apresentou uma melhora rápida! Não jogue tudo fora!

— Não é isso! Nesta semana, nem pensei em Cássio, pois estive entretida com Raul. Isso me fez muito bem! Nunca mais quero voltar àquela situação mental de ilusão e me decepcionar novamente. Deus me livre disso! O que quis lhe dizer é que temo estragar essa amizade e por isso quero esperar e maturar meus sentimentos. Depois, se acontecer algo entre nós, vejo no que vai dar... Apesar de ter percebido reciprocidade da parte dele, não quero me iludir! Gostei dele, mas não quero perder a amizade nem tampouco a oportunidade de frequentar os trabalhos espirituais. Estou bem decidida! Até me surpreendo com essa postura firme! Acho que isso é coisa do caboclo! — concluiu sorrindo.

— Pode ser que este guia espiritual esteja lhe dando muita força para você não sucumbir. No entanto, acredito que Raul tenha gostado muito de você, pois ele telefonou várias vezes durante a semana. Não foi?

— Sim, nos falamos várias vezes durante a semana, mas, como disse, estou estreitando laços de amizade com ele e isso está me fazendo muito. Não quero estragar as coisas com minha infantilidade e fragilidade afetiva.

— Não tenha medo de sofrer! Concordo que você deva ir devagar, mas não se reprima nem crie defesas se perceber que ele demonstra algo mais do que amizade.

— Ele sabe de toda a história e viu meu desequilíbrio por causa de Cássio. Inteligente como ele é, duvido que se exponha e corra riscos precipitadamente. Raul também tem tido dificuldade de encontrar alguém que o compreenda e o aceite, principalmente devido ao trabalho espiritual ao qual se dedica de corpo e alma. Por essa razão, quero respeitá-lo e abrir meu coração para uma grande amizade. Quero aprender e, quem sabe um dia, eu possa ajudá-lo fazendo a todos exatamente o que ele faz!

— Liana, eu estou realmente admirada com sua postura! É inacreditável sua transformação em apenas uma semana. Você é outra pessoa e está conseguindo analisar os fatos sem muita emoção. Estou curiosa para conhecê-los, pois fizeram um milagre com você! Eu mesma cheguei a pensar que você cairia em depressão, mas graças a Deus isso não aconteceu! Você está mais centrada, admiravelmente mais centrada!

— Também acho que tudo foi muito rápido! Pretendo permanecer assim, por isso estou aqui e quero voltar várias vezes. Acredito que neste lugar eu possa aprender a me manter em equilíbrio. Vou agradecer ao caboclo! Não vejo a hora de entrar!

A conversa foi interrompida quando uma senhora de gestos delicados abriu a porta da tenda, pedindo que as pessoas começassem a entrar.

Liana sentiu o coração disparar, pois estava ansiosa para rever Raul e o Cacique. A moça cutucou a amiga e apontou para as dependências da casa a fim de mostrar-lhe o local.

Os médiuns do grupo já estavam no salão preparando-se para a abertura da sessão e deram início à costumeira limpeza do ambiente com uma defumação. Logo depois, Raul entrou e proferiu uma linda oração seguida pelo som do atabaque, que convidava a todos a cantar e invocar as entidades espirituais que ali atuariam naquela noite.

Os médiuns batiam palmas e cantavam fervorosamente, enquanto aguardavam o chefe espiritual do terreiro se apresentar. Raul permaneceu concentrado com as mãos erguidas em direção ao altar religioso e, ao entoar a canção que invocava a chegada do Cacique Tupinambá, permitiu a incorporação da entidade espiritual.

Após fazer uma reverência ao altar e cumprimentar os médiuns, o guia dirigiu-se à plateia e, batendo levemente a mão no peito, saudou-os dizendo:

— Sejam bem-vindos a esta casa espiritual! Hoje, começarei com uma mensagem que servirá para todos. — Ele fez uma breve pausa e continuou: — Meus filhos, todos vieram à procura de soluções rápidas que possam cessar sofrimentos de todos os tipos. Isso é bom, porque, quando procuramos ajuda com humildade, se inicia, assim, um grandioso processo de crescimento interior para que essa transformação aconteça. No entanto, é preciso que vocês tenham muita persistência, disciplina e paciência para enfrentarem com coragem esse período mais intenso, em que se processará o desprendimento das ilusões, ocorrendo dentro de cada um o encontro com as verdades espirituais. Esse processo é lento, pois todos vocês carregam muitas crenças negativas que geram prisões de todo gênero e, somente com muita determinação e muito estudo, poderão mudar o campo vibracional. A partir disso, começarão a usufruir de tudo aquilo que realmente os fará felizes. Comecem colocando o coração no "bem". Vocês precisam deixar ir embora todo comportamento autodestruidor, que são aqueles momentos em que vocês se criticam, se culpam, julgam, punem, criam disputas desnecessárias, que apenas alimentam o ego. Por orgulho, vocês acabam deixando de abrir o coração para compreender e amar sem medo de se machucar, de ter ousadia e de não temer confrontar as desilusões e as perdas. Alguns carregam ódio e vingança de muitas vidas, e é preciso que se libertem de toda a confusão mental! O ódio amarga, destrói, e isso não acontece somente aqui neste plano terreno. Há muitos espíritos perdidos querendo vingança, porque não sabem ou não querem se render a essa transformação pessoal. São indivíduos que se julgam vítimas, mas que não enxergam a participação deles nesse processo, ao assumirem certas posturas que, diante das leis divinas, os comprometem.

"Isso tudo é criado devido à ignorância e à imaturidade emocional, então, os processos de transformação passam a ser mais rápidos se cada um souber enfrentar a si mesmo por meio da humildade. Todos estão no mesmo barco, navegando para esse aprendizado! É preciso que as pessoas remem e conduzam esse barco em direção a rios mais límpidos, ou seja, a uma mente mais limpa. Chega de lama e sujeira mental! Esse lixo emocional precisa ser reciclado. Não dá para evoluir sem limpar essa meleca toda!

"Estou aqui para ajudá-los nesse processo de renovação pessoal e de libertação espiritual, mas isso não depende somente de mim nem de outro orientador; depende exclusivamente de cada um. Vocês aprenderão muitas coisas, mas o uso disso tudo será por determinação individual. Por exemplo, vocês aprenderão sobre a importância do 'perdão', e tenho certeza de que todos estão dispostos a perdoar, porém, quando receberem uma ofensa que atinja o orgulho de vocês, esse perdão não surgirá tão prontamente, podendo até mesmo virar ódio mortal e promover grandes desajustes emocionais. Então, aceitem que precisam perdoar para se libertarem, contudo, para entenderem o verdadeiro significado do perdão, será preciso muito mais... O primeiro passo se dará quando aprenderem a transformar toda ignorância em inteligência e compreenderem que, na maioria das vezes, nós somos responsáveis por aceitar a mágoa. No momento da decepção, vocês não se lembram disso, e sim somente o quanto foram feridos... Por outro lado, só magoa o outro quem é também ignorante! Caso contrário, teria mais habilidade de falar e se posicionar, sem criar confusão. Quem promove dor, recebe sofrimento! Quem busca ofuscar o outro por vaidade, recebe solidão e desprazer! Quem luta, perde! Quem solta, ganha!

"Esse mundo ainda é muito fantasioso, e temos de tomar consciência disso e aprender a não deixar o orgulho imperar. É preciso deixar que o amor ganhe por meio da lucidez. O amor não lesa, não machuca, não desrespeita, não invade, não é falso, não é ilusão! O amor esclarece, enaltece, purifica, transforma. Vocês desconhecem o verdadeiro sentido do amor. Nesse estágio, apenas se rendem às paixões e às conquistas, sem que isso preenche o vazio da alma. Está na hora de mudarem e aprenderem novos valores, de fomentarem uma renovação verdadeira para entenderem de uma vez que, somente por meio do amor, podemos ter compaixão e compreensão por nós mesmos e pelos outros.

"Sei que ainda é muito complicado entenderem como funciona o sistema emocional e mental, entretanto, vocês aprenderão o que é o amor quando sentirem que somos partes uns dos outros e que somos movidos pela mesma essência divina. Mesmo em estágios evolutivos diferentes, há algo que nos une: o reconhecimento dessa essência amorosa. Por isso, perdoar significa compreender a ignorância alheia, bem como compreender a nossa. Nesse estado de consciência, avaliamos o quanto precisamos mudar nossas atitudes. Quando ferimos alguém com nossa ignorância é porque, lá no fundo, estamos igualmente feridos e não soubemos transformar as mágoas e os ressentimentos. É preciso averiguar a razão pela qual nos deixamos envolver e por que colocamos muitas expectativas para sermos atendidos em nossos desejos, amados, idolatrados e etc., pois ninguém é vítima do destino, mas sim do próprio orgulho. Toda ação negativa é causada pela ignorância. É justamente isso que precisam mudar em si mesmos!

"Nunca façam nada sem antes observar se suas atitudes ou palavras gerarão desequilíbrio em alguém. Atentem para o fato de que não gostariam de estar no lugar dessa pessoa que ficou fragilizada. Ao mesmo tempo, saibam diferenciar entre uma atitude firme e a tão cobrada dependência afetiva, pois isso exige que façamos o que não estamos sentindo só para satisfazer aos caprichos alheios. Isso não é amor nem compreensão, é sedução! Eu o envolvo com culpa ou com qualquer outro tipo de manipulação, apenas para receber atenção ou algo que eu queira para me beneficiar. É por essa razão que temos de aprender a lidar com nossas emoções e a transformar todas essas crenças antigas para gerar libertação e renovação interior. Vocês precisarão ter paciência até criar habilidade nessas questões, afinal, uma coisa é aprender algo na teoria e outra é colocar tudo isso em prática. Tenham humildade para reconhecer que toda mudança depende exclusivamente do esforço pessoal de cada um. Ninguém pode mudar seu destino! Quando anular definitivamente todo condicionamento criado por essas crenças limitadoras, você pode obter essa transformação. Aí tudo começará a fluir verdadeiramente.

"A vida se renovará, oportunidades novas surgirão, e você sairá da escassez, de todo o desconforto emocional. Essa é a lição que precisamos aprender neste mundo: vencer a nós mesmos em primeiro lugar! E olha que tem coisa velha para ser transformada! Então, mãos à obra! Deixem para trás a condição de vítimas e comecem a se responsabilizar por suas atitudes para que possam receber a orientação de seu espírito. Deem um basta em todas as bobagens que criaram na mente! Levantem a cabeça e sigam! Façam uma análise diária de seus pensamentos e de suas atitudes, uma reflexão. Isso os ajudará muito, principalmente quando aquela sensação de inferioridade aparecer e tentar derrubá-los, querendo que vocês desistam e caiam no abismo da competição. Não se deixem envolver! Aprendam a valorizar o que são e o que sentem. Cada um faz o que sabe! Nunca se depreciem quando se confrontarem com algo diferente do seu modo de pensar e agir. Os erros servem de aprendizado e não para nos atormentar por culpa. Quando errarmos, basta que nos apoiemos e recomecemos. Apenas digam com humildade: 'Eu errei, não estou contente com isso, mas minha vontade de acertar é maior que essa sensação de impotência e punição'. Façam isso consigo mesmos e com os outros! Parem de acusar ou de apunhalar! Apenas confrontem, mostrem seus pontos de vista, afinal, cada um é responsável por si e por tudo o que pensa e cria. Ninguém pode fugir disso, e no tempo de cada um acontecerá esse confronto pessoal. Pra quê vingança? Nada mais é que a expressão de sua raiva e da igualdade para dar o troco. Mas não mudou o conceito, só acumulará mais ódio e remorso, porque toda vingança não tem ponto final. Troquem esse sentimento por firmeza e impessoalidade e expressem o quanto não gostaram de algo que receberam. Posicionem-se e tenham sabedoria para aprender uma nova comunicação. Em relação às atrocidades, há muitos que sofrem de demência, que é um estágio de delinquência do espírito. Para compreender isso, aplica-se o entendimento das leis de causa e efeito e de ação e reação. Tudo, no entanto, começa da rigidez para defender o orgulho que é guiado pelo instinto primitivo. Nada escapa aos olhos do Criador, e cada um deverá fazer os acertos em prol da própria renovação da consciência".

    O guia fez uma pausa e deu o comando para que tocassem os atabaques, mas, antes, complementou:

— Começaremos os atendimentos, mas quero ensiná-los a ter responsabilidade quando pedirem ajuda aos guias espirituais e a Deus. Comecem pedindo para verem em que ponto estão distorcendo as coisas, para aprenderem a identificar qual crença gerou dificuldades e que tipo de atitude gerou conflito e desavença afetiva. Perguntem o que fazer para mudar isso dentro de vocês, pois somente por meio disso alcançarão as mudanças desejadas. Os guias sabem como direcioná-los, mas vocês terão de tomar maior consciência de si mesmos. Deus os ajudará a se ajudarem. De nossa parte, temos a permissão para guiá-los e orientá-los futuramente nesta tenda. Aqui, haverá cursos nos quais vocês aprenderão mais detalhadamente sobre autoconhecimento e domínio mental. Precisaremos de muitas pessoas, que serão preparadas para ajudar neste local ou em qualquer outro lugar. Nosso propósito é atender às solicitações de nossos superiores e contribuir para a transformação deste planeta. Tudo mudará daqui pra frente.

"Vocês estão admirados com tudo o que ouviram, não é mesmo? Alguns questionam se sou eu mesmo e pensam: 'Como um cacique pode estar falando sobre essas coisas e com esse vocabulário?! Já lhes falei sobre isso em outra reunião. Eu acompanho a capacidade mediúnica deste rapaz e faço uso da inteligência dele para esse tipo de orientação. Não deixem as críticas tomarem conta de vocês e os desviarem dos ensinamentos... Não importa quem eu seja; o que importa é o que lhes digo! Se essa conversa tem sentido e pode ajudá-los a modificarem a vida, então, está tudo certo! Fiquem apenas com isso! Há muitas coisas que precisam ser desmistificadas. Aproveitem os ensinamentos!".

Novamente fazendo uma pausa, o guia virou-se para o grupo de médiuns, que ouvia tudo atentamente, e recomendou:

— Os guias serão breves nesta noite. Quero que essas orientações fiquem armazenadas em cada um para reflexão. Eles apenas farão um descarrego e uma harmonização. No final, faremos um trabalho de relaxamento mental para que recebam todo o fluido de renovação interior. Entenderam?

Após dar a orientação, ele retornou à plateia e ressaltou:

— O trabalho de hoje será de suma importância para o alívio mental de todos. Deus os salve, filhos queridos! Que as bênçãos da Virgem Maria os envolvam com muita ternura e muito carinho.

Em seguida, ele tornou a virar-se para o altar e, com um gesto de saudação, desprendeu-se do médium segundos depois.

Raul sentou-se em uma cadeira ao lado do altar e permaneceu em concentração até que os médiuns recebessem as entidades e começassem o trabalho de descarrego. Na plateia, todos estavam muito sensibilizados com tudo o que haviam ouvido e permaneciam em profundo silêncio. Liana também se sentia profundamente tocada e, ao lado da amiga, extravasou os sentimentos de gratidão por estar ali naquela noite, ouvindo a importante orientação do Cacique Tupinambá. Com lágrimas nos olhos, colocou as mãos no peito e clamou por sua renovação interior.

De maneira geral, todos aparentavam ter recebido as respostas que buscavam para suas perguntas, e havia calma e serenidade no grupo. No âmbito energético espiritual, ondas de luzes formavam uma cúpula esplêndida ao redor da cabeça de cada assistido. Guias espirituais transitavam por todo o ambiente, registrando o aproveitamento de cada um. Uma perfeita sintonia de paz e amor fora magnetizada, e fluidos de cura foram emitidos por um grupo de índias, que neutralizavam os desajustes dos chacras, permitindo a rotatividade imediata para o alinhamento energético.

Do lado de fora do salão, os guias denominados de "guardiões" vigiavam a porta, compondo uma extensa proteção luminosa, assemelhando-se a grades virtuais que, embora fixadas no solo, flutuavam na atmosfera desenhando pontas de flechas que impediam qualquer energia intrusa adentrar naquele local. Um comando giratório circulava acima do telhado da casa, distribuindo luz por todo o quarteirão. Multiplicava-se a intensidade luminosa a cada dois minutos, com giros mais rápidos, alçando maior altitude e abrangendo toda a cidade.

A certa altitude, nuvens espessas e muito escuras tentavam cobrir o reflexo reluzente, porém, eram dissipadas quase instantaneamente pelo bombardeio luminoso. Outros vultos, aos gritos, eram deslocados do solo e sugados por outro aparelho, como um redemoinho altamente veloz que se dirigia à altura da crosta terrestre.

Os guardiões permaneciam atentos a qualquer ruído ou manifestação perigosa e exibiam com maestria o total domínio da proteção energética do ambiente. Quando alguns espíritos que perambulavam do lado de fora intencionaram penetrar no local, foram impedidos. Outros receberam atendimento e foram encaminhados às colônias pelos socorristas espirituais da equipe, e os mais resistentes fugiram gargalhando ou extremamente assustados. Era possível constatar que do lado de fora também existia todo tipo de assistência para espíritos que necessitavam e aceitavam ajuda.

Ao término dos atendimentos, Liana e Cristina aguardavam Raul na recepção e conversavam sobre o esplêndido trabalho espiritual do qual puderam absorver muitos ensinamentos. Cristina sentia-se maravilhada e afirmou com veemência que participaria dos próximos encontros. Perto da porta de saída do salão principal, um casal e dois rapazes também conversavam a respeito e foram interrompidos por Raul, que, com um largo sorriso, os cumprimentou dizendo:

— Estou gostando da assiduidade de vocês! Gostaram dos atendimentos de hoje?

Todos assentiram e abraçaram ao menos tempo o dirigente, expressando gratidão e carinho.

— Você está melhor, Josué? — perguntou Raul.

— Estou bem mais calmo! Desde quarta-feira, estou me sentindo mais animado e tentando não pensar nos problemas...

— Eu também, Raul! — disse Laís, a esposa de Josué.

— Vocês vão melhorar muito! Continuem! E vocês, caros colegas? Como estão?

Marcos e Vinícius fizeram um gesto afirmativo com o polegar e tornaram a abraçá-lo.

— Que bom! Fico feliz com a presença de vocês!

Dizendo isso, Raul virou-se e chamou Liana, que apressadamente correu para perto dele.

— Ah, Raul, que maravilha de trabalho! Que espetáculo de mensagem recebemos do Cacique! — e olhou para amiga e disse:
— Esta é minha amiga Cristina!

Raul abraçou as duas amigas e disse:

— Seja bem-vinda, Cristina! Tenho muito prazer em conhecê-la pessoalmente, pois Liana me falou muito de você...

Cristina sorriu discretamente e agradeceu a gentileza. Depois, fez um breve comentário sobre estar admirada com o esplêndido trabalho que assistira.

Espontaneamente, Raul apresentou um a um, dizendo o quanto estava feliz em rever o novo grupo de amigos. Depois, convidou-os para irem a um restaurante, onde poderiam conversar mais descontraidamente enquanto se alimentassem. Disse ainda com certo humor que "saco vazio não para em pé". Todos sorriram e concordaram com Raul, pois estavam famintos e ávidos para trocar informações e estar juntos.

A temperatura estava agradável, e o calor diminuíra um pouco devido a uma frente fria, que apontava uma ligeira mudança no tempo.

A conversa estendeu-se pela madrugada. Cristina sentou-se ao lado de Vinícius, e os dois conversaram como se já se conhecessem há muito tempo. Liana, por sua vez, não cabia em si de felicidade. Ao lado de Raul, ela entreteve a todos quando dissertou sobre a mensagem do Cacique. Depois, foi a vez de Josué falar sobre estar se sentindo bem depois de escapar de um afogamento. E assim eles passaram a noite conversando, brincando, sorrindo muito e demonstrando a felicidade e harmonia presentes no grupo. Quando se despediram, marcaram um encontro para irem à praia à tarde e continuarem a conversa.

No dia seguinte, Liana encontrou-se com Brigite, e as moças puderam colocar a conversa em dia descontraidamente. Cristina ria muito do jeito debochado de Brigite, que não perdia a oportunidade de instigar Liana, comentando o relacionamento amigável que a moça estabelecera com Raul.

Em certo momento, as três mulheres foram surpreendidas com a chegada dos rapazes. Mais do que depressa, Brigite apresentou-se ao grupo, querendo saber qual deles era o tão admirável Raul.

— Sou eu! — disse o rapaz com um largo sorriso.

— Muito prazer em conhecê-lo! Ouvi falar muito bem a seu respeito!

— Fico feliz em saber que falaram bem de mim... — tornou ele ainda sorrindo.

Temendo que Brigite fizesse algum comentário malicioso a respeito do relacionamento amigável dos dois, Liana convidou Raul para fazer uma caminhada à beira-mar.

Raul estranhou o convite inesperado, pois chegara naquele instante e pretendia sentar-se ao lado dela junto com os amigos.

— Pode ser mais tarde, Liana? Gostaria de descansar um pouco. Que tal buscarmos alguns petiscos e água de coco na barraca? Estou com um pouco de fome... o que acha?

Liana assentiu e levantou-se imediatamente. Os dois, então, seguiram em direção à barraca.

— Está tudo bem, Liana?

— Sim, está! Quis falar a sós com você, porque minha amiga Brigite é um pouco exagerada. Não queria causar-lhe constrangimento. Brigite é muito despojada, gosta de brincar, mas, às vezes, acho que ela exagera. Eu levo as coisas na brincadeira, mas não sei se as pessoas fazem o mesmo.

— Ora, ora, você acha que não sei reconhecer isso? Em quê ela poderia me causar constrangimento?

A moça corou e baixou a cabeça para disfarçar.

— Tente descontrair-se, Liana. Se ouvirmos alguma insinuação maliciosa, é só rirmos, em vez de nos deixarmos constranger.

— Ah, Raul, não quero que nada atrapalhe nossa amizade, pois o respeito muito e não gosto de certas brincadeiras...

— Não leve as coisas muito a sério. Basta não dar importância e se desviar do assunto. Não se preocupe! Sei me defender... — disse sorrindo.

Liana sorriu e, mais descontraída, pediu vários petiscos, enquanto ele solicitava refrigerante e alguns cocos.

Como Liana imaginara, Brigite fez uma observação quando os dois se aproximaram:

— Vocês formam um belo casal! Gostei disso!

Sorrindo, Raul respondeu:

— Obrigado, Brigite! Somos muito atraentes! Todos concordam? — instigou o rapaz com muita descontração.

Sorrindo, Liana balançou a cabeça e salientou que Brigite não perdia a chance de fazer brincadeiras. Todos riram da espontaneidade da moça, que, por sua vez, insistiu em fazer mais algumas insinuações para promover descontração.

A conversa entre o grupo durou até o anoitecer. Depois de saírem da praia, marcaram para almoçarem juntos no dia seguinte. E assim se procedeu nas semanas subsequentes um novo período para aquele grupo de amigos, que, unido pelo mesmo propósito, compartilhava novas experiências e trocava informações diversas.

Liana sempre evidenciava que a vida fora generosa com ela, pois do lamaçal emocional em que se encontrava conseguira dar uma reviravolta em pouco tempo. As outras pessoas do grupo também confidenciavam particularidades e, com isso, a vontade de estarem juntos nos fins de semana se fortaleceu. Sentiam-se animados, revigorados e principalmente interessados em aprender mais sobre mediunidade e transformação interior. Queriam modificar o modo de pensar e agir e sabiam que aquele era o caminho para a grande realização que procuravam.

Capítulo 12

Aproximadamente seis meses depois, os laços de amizade entre as pessoas do grupo se consolidaram, bem como a assiduidade de todos nos trabalhos espirituais.

Liana e Cristina haviam selado o compromisso de irem ao centro em todos os fins de semana e sentiam-se muito bem em todos os aspectos. Algumas vezes, Liana lembrava-se de Cássio, sabia que ele se casara, porém, surpreendia-se por não sentir desconforto e nenhuma emoção ao pensar nele. Estava cada vez mais envolvida com Raul, participava de cursos e palestras em São Paulo e, às sextas-feiras, encontrava-se com o rapaz na Tenda do Caboclo.

Entusiasmada, Liana planejava mudar-se para a Baixada Santista em dois anos. Cristina, que iniciara um relacionamento afetivo com Vinícius, também planejava mudar-se para lá e abrir uma nova loja de biquínis no shopping de Santos.

O tempo foi passando, e Raul continuou acompanhando a evolução de Liana. Por orientação do Cacique, vários trabalhos espirituais foram feitos para afastar as "entidades" que a influenciavam. Graças a isso e à dedicação da moça aos estudos, tudo transcorreu de forma positiva.

Acreditando que dali para frente tudo seria mais ameno para Liana, tanto na seara espiritual quanto no que se referia aos sentimentos da moça em relação a Cássio, Raul resolveu declarar-se enquanto os dois caminhavam e conversavam alegremente à beira-mar.

Raul convidou Liana para sentar-se em um banco de um quiosque em frente ao mar, segurou delicadamente as mãos da moça e revelou:

— Liana, percebi que, nos últimos meses, você teve uma considerável evolução, nossa amizade se consolidou, e agora me sinto mais seguro para lhe falar o que se passa em meu coração. Estou apaixonado por você! Queria saber se você sente o mesmo que eu sinto e se está pronta para iniciar um relacionamento comigo.

Liana estremeceu, sentindo o coração disparar. A moça ansiava por aquele momento e também sentia amor por ele, embora tentasse disfarçar os sentimentos com medo de perder a amizade de Raul.

Visivelmente emocionada, Liana jogou-se nos braços de Raul e beijou-o fervorosamente.

Naquele momento, nada mais importava para Liana. Apenas estar nos braços de seu amado importava para a moça. O mundo parecia sorrir-lhe novamente, e o passado doloroso fora esquecido. Ela sentia-se pronta para vivenciar aquele romance pelo qual tanto esperara, ainda que não acreditasse que algo assim aconteceria com ela. Estava amando e era correspondida, tudo o que mais desejara.

Os dois trocaram carícias durante algum tempo até que ela fixou os olhos dele e confidenciou:

— Raul, hoje é o dia mais feliz de minha vida! Eu te amo! Quero estar sempre com você!

Demonstrando grande satisfação, o rapaz sorriu emocionado, abraçou a moça e depois a beijou ardentemente. Raul murmurou ao ouvido de Liana que também a amava e que faria de tudo para vê-la feliz.

A partir daquele dia, Liana passou a dedicar-se ainda mais aos estudos e a ajudar na organização da tenda espiritual. Decidiu abreviar sua ida definitiva para a Baixada Santista para apenas um ano, pois pretendia estar ao lado do amado para ajudá-lo.

Liana tornara-se uma pessoa muito querida, fizera muitas amizades no centro e sentia que nada mais a prendia a São Paulo a não ser a responsabilidade que tinha na empresa onde trabalhava.

A moça sabia que não poderia deixar o emprego de imediato, sem antes recrutar outra pessoa para ocupar seu cargo. Em uma manhã, durante o horário de expediente, ela decidiu compartilhar com o diretor suas intenções de deixar a empresa e, com muita emoção, comunicou a ele tudo o que pretendia. Decidira permanecer na empresa por mais um ano, tempo suficiente para encontrar um substituto e treiná-lo.

O diretor era como um pai para Liana. A moça respeitava-o muito e sabia que ele a considerava uma filha querida e também uma ótima funcionária.

O homem lamentou o fato de ficar sem a assistência de Liana na empresa, mas se mostrou feliz por vê-la tão decidida a acompanhar o futuro marido. Ele, então, aceitou prontamente o pedido de demissão da moça, desde que ela garantisse um substituto à altura de sua eficiência. Liana agradeceu ao diretor e comprometeu-se a desligar-se da companhia somente quando tivesse absoluta certeza de que ele estaria bem assessorado.

Alguns dias depois, Liana contatou algumas agências especializadas em recrutamento para iniciar com calma o processo de seleção. Depois, em uma conversa com Cristina, ela sugeriu à amiga sociedade na nova loja, pois, com o dinheiro que receberia do fundo de garantia por tempo de serviço e algumas economias, investiria no negócio e ampliaria também a loja de Raul. Com isso e o aluguel de seu apartamento em São Paulo, poderia viver com tranquilidade financeira e dedicar-se mais aos trabalhos espirituais ao lado de seu amado.

Cristina prontamente aceitou a proposta da amiga, e, juntas, comemoraram o novo empreendimento. Sem dúvida alguma, as coisas estavam indo bem. Em pouco tempo, elas pretendiam iniciar um novo desafio profissional e ainda fizeram planos de se casarem no mesmo dia em uma cerimônia na tenda espiritual do Cacique Tupinambá.

Raul também aceitou a proposta, porém, tinha a intenção de guardar parte do lucro e abrir uma creche para ajudar famílias carentes. Ele tinha muitas ideias, e todos sabiam que o guia espiritual do rapaz o intuiria e ajudaria para que tudo acontecesse da melhor forma possível.

Em uma das reuniões entre médiuns e colaboradores da casa, Raul expôs o que pretendia fazer para melhorar os trabalhos espirituais e depois se concentrou para receber orientação a respeito. Um forte pressentimento, então, acometeu-o, e ele sentiu que uma grande mudança aconteceria. Raul quis obter mais detalhes sobre isso, porém, intuído pelo guia espiritual, concordou em esperar por uma nova e precisa orientação dos agentes superiores do mundo espiritual.

Posteriormente, Raul aceitou sugestões dos colaboradores e sugeriu-lhes que começassem a elaborar mais detalhadamente o que pretendiam. O rapaz comunicou-lhes ainda que em breve receberiam sinais da espiritualidade maior de quando deveriam iniciar os intentos.

O grupo passou a reunir-se semanalmente, a fim de compartilhar ideias e sugestões para melhorar a organização da casa, pois o número de pessoas aumentara consideravelmente.

Algumas semanas depois, no início dos trabalhos, o guia Cacique Tupinambá alertou:

— Chegou o momento de alguns de vocês se desvencilharem verdadeiramente de coisas mal resolvidas. Alguns confrontos surgirão para que firmem a fé e a determinação. Será uma espécie de treino para que mantenham seus propósitos. Não se deixem invadir por ilusões ou por situações que já não lhe dizem respeito. Sejam firmes! Procurem observar que nada acontece por acaso e que tudo tem um propósito maior para que a libertação espiritual se solidifique. Com isso, vocês terão bons resultados tanto para a melhoria material como para o desenvolvimento pessoal.

"Muitos estão fazendo muito bem a parte que lhes cabe, no entanto, é preciso que tomem cuidado com influências negativas que surgirão para promover desequilíbrio e desajustes. Estarei aqui para apoiá-los, mas, como as decisões são sempre individuais, a escolha deve ser feita de acordo com os princípios espirituais de cada um. Mesmo que não compreendam a razão de alguns imprevistos acontecerem, sejam pacientes e não retruquem nada que possa servir-lhes de armadilha psíquica. Vigiem seus pensamentos, cultivem bons sentimentos e aprendam a lidar com possíveis alterações emocionais. Vocês precisam fortalecer o campo de proteção por meio de preces e de boa leitura. Alerto-os também sobre possíveis desânimos e falta de interesse em geral. Cuidado! Caso não saibam dissipar sentimentos de vingança, mágoas e ressentimentos, estejam atentos ao fato de que há uma forte tendência a sucumbirem.

"Há milhares de espíritos em profundo desajuste que reencarnarão a partir deste momento e sob a influência deles. Uma grande interferência negativa atuará neste planeta neste período de transição. Daqui a vinte anos, nos meados da década de 1990, vocês assistirão ao início de um período de grande evolução na área tecnológica e na medicina, pois diversas doenças novas surgirão e será descoberta a cura de muitas delas também. Um grande aprendizado será exposto a partir da virada do milênio para que esta base terrena seja bem assentada. Rápidas mudanças estão por vir, e tudo será muito intenso após esses 20 anos. Vocês assistirão a grandes conflitos em todos os países e a atos de delinquência em virtude desses espíritos que estão chegando para vivenciarem a última oportunidade de transformação interior. A perversidade estará aflorada de uma forma tão assustadora que vocês precisarão ter muito equilíbrio para escaparem dessa sintonia negativa. Este mundo começará a se transformar em breve, porém, a luta será árdua! Além do mais, muitos terão ajustes pessoais a fazer e, o quanto antes essas questões forem resolvidas, melhor será para todos. Outros persistirão na ignorância e sofrerão a ação cármica mais dura, porém, infelizmente, essa será a única forma de começarem a se desprender das ilusões, da ganância exagerada, do egoísmo e de todas as mazelas que se recusam abandonar.

"Será um período intenso e muito parecido com alguns que ocorreram em várias décadas passadas, no entanto, será um pouco diferente, pois a necessidade de transformação deste planeta chegou e não haverá mais tempo de postergar esse expurgo. O momento é agora!

"Precisaremos de muitos trabalhadores que se prontifiquem e cumpram as tarefas em prol da humanidade, por isso, peço-lhes que não desistam de caminhar rumo ao próprio desenvolvimento e de serem semeadores desta evolução. A influência negativa será muito forte, mas haverá muitos recursos para ajudá-los. Não desanimem; persistam!

"Na história da humanidade, sempre foi necessário ocorrer um caos para que as transformações acontecessem. Isso não é novidade! Entretanto, este país será um portal espiritual, e muitos de vocês estão sendo convidados para iniciar esse processo evolutivo. Se por um lado a tecnologia terá um avanço imenso, trazendo aos meios de comunicação muitas coisas novas, por outro, os seres humanos ainda deixarão a desejar. Embora beneficiados, eles ainda resistirão à perda do suposto poder em defesa do orgulho. É o processo da humanidade, que, no que diz respeito à maturidade emocional e espiritual, é ainda muito precário. Por enquanto, este planeta é visto como um estágio escolar, em que são treinados os domínios da mente e das emoções. Isso logo será de grande valia para a nova geração que aqui chegará. Grande parte daqueles que estiveram encarnados neste lugar e que contribuíram para esse avanço retornarão no tempo certo e bem mais preparados, por isso, daqui pra frente, haverá a necessidade de acelerar esses confrontos pessoais para que possam atingir certo grau de vibração mais elevada e compatível com o novo campo magnético que será instalado no planeta. Tudo isso acontecerá gradativamente até que haja a primeira intervenção espiritual, depois a segunda e, por fim, a terceira, em que tudo será consumado e transformado. Isso acontecerá em meio século ou mais... A Terra será modificada por uma extensa fase de regeneração, e esse processo também acontecerá nas colônias espirituais, em zonas umbralinas e em diversos pontos negros do universo. Ocorrerá uma seleção que designará os grupos que habitarão outras estâncias, sendo que alguns amigos espirituais já estão se preparando para acolher os mais perversos, resistentes e endurecidos. Eles habitarão zonas compatíveis com sua elevação moral até que se rendam à própria consciência e reiniciem a caminhada evolutiva.

"Os mensageiros celestiais nos alertam sobre o exercício constante do fortalecimento mental e emocional. Tudo será mais intenso, e as pessoas com maior sensibilidade precisarão muito disso para se manterem em harmonia e em equilíbrio energético.

"Existem tantas outras coisas que vocês não conseguem perceber... Por enquanto, a lição aqui é bem restrita, porém, muito intensa! O ser humano nasce, cresce, e seu desenvolvimento gira em torno de conquistas materiais para que adquira maior inteligência e desperte vários de seus potenciais. O ser humano confronta emoções e sentimentos para aprender o autodomínio e o contato com a alma, e isso leva muito tempo, pois são necessários vários confrontos para harmonizar esses aspectos até se tornarem "uno" com a inteligência infinita. Mediante isso, concluímos que esse estágio ainda é muito infantil, bem primário, diante da grandiosidade divina. Vamos refletir mais sobre nossa atuação neste mundo. Reconheçam os propósitos de seu espírito, mantenham-se conectados com a essência divina, que é a fonte da inteligência suprema, que dirige o universo do qual fazemos parte... Permitam-se avançar mais rápido por meio do despertar da consciência! Deixem para trás as ilusões que ofuscam a lucidez e criam barreiras conflitantes que demoram a ser derrubadas. Sejam livres para escolher de acordo com a vontade do espírito. Sem isso, vocês até poderão conseguir muitas coisas, mas não terão a alegria da alma, a realização tão desejada. Não encontramos isso do lado de fora! Se vocês se perderem pelo caminho, sentirão um vazio imenso e nada os preencherão. Cansados de sofrer, procurarão o caminho de volta, contudo, somente com humildade e simplicidade em ser e sentir, a ligação da alma será conectada novamente. A partir disso, uma nova compreensão de vida surgirá, e vocês notarão que esse é o verdadeiro caminho para a evolução do espírito. Amar a si mesmo em primeiro lugar é tomar consciência de que esse amor não é algo que vocês possam anular e tampouco não compartilhar. O verdadeiro sentido da alma une e expande a consciência de tal forma que reconhecemos que não somos apenas uma única pessoa no universo, mas que fazemos parte de um todo. A partir disso, começamos automaticamente a atuar no fluxo energético do pensamento, manifestando nas ações maior responsabilidade diante da criação divina.

"Vocês têm noção de quantas experiências já tiveram em outras vidas? De quantas vezes morreram e voltaram? Tudo isso serviu para treinar o despertar da consciência, que registra todas as experiências por meio do aprendizado. Por exemplo, vocês estão refletindo sobre tudo o que estão ouvindo agora, e os questionamentos duvidosos e incrédulos deram espaço à compreensão. Essa comunicação facilitadora vem da alma, pois ela reconhece o que é verdadeiro. Sua alma não questiona, não atormenta a mente, e, através dos sentimentos, promove um estado de contemplação, em que nada se explica, porém, tudo se completa.

"Somos viajantes do tempo e mudaremos a roupagem quantas vezes forem necessárias, contudo, saberemos nos reconhecer por meio da sintonia da alma, pois ela mostra, aponta, direciona, une. Os laços espirituais não se rompem, e é por isso que estamos reunidos aqui no mesmo propósito espiritual.

"Muitos estiveram comigo no início da colonização deste país, presenciaram e vivenciaram lutas sangrentas de todo gênero, entretanto, tudo fez parte de uma grande e necessária transformação. Eu mesmo já vim e voltei muitas vezes, ora como doutor, outras como escravo, capitão de engenho etc. Hoje, aqui no mundo espiritual, fui designado a prestar auxílio neste novo movimento transformador. Escolhi a manifestação de 'cacique' para trazer toda a sintonia do imenso aprendizado que tive naquela época e comigo estão outros espíritos que se juntaram a esse propósito. Nossa equipe é muito grande, e, por merecimento, ganhamos essa nova oportunidade. Então, meus filhos queridos, unamos nossas forças para cumprir nossa tarefa com muita determinação e muito amor.

"Ah, como tem coisa boa para vir e novidade que não acaba mais! Lembrem-se de que tudo será muito mais rápido e facilitador! Deixem os sentimentos aflorarem, sigam pela luz do espírito e reconheçam como o despertar da consciência ficará mais claro para identificar e compreender sua participação nisso tudo.

"Se sou especial para vocês, creiam que todos são especiais para mim também! Daqui a algum tempo, vocês sentirão esse amor por si mesmos com a mesma intensidade. Por enquanto, sou o tutor e lhes mostrarei um novo caminho por meio do crescimento interior e para a compreensão da eternidade do espírito. Agora, lhes peço que reflitam sobre estas questões: vocês realmente se gostam? Aceitam-se como são? Respeitam-se? Nos momentos em que enfrentam desafios, se apoiam? Vocês acreditam que são responsáveis por tudo o que acontece de bom ou de ruim em suas vidas? Já conseguiram entender que não são vítimas do destino? Reflitam se estão indo contra ou a favor de si mesmos. Ah! Como é bom sentir valor em si mesmo! Aceitar-se e abraçar-se quando o mundo diz não! Nesses momentos, vocês se surpreenderão se ficarem do seu lado e confiarem na sua verdade. Pois é... essa nova forma de pensar parece simples, mas requer de vocês muito amor por si mesmos para que consigam assumir seu jeito único de ser.

"Querem atingir a evolução espiritual mais rápido? Sabe qual é o caminho? O caminho é o amor! Tudo por amor! Somente o amor ofusca a ignorância. O ser humano costuma reconhecer isso quando sofre um abalo em sua estrutura emocional. Quando isso acontece, as pessoas ficam "mansinhas", perdem a prepotência... O sentimento do amor não é restrito. Há uma amplitude que acolhe tudo e todos. É a manifestação da pureza sem malícia, em que você se vê fazendo parte da criação divina. Em que todos compartilham individualmente o mesmo espaço do tempo neste universo infinito. Todos estão mergulhados no mesmo ciclo evolutivo. O amor é uma palavra que traduz os sentimentos que não podem ser explicados. É uma energia tão poderosa e benéfica que Deus se utilizou dela para que fôssemos sua imagem e semelhança.

"Sinta esta energia transformadora girar e levá-los a um lugar muito secreto, ao qual somente vocês terão acesso. Mergulhem! Soltem as preocupações, os medos, as crenças limitadoras, os apegos, os desencontros. Neste lugar, tudo é perfeito e original. Vocês podem caminhar tranquilamente. Não existem faltas nem desafetos. Aí dentro há tudo de que precisam. Sintam isso agora e façam disso sua verdade, seu lema de vida! Mergulhem! Deixem o oceano das emoções transbordar em lágrimas que limparão a visão distorcida para que sintam o prazer de serem vocês mesmos.

"Hoje pode ser o início da grande mudança que vocês almejam. Sigam nessa direção e, quando avistarem sua própria luz, tenham em mente que será o momento de festejarem seu renascimento. E amanhã, certamente, será muito mais promissor.

"Agora, vou deixá-los refletir sobre essa mensagem que ouviram. Não se esqueçam de que precisarão manter-se firmes diante de algumas provas que surgirão. Deus os abençoe, meus filhos! Cacique Tupinambá se despede agora com ramos de flores que, mentalmente, preparei para todos. Quando estiverem desanimados, imaginem essas flores. O nome dela é Esperança, algo que nunca devem perder".

O silêncio tomou conta do ambiente. Todos estavam comovidos e sensibilizados e, pouco a pouco, foram se recompondo ao som do atabaque, que anunciava a chegada de outros guias espirituais que, por meio da incorporação, realizaram uma limpeza energética.

Capítulo 13

Somente no dia seguinte, Raul e Liana se encontraram com o grupo de amigos. Após os trabalhos da noite anterior, todos voltaram para casa por determinação do guia espiritual e permaneceram em prece para dar continuidade ao tratamento espiritual.

Descontraído, o grupo sentou-se à beira-mar e trocou muitas informações a respeito das orientações do Cacique.

Liana percebeu que, desde o término dos trabalhos da noite anterior, Raul estava muito introspectivo e carinhosamente perguntou:

— Meu amor, percebi que, desde ontem, você está muito quieto. Gostaria de compartilhar algo conosco?

Raul cruzou as mãos, olhou para Liana e respondeu:

— Sinto que todos nós seremos "testados" em nossa fé e persistência, Liana! Quando o guia falou sobre isso, tive uma sensação um pouco desconfortável e, por mais que tenha tentado decifrá-la, ainda não consegui entender... É melhor que fiquemos bem atentos, pois alguma coisa vem por aí...

Liana complementou:

— Também senti algo estranho, mais precisamente um aperto no peito. Fazia muito tempo que não sentia esse tipo de coisa. Só não consegui identificar se isso acontecerá exclusivamente comigo ou com todos.

— Acredito que tenhamos de vivenciar algo em particular e, ao mesmo tempo, de vivenciar algo que acontecerá no mundo ou em nosso país — ressaltou Vinícius.

— Parece que algo de ruim está por vir. Será isso, Raul? — indagou Cristina.

— Creio que não devamos nos preocupar por ora, mesmo porque de nada adiantaria. Aconselho-os a mudarem esses pensamentos e a reforçarem as preces diárias para que se mantenham em sintonia com nossos guias. Estaremos firmes e preparados para o que acontecer. Assim espero! — atentou Raul.

Liana sentiu um forte arrepio percorrer seu corpo e subitamente interrompeu Raul:

— Nossa! Senti fortes arrepios agora, e não são aqueles fluidos sobre os quais você me falou, aqueles que sentimos quando uma entidade espiritual se aproxima. São aqueles que surgem por meio de minha percepção e intuição... É uma sensação de que algo ruim vai acontecer.

— Seja o que for, precisamos reforçar nossas preces para permanecermos sintonizados com o bem maior — ressaltou Raul.

Josué, que naquele fim de semana resolveu encontrar-se com o grupo, quis também compartilhar:

— Raul, estou muito agradecido por tudo o que estou recebendo de você e do Cacique. As coisas melhoraram muito para mim. Consegui identificar as crenças negativas que causaram aquela confusão financeira e estou fazendo todos os exercícios de renovação que vocês me ensinaram. Com isso, quero adiantar-lhes que pretendo abrir uma filial de minha empresa em Santos e gostaria de ajudá-lo na construção da nova sede espiritual. Se Deus quiser e eu me mantiver em equilíbrio para que as coisas possam melhorar ainda mais, farei uma grande doação para vocês. Exatamente como eu havia prometido!

Emocionado com o progresso de Josué, Raul abraçou o amigo, agradeceu-lhe a boa intenção de ajudar e parabenizou-o pela persistência, principalmente pelos resultados alcançados.

— Vamos comemorar! — convidou Marcos.

Todos bateram palmas para Josué, que, emocionado, agradeceu a Deus por fazer parte daquele grupo de amigos e por ter conseguido superar as dificuldades financeiras em pouco tempo. Com isso, o assunto anterior dispersou-se, e eles continuaram comemorando as conquistas de Josué e divertindo-se.

No fim da tarde, Raul e Liana despediram-se do grupo e foram para a casa. No caminho de volta, resolveram parar um pouco para admirar o belo cenário que se apresentava. O céu ganhara tons de laranja, o que fez Raul, em estado de contemplação, exclamar:

— Como a natureza é perfeita! Que coisa mais linda!

— Concordo, meu amor! Esse cenário é realmente belíssimo!

Delicadamente, ele abraçou-a e beijou-a e, sem que pudesse coordenar os pensamentos, disse espontaneamente:

— Independentemente do que precisarmos passar, nunca se esqueça de que a amo e de que sempre a amarei.

Liana beijou-o intensamente e falou baixinho ao ouvido de Raul:

— Eu também te amo! Conheci o verdadeiro amor com você. Jamais nos separaremos! Sou eternamente agradecida a Deus por merecer estar ao seu lado e por poder me tornar sua esposa.

— Oh! Liana! Eu também agradeço a Deus a chance de encontrá-la e de viver este amor intensamente.

— Tenho certeza de que "nosso querido Cacique" está muito feliz com nossa união, mesmo porque estamos juntos com o mesmo propósito espiritual — declarou a moça comovida.

Embora pensativo, Raul tornou a abraçá-la e a beijá-la intensamente. Depois, convidou-a para caminhar na praia e, em determinado momento, posicionou-se diante do mar, clamando:

— Oh! Rainha do Mar, mãe de todos nós, purifique nossas emoções conturbadas para que nossos verdadeiros sentimentos prevaleçam diante de possíveis desafios que precisemos enfrentar nesta vida. Banhe nossa mente com suas águas e nos ajude a elevar o pensamento para que nosso espírito tenha força e coragem para resistir às forças contrárias que intentam se aproximar. Sei que essas provas nos tornam mais fortes e confiantes e lhe peço ajuda para que nenhum de nós sucumba em nossa batalha interior. Proteja-nos com seu amor!

Comovida, Liana ouvia o clamor e pedia mentalmente força e proteção para todos. Posteriormente, indagou com certa preocupação:

— Você está bem, meu amor? Você conseguiu identificar alguma coisa?

— Ainda não... Sinto apenas a necessidade de reunir forças com os guias para manter o equilíbrio. Nada acontece por acaso, Liana. Tudo é sempre uma grande lição, entretanto, não posso negar que sinto algo estranho dentro de mim. Confesso que há muito tempo não sentia coisa semelhante que pudesse me abalar.

— Você está abalado? Por favor, desabafe comigo! Eu também senti a mesma coisa. O que será isso?

— Não sei... É algo que não podemos saber no momento. Temos de confiar que estamos sendo guiados e que, se estivermos em boa sintonia, superaremos tudo. Devemos exercitar a fé e nunca esmorecer. Seja qual for o desafio, estaremos juntos para enfrentá-lo.

— Ah! Meu amor! Sim, estaremos sempre juntos! Faltam poucos meses para o nosso casamento, e logo, logo estarei aqui todos os dias para que possamos passar por tudo unidos e confiantes.

Raul sorriu e quis dissipar o mau pressentimento, contudo, preferiu manter a confiança, pois sabia que seu guia espiritual estaria sempre presente o orientando. Ele pegou a mão de Liana e completou:

— Isso me deixa muito feliz. Em breve, estaremos casados e poderemos compartilhar todas as coisas. Prometo-lhe que farei de tudo para que você seja a mulher mais feliz deste mundo!

— Já me considero a mulher mais feliz deste mundo, Raul! Minha vida se transformou a partir do momento em que encontrei meu querido Cacique e depois você. Tem felicidade maior que essa?

— Claro que não! Você conseguiu sair do abismo emocional, pois, com determinação, escolheu aprender e, com sua dedicação, obteve resultados mais rápidos e positivos. Tudo depende de cada um, e fico muito feliz que você tenha reagido a seu favor.

— Você havia me dito que um dia eu agradeceria as dores pelas quais passei. Por meio do autoconhecimento, eu pude transformar tudo. Temos que dar o primeiro passo, enxergar e aceitar com humildade nossos delírios... Foi o que fiz e ainda faço, viu? — respondeu sorrindo. — Só tem uma coisa que de vez em quando aparece em minha mente e me intriga... Você se lembra daquele sonho terrível que eu tive no dia em que me consultei pela primeira vez com o Cacique? Isso ainda não ficou bem resolvido...

— Pode ter sido uma reminiscência do passado, porém, você não deve ficar nessa sintonia. Quando isso acontecer, faça uma prece e peça libertação para todos os envolvidos. Faça a oração do perdão e da libertação, pois isso a ajudará muito! — indicou Raul.

— Farei isso... Raul, achei estranho o arrepio que senti há pouco. Ele foi bem parecido com o que senti quando aquelas cenas apareceram em minha mente.

Raul não respondeu de pronto e lembrou-se das entidades que o procuraram fora do corpo, quando ele esteve pela primeira vez na casa de Liana. Em seguida, recordou-se da orientação de seu guia quando lhe disse que eles haviam sido afastados. Subitamente, Raul lançou a questão:

— Você nunca mais soube do Cássio? Ele me veio à mente agora...

Embora tenha estranhado a pergunta, Liana respondeu de imediato:

— Não! Deve ter se casado e estar vivendo a vida dele. Nem mesmo profissionalmente tenho tido contato com ele. As contas do banco estão com outro gerente, e nunca mais tive notícias dele. Por que me perguntou isso? Acha que ele tem a ver com essa história que apareceu em meu sonho? Chego a me arrepiar quando penso nisso!

— Considere que você estava emocionalmente muito abalada, e que, quando isso ocorre, expressamos as emoções em sonhos. Possivelmente, as duas coisas aconteceram simultaneamente: você expressou as emoções e vivenciou parte do passado. No primeiro momento, avistou um índio e depois assistiu à cena dos homicídios. Você se lembra de o Cacique ter citado várias vezes que você precisava se libertar do passado desta e de outras vidas?

— Lembro! Além dessa oração de perdão, o que mais devo fazer, Raul?

— Lançar amor sobre o passado já é grande coisa, Liana, pois todos nós erramos de alguma forma. Estamos aprendendo e somente com muito amor conseguiremos nos libertar de todos os conflitos. Quando mudamos nossa forma de pensar, iniciamos esse processo de renovação. Não devemos atribuir todo infortúnio a vidas passadas, mas trazemos em nosso inconsciente a necessidade dessa reformulação. Por essa razão, a reencarnação é providencial em todos os aspectos. No entanto, há espíritos que se negam a começar isso, vivem vagando envoltos nos delírios da mente, desejando vingança e alimentando o ódio e procurando sintonizar-se com mentes de semelhante vibração. Por essa razão, devemos vigiar nossos pensamentos para que nossa vibração mude e para que não nos mantenhamos receptivos às influências mentais negativas. Todos nós devemos nos responsabilizar por nossos erros e acertos, porém, isso só se processa quando reconhecemos nossa ignorância e fragilidade emocional e o quanto precisamos mudar em relação à nossa maneira de pensar e agir. Geralmente, o orgulho e a vaidade geram vários desajustes, e muitas pessoas não cedem, tornando-se cada vez mais rígidas até que a dor as desperte e promova sua libertação.

"Estamos caminhando para essa libertação, contudo, a humanidade ainda não se deu conta disso. Muitos pensam que só vivemos uma vida e que tudo ficará obscuro. Conforme o Cacique citou, apesar do progresso tecnológico, o desenvolvimento do homem no que diz respeito à evolução ainda é muito lento e primário. Temos muito a aprender sobre isso. Ele nos alertou sobre o verdadeiro sentido do perdão, mas, como disse, basta que aconteça algo que possa ferir nosso orgulho para que tudo fique muito difícil de lidar.

"Mudar crenças e atitudes é um trabalho contínuo para expurgar todo o ego. Só a partir disso, conseguimos compreender e aceitar nossos limites e os limites alheios. A espiritualidade nos ensina o quanto essa reforma íntima é necessária e o quanto conseguimos mudar de sintonia quando nos dedicamos aos estudos, que nos permitem avançar mais rapidamente. Acredito que seja essa a nossa parte neste momento. Nessa Nova Era, precisamos uns dos outros para formamos uma nova civilização."

— Vou iniciar de imediato essa oração do perdão! Pode me ensinar a fazer isso? — questionou Liana.

— Primeiramente, escolha o horário em que você pedirá a presença das equipes espirituais que trabalham na transformação do carma. Respeite o horário em que fará esse exercício e o repita por sete dias consecutivos. Escreva em folhas todas as coisas das quais deseja se libertar. Comece listando aspectos pessoais, identificando crenças e atitudes que precisam ser transformadas. Diga: "Eu invoco o poder divino que há em mim para atuar neste exercício de libertação. Deixo ir embora de mim medos, inseguranças, crenças em limitação, mágoas, ressentimentos, vaidade, orgulho, que me impedem de agir de acordo com as necessidades de minha alma. Eu me liberto do passado mal resolvido, das minhas ilusões e de minha ignorância. Nada nem ninguém poderão me magoar, se eu não permitir. E, para isso, eu preciso compreender que devo deixar de colocar expectativas no outro.

"Cada um tem seu limite, assim como tenho minhas necessidades e meus limites. Eu escolho assumir minhas necessidades em primeiro lugar. O ressentimento é o acúmulo dessas mágoas. Eu me liberto disso também agora e escolho deixar ir embora todas as decepções, todo o meu orgulho de querer que as pessoas pensem como eu e que façam o que acho ser certo. Eu solto as pessoas. Cada um dá conta de si. Eu não preciso me ressentir, e sim respeitar o momento e as escolhas de cada um.

"Eu me perdoo por todas as vezes em que me critiquei, me abandonei e deixei de priorizar o que era realmente importante para mim. Por todas as vezes em que me coloquei por último. Eu me perdoo e me liberto, escolho me aceitar e me apoiar e perdoo todos aqueles que me causaram sofrimentos. Peço perdão a todos que porventura magoei. Se eu pensar em meus erros, gostaria que me perdoasse, então, posso perdoar.

"Eu me liberto e invoco essa transformação em mim e em todos que de alguma forma estejam ligados a mim. Há paz e harmonia entre nós. Eu agradeço todas as experiências e abençoo a todos, assim como me abençoo. Sigo em paz e desejo paz a todos".

Raul finalizou complementando:

— Isso é apenas um exemplo, Liana. Todos os dias em que fizer isso, você perceberá que sua mente subconsciente lhe mostrará várias situações que estejam presas em seu inconsciente. Escreva tudo o que surgir! Você sentirá um grande alívio e ainda promoverá energeticamente a libertação de todos os que estejam ligados negativamente em seu campo magnético. No último dia, você fará uma prece de agradecimento e depois deverá rasgar, um a um, todos os papéis, invocando o término das coisas mal resolvidas. Em seguida, agradeça a presença da equipe espiritual e peça reforço para conseguir se manter em equilíbrio. Tenha também sabedoria para aprender a lidar consigo mesma e com os outros, sem esbarrar nos bloqueios que o orgulho pode causar. Paralelo a isso, faça exercícios contínuos de meditação, pois isso ajuda muito a entrar em contato com a nossa alma e a sair de conflitos mentais.

Sensibilizada, Liana expressou:

— Profundo esse exercício! Farei com muita atenção e confiança para tudo transformar. É forte isso!

— Muito bom! Você sentirá um grande alívio. Entrar em contato com as emoções e saber direcioná-las, sem dúvida, lhe trará muitos benefícios. Se houver algo que você não saiba identificar, como, por exemplo, algumas crenças mais resistentes, anote tudo em uma folha à parte para que depois eu possa ajudá-la a transformá-las.

— E por falar nisso, de onde surgem essas crenças, Raul, e como descubro qual delas está provocando os bloqueios? — indagou Liana.

— Toda crença é fruto de um conceito criado de certo ou errado. Perceba que na história podemos analisar isso. Quantas atrocidades ocorreram para defender a "honra" em defesa do orgulho ou de preconceitos? Quantas pessoas foram açoitadas, discriminadas e punidas pela sociedade por reivindicarem seus direitos e uma maior liberdade de expressão? Somente por meio de muitas lutas, elas conseguiram quebrar algumas dessas regras extremamente rígidas, contudo, ainda há muito a ser rompido nessas questões sociais. Sofremos influência de todo tipo: social, familiar etc., porém, no que diz respeito à nossa individualidade, precisamos optar pela inteligência para modificarmos nossas atitudes por meio de novos conceitos. É assim que mudamos regras sociais e outras regras. Todo pensamento é fonte criadora, ou seja, tudo o que pensamos se torna real. Quando mudamos nossa forma de pensar, mudamos nossas atitudes e crenças conservadoras, bem como todas que estejam arraigadas em nosso subconsciente. É uma espécie de programação mental. Tudo em que você acredita e tudo aquilo que você valida será armazenado nele e processado por meio deste aparelho gerador do nosso inconsciente, por isso, esses registros mentais não se perdem após a morte do corpo físico. O perispírito[1] ou corpo astral, que é um invólucro fluídico do espírito, conserva, ao se desprender do corpo material, os registros de tudo o que aprendemos. Esse sistema inconsciente também é chamado de corpo mental. As emoções também não desaparecem, pois, se há pensamento, há emoções e sentimentos. Tudo continua igualzinho fora da matéria, então, sempre haverá necessidade de mudarmos as atitudes por meio de uma nova forma de pensar. Fora do corpo físico, esse processo é mais rigoroso. Digamos que somos convidados a manter bons pensamentos, caso contrário, sofremos as ações materializadas de forma fluídica e intensa com resultados assombrosos daquilo que estamos pensando e sentindo. Se você desencarna com muitas mágoas, deverá, sem escapatória, reformular-se no mundo astral. Então, não adianta fugir de si mesmo, pois cedo ou tarde confrontará tudo o que precisará modificar em sua maneira de pensar e agir.

"No campo do subconsciente, as crenças que estão provocando bloqueios costumam aparecer na repetição de situações negativas. Situações essas que são criadas por pensamentos que geram obstáculos, dificuldades ou empecilhos em nossa vida. Esse mecanismo é chamado de 'resistência', que é uma espécie

---
[1] Envoltório fluídico do espírito que se acopla ao corpo físico no período da vida terrena.

de defesa inconsciente que procura nos poupar de algo atormentador, caso ocorra o que estamos desejando. Por exemplo, você deseja ter muito sucesso profissional, ganhar mais e ter uma excelente qualidade de vida, mas ocorre sempre o contrário. É preciso, então, verificar quais crenças você conserva a respeito disso, tais como baixa estima, medo do sucesso, autocrítica etc. Elas trazem questionamentos como: 'Quem sou eu para merecer isso?', 'Será que darei conta de tudo isso?', 'E se eu perder tudo depois?'.

"Essas crenças são apenas um prenúncio de muitas outras que poderão aparecer quando você acionar a pergunta em seu subconsciente. Aparecerão, então, registros de emoções e atitudes que você viveu, escutou e acreditou. O mecanismo de defesa do inconsciente procura promover um bloqueio que rompa a lei da atração positiva. A intenção é se proteger contra possíveis tormentos interiores. Neste caso, esse processo é denominado de 'resistência' ao sucesso. Trata-se de um sistema que interage como um bloqueador de possíveis medos a serem enfrentados.

"Mediante isso, ao confrontarmos o orgulho podemos encará-lo, tornar nossa expectativa mais branda e aceitar nossos limites sem muitas exigências. Trocar os conceitos de autopunição por humildade e respeito por si mesmo, sabendo que tudo é um aprendizado e que você poderá fazer tudo com muita leveza e espontaneidade. Se errar, faça novamente até acertar. Essa é uma questão muito típica do comportamento de autocrítica, que é um entrave no sucesso e na realização pessoal.

"Perceba que o trabalho interior é muito profundo e que por isso precisamos treinar diariamente a mudança dessas crenças e atitudes. É um caminho sem volta. A partir do momento que começamos a aprender, tudo isso se torna bem dinâmico e promissor, pois, quando conseguimos mudar, o resultado aparece nos beneficiando e nos deixando muito mais estimulados a continuar nesse processo de reformulação interior".

Raul fez uma pausa, depois lançou a questão:

— Compreendeu, Liana?

— Esse estudo é bem complexo. Preciso estudar mais para me tornar hábil na identificação de todos esses detalhes. No momento, reconheço apenas sensações misturadas e talvez não consiga ainda detectar com exatidão o tipo de crença atuante.

— Isso mesmo! Por meio das sensações você as identificará, embora uma crença possa exercer duas funções, aparecendo algumas vezes como efeito e outras como causa. As sensações misturadas ocorrem com frequência devido à confusão mental, isto é, várias questões se interligam a várias crenças, e todas resultam em sensações conflitantes.

"Um exercício promissor para esses casos é esvaziar a mente por meio da meditação, soltar os pensamentos, as imagens e tudo o que aparecer na mente. Use a respiração para descongestionar as emoções. Em seguida, observe apenas as sensações enquanto se vê sentada no topo de uma montanha olhando para o horizonte.

"Nessa postura interior, você se acalmará, e o tipo de conflito que vem carregando ficará nítido. Muitas vezes, o medo e a ansiedade produzem desequilíbrios, criando monstros mentais. Quando você se soltar disso, perceberá que tudo é ilusão da mente.

"Precisamos de treino constante para nos tornarmos hábeis. No começo é assim mesmo! Depois, você ficará mais apta para dominar a mente e serenar as emoções".

— Concordo, Raul. Preciso aprender mais sobre esse novo programa de autoconhecimento. Realmente é fascinante!

Raul esboçou um leve sorriso e complementou:

— Fascinante e muito necessário! Esse é o começo de nossa libertação rumo à nossa evolução. Somos seres cocriadores do universo e estarmos estagiando neste planeta faz parte do nosso desenvolvimento. Com calma, nós chegaremos lá! O importante é que já aceitamos essa transformação e que, desta vez, faremos nosso melhor com mais consciência. Acredito nisso!

— Sim, eu também quero fazer meu melhor nesta vida! Quero, pretendo agir a meu favor e nunca mais me abandonar — ressaltou Liana.

— O autoabandono é fruto da rejeição que sentimos, das comparações que fazemos... O ato de nos aceitar nos mostra que somos únicos exatamente do jeito que somos. Precisamos compreender isso para fortalecer nossa autoestima e nossa autovalorização. Respeitar-se é validar em si mesmo tudo aquilo que sente de verdadeiro, é jamais temer o julgamento dos outros e não julgar. Queremos a liberdade de expressão, mas precisamos respeitar a opinião alheia, e assim por diante...

— Mas é difícil conviver com pessoas problemáticas, não é, Raul? Eu mesma, quando estava desequilibrada, agi de forma impulsiva e descontrolada.

— Nenhum desequilíbrio é bom, porém, a convivência com pessoas muito desequilibradas nos ensina a sermos firmes, pacientes, impessoais e treinarmos a aceitação bem como o amor incondicional. Há situações familiares muito complicadas, são ajustes a serem feitos, porque, diante da lei da atração e das leis espirituais, tudo está certo. Não podemos mudar as pessoas, mas podemos ensiná-las a assumir as consequências de suas escolhas, pois não são vítimas do destino e sim responsáveis pelo que emitem e recebem.

— No meu caso, mesmo em desequilíbrio, recebi inesperadamente a ajuda do Cacique. Como funciona isso na lei da atração? Eu poderia não ter estado ali naquela noite ou ter ido embora. Se eu estava atordoada emocionalmente e sob uma influência espiritual negativa, como meu campo magnético conseguiu romper com tudo isso e me atrair para a tenda espiritual na praia?

— Boa pergunta! Veja, não somos totalmente negativos. Temos muitas coisas boas dentro de nós, e os bons espíritos nos ajudam a retomar o equilíbrio, usando muitos meios para nos atrair ao aprendizado. Eles geralmente falam com nosso espírito, e nós acabamos recebendo sinais por meio da intuição, de sonhos, de alguma leitura ou das palavras de alguém que nos orienta e nos aconselha. No trabalho mediúnico, temos os passes magnéticos que promovem harmonia física, emocional, mental, espiritual e ajudam a romper essas barreiras criadas por formas-pensamento negativas. Para manter esse equilíbrio é indispensável a mudança do pensamento por meio dos estudos, como palestras, cursos de autoajuda, curso de mediunidade etc.

"No seu caso, seu protetor espiritual a guiou, mas você também pediu ajuda, não foi? Não aguentava mais tanto desespero e pediu para se livrar daquele tormento. Além do mais, mesmo estando emocionalmente descontrolada, também existe uma afinidade com nossa equipe espiritual, e seu espírito reconheceu isso de imediato. Quando o Cacique a chamou, você o atendeu sem que pudesse negar. E o dia certo, o horário, tudo isso foi fruto de sincronicidade espiritual... No momento certo, somos atraídos pela espiritualidade maior! Dali para frente foi sua escolha somada à ajuda espiritual para que você pudesse reconhecer e aceitar o chamado para seu crescimento interior".

— Nossa! Como o universo é perfeito! Realmente, eu estava no dia e na hora certos! Ainda não sei, no entanto, quem é meu guia espiritual. Todos nós temos guias espirituais, mentores e anjos? Como posso me conectar com eles para que se identifiquem?

— Sim, neste estágio terreno todos nós precisamos de um guia espiritual. Estamos aprendendo o autodomínio. Somos consideradas crianças que estão experimentando os primeiros passos para a evolução espiritual.

"Todos nós temos nosso anjo de guarda, que, por sua vez, pertence a uma hierarquia muito elevada de ordem planetária. Há anjos e arcanjos que harmonizam o planeta e todo o universo dentro das escalas evolutivas.

"Os guias ou mentores espirituais nos ajudam individualmente em nossa caminhada terrena. Geralmente, eles são designados para nos acompanhar desde o nosso nascimento até o nosso desencarne, podendo, ainda, seguir conosco no mundo espiritual e por muitas outras encarnações. Eles nos escolhem por simpatia, por vivências que tivemos em comum, por amizades que fizemos ou simplesmente por desejarem ter uma experiência conosco. Eles são mais evoluídos que nós, pois já passaram por um grande desenvolvimento pessoal, e são totalmente habilitados a exercerem a tarefa, porém, mesmo que estejam em um estágio mais avançado em relação a seu tutelado, também estão em processo de aprendizado.

"Há também os guias temporários de trabalho, que são aqueles que se afinizam com o tipo de experiência de que precisamos durante certo período, podendo também retornar com o mesmo tipo de trabalho caso seja necessário.

"Podemos nos sintonizar com eles a qualquer momento por meio do pensamento ou expressando a palavra e os sentimentos, bem como por meio da boa e sincera prece. No entanto, não podemos nos esquecer de que eles vibram em frequência mais elevada e que, para fazermos contato com esses guias, precisamos alterar nossa vibração interior para conseguirmos perceber os sinais que eles nos emitem. Outro caminho é por meio do desenvolvimento mediúnico, que visa treinar o médium para uma maior percepção extrassensorial. Há médiuns, contudo, que já reencarnaram com essa característica desenvolvida e que, desde a infância, percebem as entidades espirituais pela vidência, audiência ou clarividência. Há também os compromissos assumidos antes do reencarne com equipes de trabalho no mundo espiritual e que no momento certo se identificam, porém, tudo isso depende da capacidade mediúnica e sensibilidade de cada um.

"Mesmo que no início os guias não se identifiquem pelo nome, pois muitos não consideram isso algo importante, eles se identificarão pelo fluido que emitem e por aquilo que falam. Tudo é muito bem elaborado e preparado para não causar desequilíbrio ao médium. Por essa razão, é necessário o desenvolvimento mediúnico, em que o médium aprende a identificar os espíritos por meio dos fluidos. Quanto aos que já possuem o canal de comunicação, eles começam a ser preparados para que as entidades possam se comunicar. Como a maioria dos médiuns são conscientes, eles precisam permitir que os pensamentos sejam expressos. Para isso, então, os guias formam um canal de intercâmbio, e o médium recebe as informações que eles querem passar. Na umbanda, esse processo é um pouco diferente, mas quero realizar cursos para facilitar o desenvolvimento mediúnico e introduzir estudos para que todos compreendam como se processa a mediunidade. Farei muitas mudanças nesse aspecto e gostaria de acoplar muitas outras coisas que considero interessantes e necessárias para o crescimento de todos.

"Os guias na umbanda respondem à equipe de trabalho à qual pertencem e o mais comum é que se identifiquem de acordo com o tipo de falange que seguem. Há também médiuns que não incorporam, mas que nem por isso deixam de perceber as entidades.

"Por essa razão, Liana, pretendo introduzir uma nova abordagem. A casa está crescendo muito, e eu também gosto bastante da doutrina de Kardec e de todo o movimento que está surgindo nesta Nova Era. Muitos lugares serão modificados, pois a necessidade do planeta exigirá que tais transformações se deem rapidamente. Precisamos entender o verdadeiro sentido da espiritualidade em nossa vida e não podemos mais aceitar que isso aconteça apenas dentro de um centro espírita. O momento é muito mais complexo e nos exige transformação pessoal em primeiro lugar. Sem isso, não poderemos acompanhar o que virá pela frente".

— De acordo com a mensagem do Cacique, nós veremos essa transformação acontecer, não é, Raul? — ressaltou Liana.

— Esse novo movimento que está entrando será mais rápido e intenso. Digamos que todos que aqui permanecerem encarnados serão convidados a essa transformação interior. Espero que estejamos prontos para isso e que possamos colaborar com a espiritualidade.

— Quero ficar e colaborar! Aqueles que partirem continuarão o desenvolvimento no mundo espiritual? — Liana indagou pensativa.

— Claro que sim! A evolução não para, principalmente se o espírito já aceitou essa transformação. Não há como parar!

— Você é muito inteligente e esclarecido. Tive sorte de estar aqui nesse momento de transição, ou melhor, como me disse, meu espírito reconheceu e aceitou o chamado espiritual.

Raul sorriu e falou com delicadeza:

— Fico pensando em quantas vezes já estivemos juntos. Temos muita afinidade e com certeza isso não é de agora...

— Eu também sinto isso. Embora tudo tenha ocorrido num período crítico de minha vida, creio que eu estava predestinada a encontrá-lo... E, diante de tudo isso, concluo que meu envolvimento com Cássio não passou de uma aventura, pois eu não sentia por ele o que sinto por você. Nosso relacionamento é tranquilo, Raul. Confiamos um no outro e temos os mesmos objetivos.

— Sim, Liana, a confiança entre o casal é fator primordial para que a relação crie vínculos. Sem contar a afinidade que temos, eu respeito muito seu jeito de ser e noto que você faz o mesmo comigo. Isso é muito bom! Podemos viver em paz e nutridos pelo nosso amor!

Raul silenciou ao sentir um aperto no peito, sensação que ele conhecia muito bem quando algo ruim ou desagradável estava prestes a acontecer. Ele fechou os olhos, tentou decifrar o que sentira e notou uma névoa escura um pouco acima da cabeça de Liana. Intrigado, alertou:

— Há algo que está tentando nos envolver. Na verdade, há algo tentando envolvê-la, meu amor. Façamos uma conexão com os espíritos para lhes pedir proteção.

— O que será? Não gostei disso! Estou tão bem... não quero que nada me atormente — disse ressabiada.

— Eu não sei... Talvez, algo aconteça nesta semana. Senti que você precisará ser forte para não se deixar envolver emocionalmente.

— Será na empresa? Estou recrutando pessoas para ficar em meu lugar, talvez seja isso! Sou muito exigente e quero ser substituída por alguém de extrema confiança.

— Pode ser... O alerta foi dado! Sugiro que façamos uma prece e que peçamos ajuda para neutralizar essa vibração negativa. É possível que apareça alguém em desequilíbrio ou sob influência espiritual muito negativa. Vamos orar, Liana, e pedir apoio aos guias, você há de vencer!

Liana estremeceu só em pensar no mau presságio, porém, não quis deixar transparecer sua preocupação nem conservá-la; preferiu colocar atenção na prece que fariam e pedir ao Cacique ajuda e firmeza para superar o imprevisto.

Em profunda oração, os dois clamaram por ajuda espiritual e visualizaram o possível infortúnio dissipando-se dentro de uma luz branca, que é o símbolo da paz.

Capítulo 14

Um forte temporal acometeu o litoral na madrugada da segunda-feira, provocando alagamentos por toda a cidade e na capital paulista.

Liana acordou cedo, ouviu os noticiários e decidiu não seguir viagem. Cristina, que pernoitara na casa do namorado, também decidira fazer o mesmo. Conversando pelo telefone, as duas combinaram de esperar a chuva diminuir para retornarem a São Paulo.

Duas horas depois, a chuva continuava intensa, e a previsão era de que a tempestade perduraria durante todo o dia. Apressadamente, Liana tentou contatar sua secretária para informá-la de que não viajaria naquele dia, mas informaram-na de que a moça não fora trabalhar devido à situação de calamidade nas ruas alagadas da cidade.

Imediatamente, Liana solicitou a outro gerente que a substituísse naquele dia, pois muitos funcionários haviam faltado e ela precisava resolver alguns assuntos de urgência. Fernando, o gerente indicado, atendeu prontamente à solicitação da moça e, para tranquilizá-la, disse que assumiria as tarefas.

Mais calma, Liana começou a passar as pendências para o outro gerente, enquanto Raul preparava o café na cozinha. De repente, o casal foi interrompido por uma gritaria que vinha do outro lado da rua. Mais do que depressa, Liana despediu-se do gerente e saiu para ver o que estava acontecendo.

— Meu Deus! É a dona Teresinha! Ela está caída na calçada, Raul! — berrou Liana assustada.

Rapidamente, Raul correu para socorrer a mulher que escorregara na calçada e que não estava conseguindo se levantar. A chuva caía intensamente, e, com a ajuda de outros vizinhos, Raul com muito cuidado conseguiu erguê-la para levá-la ao hospital.

Durante toda a manhã, Raul e Liana mantiveram-se ao lado de dona Teresinha, que, após receber atendimento médico com diagnóstico de fratura no fêmur, foi liberada.

No caminho de volta, a senhora, sensibilizada pela ajuda que recebera do casal, fez um breve e comovido comentário:

— Raul, muito obrigada pela ajuda! Você é um bom homem, e eu lhe devo desculpas... Muitas vezes, debochei do seu trabalho espiritual, me irritei com o movimento dos carros e com as pessoas conversando na entrada e saída. Sou muito implicante e por isso fui castigada. Desejei muitas vezes que vocês fechassem e fossem embora daqui, pois nunca acreditei na sua religião. Hoje, no entanto, recebi sua ajuda e peço-lhe perdão por amaldiçoar e praguejar contra seu trabalho.

O moço, surpreso com a revelação, educadamente respondeu:

— Dona Teresinha, eu a socorri como socorreria qualquer outra pessoa. Infelizmente, não consigo evitar esses dissabores em relação aos barulhos externos e peço-lhe desculpas por esse inconveniente. De minha parte, sempre solicito aos assistidos que não conversem em tom de voz alto para não atrapalhar o sossego da vizinhança, mas nem sempre as pessoas se atentam a isso e distraidamente conversam na entrada e na saída. Vou alertá-los novamente e prometo que farei essa solicitação para que não ocorra nenhum incômodo na vizinhança.

— Obrigada, meu bom rapaz! Tenho minhas razões, mas não quero mais ser tão implicante nem amaldiçoar sua religião. Estou envergonhada! Desculpe-me mais uma vez!

Raul procurou mudar de assunto para evitar constranger a mulher e perguntou se ela tinha algum familiar que pudesse ajudá-la no período de repouso. A senhora respondeu-lhe que tinha uma irmã que morava perto dela e que possivelmente ficaria na casa dela até se recuperar.

Liana prontificou-se a ajudar dona Teresinha, que chorava e continuava a pedir-lhes perdão, repetindo várias vezes o quanto fora implicante com eles. Ela ainda revelou:

— Raul, preciso lhe confessar mais uma coisa... enquanto voltava da padaria, eu olhei para sua casa e praguejei, desejando que hoje, devido ao tempo chuvoso, não tivesse sessão espiritual. Foi então que me desequilibrei e caí... Diga-me, rapaz... os espíritos me puniram?

— Ora, dona Teresinha, talvez a senhora conserve muitos pensamentos negativos e esteja suscetível a reações negativas. Tente ser mais flexível e preste mais atenção em si mesma. Não é bom conservar raiva por muito tempo. Apesar de compreender e respeitar suas reações, considero também que a rigidez complica muito a vida da gente. Nós acabamos nos tornando amargos, reclamando de tudo e de todos e exigindo que as pessoas pensem e façam tudo do nosso jeito. É por isso também que não aceitamos nada que não esteja sob nosso controle e comando. Perceba que há muito tempo a senhora não se permite conversar com as pessoas. Muitas vezes, percebi que, ao cumprimentá-la, a senhora desviava o olhar. Eu a respeitei, mas por que não conversou comigo sobre isso? Eu teria explicado que procuro orientar as pessoas a não causarem incômodo. Poderíamos ter construído uma boa amizade, independente de a senhora aceitar ou não minha religião.

— Eu concordo com você, rapaz! Sou uma mulher velha, implicante e possessiva! Tenho costume de praguejar contra todo mundo, mas não quero mais ser assim! Você poderia me ajudar, Raul?

Sorrindo, o rapaz quis descontrair e respondeu:

— Então, vamos transformar agora essa mania de jogar praga nos outros! Isso é costume antigo de alguns países, mas é possível mudar a forma de falar...

— Venho de uma geração antiga em que todos praguejavam, mas, se acontecesse algo com alguém, todos corriam para ajudar... Embora depois continuassem a dizer que o ocorrido se tratou de um "castigo" e que ainda poderiam "pagar caro" se ousassem a desafiá-los — dona Teresinha tentava explicar as coisas a seu modo.

— Isso mesmo! Eu conheço muitas pessoas que carregam consigo esse costume e peço que perceba que esse jeito de se expressar é muito antigo. A senhora precisa aprender outras formas, dona Teresinha, ou a não jogar tanta emoção negativa enquanto pragueja... — disse Raul sorrindo.

Naquele momento, um rapaz atravessou correndo na frente do carro que Raul dirigia, fazendo-o frear o veículo bruscamente.

— *Maledetto*, excomungado! Há de quebrar as pernas, moleque *disgraziato*! — dona Teresinha gritou inesperadamente.

Raul e Liana, embora apreensivos, não conseguiram conter o riso.

— Ah, meu Deus! Viu? Acabei de dizer que não praguejaria mais... Saiu sem que eu pudesse me conter.

— Faz parte, dona Teresinha! Aí está o lado dramático e emotivo que a senhora carrega de sua cultura. É um jeito de se expressar, poderá mudar um pouco — contemporizou Raul sorrindo.

— Apesar do infortúnio que a acometeu, está sendo muito divertido conhecê-la melhor — disse Liana piscando para dona Teresinha.

— Eu também gostei de vocês! Quando me recuperar, vou convidá-los para um lanche em minha casa. Farei um bolo de laranja que vocês vão adorar. Vocês aceitam meu convite?

— Claro! — respondeu o casal ao mesmo tempo.

— Tenho certeza de que iniciaremos uma boa amizade com direito a um bom café com bolo! Tem coisa melhor? — indagou Liana.

— Se eu gostar muito do bolo, farei várias encomendas para vender na lanchonete do centro, pois assim ficaremos mais pertinho um do outro! Aceita? — perguntou Raul.

— Aceito! Eu fico muito sozinha e não tenho atividades. Isso me fará tão bem que vou deixar de implicar com os outros... Embora não goste de barulho e durma cedo, não quero mais ser uma velha chata e implicante! Como você mesmo disse, preciso conversar mais com as pessoas, então, aceito o convite com muito prazer!

— Que bom! Vou torcer para que a senhora se recupere rapidamente e faça o bolo, pois agora fiquei com vontade de comê-lo — disse Raul.

Mais descontraídos, eles conversaram alegremente até o retorno para casa. Durante a tarde, depois de deixarem dona Teresinha na casa da irmã, o casal recolheu-se para um merecido descanso.

Devido à forte chuva que perdurava, Liana não quis voltar para São Paulo e resolveu ficar para participar dos trabalhos espirituais que aconteceriam à noite. Raul cochilava tranquilamente, contudo, a moça não conseguia relaxar por mais que insistisse. Preocupada com os afazeres na empresa, decidiu falar com o gerente Fernando a fim de checar se as tarefas haviam sido concluídas.

Após várias tentativas sem sucesso, Liana preocupou-se com o fato de não ter sido atendida nem por Fernando nem pela assistente substituta de sua secretária. Ela, então, considerou que tivesse ocorrido algum problema na linha telefônica devido ao tempo chuvoso. Liana insistiu por mais duas vezes e ficou aliviada quando ouviu a voz do gerente respondendo ao chamado.

— Boa tarde, Fernando! É Liana. Está tudo bem por aí?

— Oh, sim! Não se preocupe! Tudo transcorreu conforme o previsto! Sobrou até um tempinho para eu agendar três entrevistas com candidatos que foram rigorosamente selecionados pela agência que você contratou. Eles virão aqui amanhã na parte da tarde. Tudo bem para você? Se tiver algum problema, posso desmarcar as entrevistas.

— Creio que não terei problemas para retornar amanhã. Quero resolver essa questão o mais rápido possível. Você fez muito bem em agendar as entrevistas. Recebeu as fichas de indicação?

— Não, fui informado de que eles trarão pessoalmente o currículo e a documentação. Parece que os três foram bem cotados pela análise da agência.

— Muito bom! Confio muito na seleção do coordenador, pois trabalho com eles há anos. Se indicaram essas pessoas é porque elas atenderam às exigências solicitadas. Amanhã estarei aí e conversarei com todos.

— Se precisar de algo, estarei à sua disposição!

— Obrigada, Fernando! Agradeço-lhe por ter me substituído. Se precisar de qualquer coisa, conte comigo!

— Por nada, Liana! Como lhe disse, tudo transcorreu na mais perfeita harmonia. Quando precisar, é só me chamar.

Quando se despediram, Liana suspirou aliviada, porém, estava um pouco ansiosa para conhecer as pessoas indicadas. Ela lembrara-se do alerta de Raul e pensou que deveria se preparar para não ter dissabores.

Durante a noite, nos trabalhos espirituais, ela pediu mentalmente ajuda para que qualquer infortúnio fosse dissipado e questionou intimamente a razão de estar sentindo aquele desconforto. O Cacique, então, chamou-a:

— Está preocupada, minha filha?

— Estou um pouco apreensiva e agitada. Não consigo perceber nem identificar a razão dessa impaciência exagerada. Estou fazendo alguns exercícios de libertação, mas não passa...

— Você sabia que pessoas com certa sensibilidade podem captar as energias emocionais e mentais de encarnados e desencarnados que estejam ligados a elas?

— Estou aprendendo sobre isso, mas não consigo perceber... Apenas sinto uma agitação em meu peito, como se fosse ansiedade. Como consigo saber se isso é meu ou de outras pessoas ou de espíritos?

— Quando sentir uma pressão no peito, como se algo a estivesse apertando, e isso às vezes for acompanhado de confusão mental, é possível que um encarnado esteja ligado a você. É algo bem característico. Os desencarnados sugam mais ectoplasma, e a sensação que as pessoas experimentam é a de estarem sem energia e muito deprimidas. No entanto, as emoções e os pensamentos tanto de um quanto de outro são muito parecidas. Para reconhecer, é preciso que silencie a mente e pergunte se há alguém ligado a você. Se a sensação no peito apertar após essa pergunta, pode ter certeza de que a energia é de encarnado. Do contrário, você sentirá mais desânimo e conseguirá pensar pouco. Será tomada por um torpor mental, experimentará sensações emocionais bem exageradas e acompanhadas de palpitações, suor ou frio excessivo e respiração um pouco ofegante. Se você estiver bem e de repente sentir esse desconforto ou mudança de humor repentina, é muito provável que esse sintoma não seja seu. Contudo, se uma pessoa estiver com o emocional alterado por estar passando por algum conflito, é possível que ela sinta essas palpitações e outros sintomas devido à ansiedade ou a qualquer outro distúrbio físico.

"No que se refere às energias intrusas, depois de silenciar a mente e fazer a identificação, você deve mandar a energia embora, dizendo: 'Eu me solto disso agora e só fico com minhas energias'. Em seguida, imagine uma luz branca descendo pelo topo de sua cabeça e fazendo essa limpeza. Você também pode visualizar essas energias subindo para o universo com o auxílio dos benfeitores espirituais para serem transformadas.

"Os médiuns sentem muitas alterações energéticas, contudo, muitos se confundem e não sabem reconhecer as energias intrusas. É por isso que eles precisam aprender a vigiar e a reformular o pensamento para estarem em boa sintonia mental e espiritual. Lembre-se: se você estiver bem e não tiver nenhum distúrbio psicológico e de repente seu humor mudar ou você ser tomada por sensações estranhas, certamente se trata da ação de alguma energia intrusa. Uma pessoa sensível pode perceber a energia do ambiente onde está por meio dessas sensações. Isso pode ocorrer em diversos lugares, junto a pessoas da família, de amigos etc. Pessoas com sensibilidade mais aguçada podem captar as ondas dos pensamentos e as emoções de outras pessoas em geral. E, quando isso acontecer, é preciso que façam uma higienização mental, usando o mecanismo de comando para expulsá-la. Entendeu, minha filha? Ou complicou mais?

— Eu compreendi, porém, acho que ainda não sou capaz de identificá-las com essa presteza...

— Ah! Isso é treino constante! Quando estudar o assunto, você prestará mais atenção e fará a identificação mais rapidamente.

— Cacique, e no que diz respeito aos distúrbios psíquicos de uma pessoa? É algo somente físico?

— Ora, ora, a filha é inteligente mesmo e quer saber das coisas! Todo distúrbio psíquico revela o quanto a alma está doente. Tanto para os encarnados quanto para os desencarnados, tudo é energia, e muitas vezes ocorre um processo de simbiose psicoespiritual. Há casos em que a influência espiritual é tão forte que, ao se somar com o desajuste emocional da pessoa, resulta em um desequilíbrio maior. Não é raro que o diagnóstico não seja tão eficiente, porque há também essa interferência espiritual. Em outros casos, a medicação, somada à assistência psicológica, ajuda a pessoa a manter o equilíbrio emocional. Contudo, curar a alma é primordial. Sem isso, não há nenhuma evolução.

"Eu percebo, minha filha, que no íntimo você está com medo de passar por alguma coisa negativa ou se frustrar. Você deve se manter forte para enfrentar os desafios, aprender a lidar com as frustrações e confrontar coisas desagradáveis, pois isso também faz parte da vida. Que medo é esse? Você tem emoções e sentimentos como qualquer outra pessoa, então, como poderá fugir disso e criar tanta ilusão a respeito? No mundo, encontramos de tudo. Basta selecionarmos o que é bom para nós. Não podemos fugir dos confrontos, pois são exercícios necessários para nosso crescimento interior. Eu apenas oriento as pessoas, mas não posso agir por elas, afinal, cada um tem que aprender a se virar na vida. Você tem livre-arbítrio e, como todo mundo, responde por suas escolhas. Não me veja como um protetor que evita as lições necessárias para o aprendizado. Eu apenas a ajudo a se ajudar. Entendeu?".

— Estou com medo de perder o equilíbrio! E nem sei o porquê disso!

— Ora, ora! Já está sofrendo por antecipação, filha? Está parecendo uma menina mimada com medo de sair na chuva e se molhar ou um cristal muito delicado, que não pode sofrer um pequeno atrito pois pode se quebrar.

— Mas eu escutei sua orientação nos prevenindo de que algo iria acontecer...

— É isso aí! Eu os alertei para que mantivessem o equilíbrio e a firmeza. Somente isso! Seja madura para enfrentar a si mesma diante dos desafios cotidianos. Fortaleça-se em vez de se deixar abater.

— Concordo, Cacique! Estou agindo com certa infantilidade! Afinal, cabe a mim exercitar o aprendizado.

— Isso mesmo! Se você cair, levante-se! Ou você pensa que nunca mais terá dissabores? Ora, minha filha, tudo é uma questão de você tirar a importância das coisas e os exageros das emoções para viver naturalmente. Não quero dependência afetiva de sua parte, entendeu? E saiba que errar faz parte da vida! Dissipe essas ilusões e viva a vida como ela se apresenta, pois errar, chorar, berrar também fazem parte dela!

— Entendi a lição! Seja qual for o desafio, eu o enfrentarei com firmeza e coragem!

— Muito bem! É assim que se fala! Não estou educando pessoas para se tornarem "pamonhas" e dependentes. Estou ajudando a todos para evoluírem de verdade. Faça os exercícios para se "desidentificar" com as energias e se tornar dona de si mesma! Tome posse de si, minha filha! Aprenda a lidar com suas emoções! Você está recebendo ajuda emocional e espiritual, aprendendo sobre campo magnético e como os pensamentos atraem situações agradáveis e ou desagradáveis de acordo com as crenças adquiridas. Toda insegurança gera fragilidade, dúvidas, incerteza e outros dissabores. Com perturbação emocional, você fica vulnerável ao que é negativo em geral. Tente primeiramente observar essa questão em si mesma, pois essa é a porta de entrada para tudo o que não presta... Sendo você uma pessoa sensível, se não tomar posse de si sofrerá muito a ação externa dos outros.

"Rompa com qualquer expectativa de ser aceita ou de ter a aprovação de todos, pois as pessoas em geral se iludem com essa falsa necessidade. Quem tem que se aprovar é você mesma! Quando estamos bem centrados, fica mais fácil identificar qualquer manipulação negativa. E não queira mudar o mundo, filha, afinal, ninguém muda ninguém. Cada um é como é, e cabe a você enxergar e aceitar isso de vez. Tem que aprender a se defender e a não fugir do confronto. Espelhe-se na forma como você age no trabalho. Lá, você exerce uma força tamanha que ninguém a derruba, não é, minha filha?

"Identifique seu ponto fraco e trabalhe para transformá-lo, pois com isso ficará forte e não temerá mais nada. Quem tem poder sobre você? Ninguém! Se você não der esse poder aos outros, não há o que temer. Tempos atrás, você se fragilizou por deixar o orgulho predominar e acabou sofrendo muito, não foi? Então, não se deixe invadir novamente!".

O guia fez uma pequena pausa e, em seguida, começou a fazer uma limpeza energética por meio de um passe magnético, invocando paz e proteção para Liana. A moça, por sua vez, sentiu o corpo arrepiar-se, foi tomada de uma leve tontura e teve vontade de chorar sem saber exatamente o que estava lamentando.

Obedecendo ao chamado do Cacique, outros médiuns se colocaram ao redor de Liana e, com ervas nas mãos, continuaram a limpeza energética no corpo da moça. Aos poucos, ela foi retomando o equilíbrio e sentiu-se melhor. Em estado de introspecção, ela foi sentar-se junto aos assistidos, a fim de absorver todos os ensinamentos. "Sem dúvida, há muito a meditar sobre as orientações recebidas", pensou.

Após o término dos trabalhos, Cristina foi ao encontro de Liana. As duas amigas conversaram um pouco, marcaram o horário para retornarem a São Paulo no dia seguinte e depois se despediram.

Liana quis se recolher cedo e, antes de se deitar, trocou algumas informações com Raul, que a aconselhou a repousar e a não pensar em nada negativo. Ela, por fim, aconchegou-se ao lado do rapaz e adormeceu.

Ao entrar em estado onírico, Liana viu-se correndo pelas avenidas da metrópole paulistana e, com a respiração ofegante, gritou:

— Não pode fazer isso comigo! Você não vai conseguir me destruir novamente! Socorro! Ajudem-me! Esse homem quer me destruir!

Agoniada, Liana sentiu que rodopiava até que com um sobressalto despertou no corpo físico berrando por socorro.

Raul, que dormia ao lado da moça, acordou assustado sem entender o que havia acontecido.

— Nossa! Que pesadelo! Desculpe-me, meu amor. Acabei fazendo você acordar sobressaltado.

— O que houve, Liana? — indagou o rapaz com olhos arregalados.

— Tive um pesadelo horrível. Alguém me perseguia no sonho, mas não vi quem era a pessoa. Corri para tentar fugir e de repente tudo ficou muito escuro. Foi então que acordei gritando por socorro.

— Uma limpeza psíquica deve ter sido feita em você. A orientação que ouviu do Cacique certamente mexeu com coisas mal resolvidas. Não há de ser nada... Procure se acalmar, meu amor! Quer um pouco de água?

— Quero! Que sensação horrível me causou aquela cena de perseguição! Ufa! Ainda bem que foi apenas um sonho... ou, como você disse, algo que veio à tona.

— Tome um pouco de água, vai passar! — ao dizer isso, o rapaz abraçou Liana e esperou que ela se acalmasse até adormecer novamente. Depois, fez mentalmente uma ligeira prece e voltou a dormir.

Capítulo 15

Apesar do tempo nublado naquela manhã de terça-feira, Liana, sentindo-se mais segura e relaxada, fez uma boa viagem até São Paulo em companhia da amiga Cristina.

Enquanto conversavam, Liana fez um breve comentário a respeito do sonho que tivera na noite anterior, porém, não quis estender o assunto para evitar estabelecer uma conexão negativa. A moça aprendera a preservar os pensamentos e a manter-se em boa sintonia.

Após o almoço, Liana adiantou algumas tarefas para estar disponível para receber os candidatos indicados pela agência de emprego. A moça fez uma ligeira prece pedindo ajuda a Deus e a proteção do Cacique Tupinambá para conseguir intuir qual seria o melhor candidato a ocupar seu cargo. Pediu também que, se porventura se deparasse com alguém que estivesse em sintonia negativa, se mantivesse firme para não se misturar e manter o equilíbrio.

Cinco minutos antes do horário previsto, Liana recebeu a primeira candidata. Ela gentilmente a entrevistou por trinta minutos e a encaminhou ao departamento de seleção para outras avaliações.

Como o segundo candidato faltara, ela aproveitou o tempo até a chegada do terceiro candidato para analisar mais cuidadosamente os dados pessoais e as referências da primeira entrevistada. O currículo da moça era bom, e Liana teve simpatia por ela, porém, pensou que ainda necessitava de mais alguns dados e fazer outras entrevistas para concluir sua escolha. Por fim, ela considerou que estava apenas começando a avaliação dos currículos e que tinha tempo para optar pelo melhor.

Sentada na cadeira giratória, Liana espreguiçou-se, pediu um café para a secretária e checou o horário. Já passava das dezesseis horas quando ela decidiu telefonar para Raul.

Liana conversou com o noivo por alguns minutos. Sentia-se bem e descontraída, mas teve de se despedir rapidamente quando ouviu a secretária bater na porta.

— Com licença, posso entrar? — solicitou a secretária apresentando o candidato.

Liana ergueu a cabeça e quase sucumbiu. Com os olhos arregalados e a voz embargada, indagou:

— Cássio?! Você aqui?

— Boa tarde, Liana! Posso entrar?

A moça sentiu-se desfalecer e hesitou ao responder. Com os olhos ainda arregalados, Liana mostrava-se visivelmente atônita por vê-lo ali.

— Posso entrar? — perguntou novamente.

— O que veio fazer aqui? — perguntou Liana com aspereza.

— Posso me sentar? Estou aqui para concorrer à vaga de gerente geral.

Liana procurou manter a compostura e fez um sinal para que ele se sentasse. Em seguida, perguntou:

— Você saiu do banco? — perguntou com certa formalidade.

Cássio pigarreou e respondeu:

— Na verdade, estou procurando há algum tempo outra colocação. Como sabe, me casei e, devido à gravidez de minha esposa, resolvi buscar outras oportunidades profissionais. Na agência bancária onde trabalho, não terei chance de receber uma promoção, e, se tiver, será em outra unidade bem distante daqui, o que para mim é inviável no momento. Ademais, o salário não chega nem perto do que está sendo oferecido nesta vaga de gerente geral. Espero que tudo tenha sido resolvido entre nós, Liana. O tempo passou, e eu notei seu afastamento, então, quando fiquei sabendo da vaga, me candidatei por considerar que não haveria problemas entre nós. Você pode me ajudar?

Liana sentiu o coração acelerado e teve vontade de expulsar Cássio do escritório imediatamente. Se não fosse a orientação que recebera do Cacique, teria perdido o equilíbrio e o teria colocado para fora sem lhe dirigir uma palavra sequer. No entanto, a moça suspirou e procurou manter o equilíbrio, afinal, ele não representava mais nada para ela e não havia razão para sucumbir diante de Cássio.

Novamente, Liana hesitou antes de responder, pensando no quanto sofrera de amor por aquele homem. Homem que agora estava ali diante dela, pedindo-lhe ajuda. Ela também se recordou do sonho que tivera e da necessidade de se manter firme diante dos desafios, conforme fora orientada.

Liana começou a sentir calafrios percorrerem seu corpo e fez uma ligeira conexão com o Cacique Tupinambá. Invocou mentalmente a ajuda do guia e, em seguida, pediu água e café para a secretária. Sem nada responder, ela fez uma pausa, deixando Cássio desconcertado ao perceber que ela nada dizia. Por fim, ele ousou fazer outro comentário:

— Percebo que você ficou muito surpresa com minha visita... Liana, ressalto que a considero muito e que, por pensar em sua felicidade, agi com rigidez. Eu estava prestes a me casar, e você estava sofrendo muito, então, tive de agir daquela forma.

A moça encheu-se de coragem e respondeu:

— Cássio, isso ficou no passado! De minha parte, reconheci meus erros e peço-lhe desculpas pelo constrangimento que o fiz passar, afinal, você foi sincero comigo e mesmo assim eu não quis aceitar sua decisão. Entretanto, reconheço que, depois dessa situação negativa pela qual passei, consegui me recompor com a ajuda de amigos, de um novo e verdadeiro amor e de uma reforma íntima, espiritual e emocional. Hoje, me considero outra pessoa. Aprendi e continuo aprendendo muito sobre os reais valores do espírito, logo, fiquei espantada por não esperar revê-lo nessa situação. Por outro lado, considero esta uma oportunidade de desfazer qualquer mágoa ou ressentimento entre nós. De minha parte, vou agir profissionalmente em relação a você. Estou analisando o currículo de outros candidatos e escolherei com muita impessoalidade aquele que tiver o melhor perfil para este cargo. Só não posso garantir que o ajudarei, pois a vaga é para minha função e quero ter absoluta certeza de que escolherei alguém compatível com as necessidades da empresa.

— Você vai sair da empresa? — perguntou surpreso.

— Sim! Meu noivo mora na Baixada Santista, e pretendemos nos casar no fim deste ano. Devido a isso, vou morar com ele, e teremos desafios profissionais pela frente também.

Cássio sentiu-se desconfortável ao vê-la feliz e determinada, mas não deixou transparecer sua indignação ante a escolha de Liana de largar tudo por um novo amor. Intimamente, ele fez uma breve comparação e pensou que jamais largaria um cargo de posição tão elevada por uma relação afetiva. Por fim, comentou com sarcasmo:

— Confesso que você me surpreendeu, Liana. Jamais poderia imaginar que largaria tudo por amor. Ele é rico? — insinuou com certo despeito.

Liana mordeu os lábios e, balançando a cabeça, respondeu:

— Ele está muito bem de vida, Cássio, e tem uma riqueza rara de se encontrar. Meu noivo é muito rico de inteligência, dignidade e de valores espirituais que conquistou. Aprendi muito com ele sobre a verdadeira realização. Somos muito felizes e não nos falta nenhum recurso para que possamos viver muito bem em todos os sentidos. Aqui na empresa, consegui muitas realizações, mas apenas profissionais. Agora, estou em outro momento, em que tenho unido a realização profissional com a afetiva e espiritual. Sou muita grata por isso! Fui muito abençoada por conhecê-lo, e ele diz o mesmo em relação a mim. Somos felizes, graças a Deus!

— Parabéns, Liana! Fico feliz por vê-la tão bem, você merece!

— Obrigada! Bem... vou analisar seu currículo e de outros candidatos e entrarei em contato após tomar uma decisão. Está bem assim?

— Já está me dispensando? Ainda não me falou nada a respeito do cargo. Só falamos de assuntos pessoais...

— Hoje, a entrevista será apenas para apresentação pessoal. Após a avaliação curricular, teremos outras etapas, Cássio. Por favor, aguarde!

— Você conhece meu currículo profissional, sabe de minha capacidade... não poderia me adiantar algo a respeito? — perguntou impaciente.

— Hoje não. Se for selecionado, haverá outras dinâmicas para desenvolver... No momento, é somente isso!

Cássio não queria ir embora e insistiu em obter mais informações sobre o cargo, o que irritou Liana profundamente. A moça, então, levantou-se e ergueu a mão, sinalizando uma despedida, mas ele não aceitou e, alterado, respondeu:

— Eu não sairei daqui antes de saber mais detalhes sobre a função. Tenho direito de escolha também e gostaria de mais informações.

— Por favor, Cássio, não seja intransigente! Por hoje é só. Nós avançamos no horário, e eu tenho um compromisso. Não posso lhe responder mais nada antes de analisar o currículo dos outros concorrentes.

— Você se vingará de mim? Eu preciso deste cargo! É minha chance de ascensão profissional! Preciso ganhar mais, pois em breve meu filho nascerá, e as despesas aumentarão. Por favor, me ajude! Serei eternamente grato a você!

— Eu já entendi seu ponto, Cássio, mas acho que você não me compreendeu! Seja impessoal! Você está sendo avaliado profissionalmente. Não se esqueça disso! Por favor, peço-lhe que aguarde a segunda etapa da seleção, caso seja selecionado. Aliás, por que eu me vingaria de você? Disse-lhe há pouco o quanto me arrependi de ter lhe causado constrangimento. Estou mantendo uma postura profissional, e tenha absoluta certeza de que não há motivos para vinganças, pois considero que esse assunto está resolvido entre nós.

Cássio franziu a testa, tirou um lenço do bolso e passou pelo rosto. Inesperadamente, ele pegou as mãos de Liana e suplicou:

— Liana, preciso muito de sua ajuda! Saiba que tenho uma enorme simpatia por você e, para falar a verdade, estou feliz em revê-la. Desejei muito que fôssemos amigos, e esta é uma oportunidade de reatarmos nossa amizade. Você me aceita como amigo?

— No momento, prefiro e tenho de ser muito impessoal, pois você está participando de uma seleção profissional. Amizades são consolidadas por afinidade, Cássio, e não sinto essa disponibilidade em relação a você. Estamos em momentos diferentes e não há nada que possamos trocar nesse sentido.

— Entendo. Ficou claro agora! Acredito que esteja fazendo comigo o que fiz com você no último dia em que conversamos na agência, quando se ofereceu para ser minha amante, lembra-se disso?

— Infelizmente, me lembro! Hoje, eu jamais faria uma coisa dessas... Você está querendo me agredir? Quantas vezes terei de repetir que minha posição aqui é estritamente profissional? Você está misturando as coisas, Cássio, e eu estou tendo muita paciência para ouvi-lo. Não há nada, no entanto, que eu possa fazer no momento. Desejo-lhe boa sorte! — dizendo isso, Liana estendeu a mão para despedir-se.

— Está bem! Eu vou embora, mas posso contar com sua ajuda?

Liana não respondeu, limitando-se a apertar a mão de Cássio e gentilmente abrir a porta da sala. Por fim, ela solicitou à secretária que o acompanhasse até o elevador.

Parado no corredor, Cássio sentiu o suor escorrer por seu rosto. Após cruzar os dedos, começou a gesticular impacientemente e olhou várias vezes para a antessala para ver se Liana estava ali com a secretária esperando a saída dele. Quando finalmente o elevador parou no andar, ele foi embora sem poder fazer mais nada.

Sozinha em sua sala, Liana suspirou aliviada, pediu água para a secretária e fez um breve comentário:

— Ufa! Pensei que não fosse mais me livrar desse homem! Meu Deus! Não entendo a razão de encontrá-lo novamente. Além de tudo, ele é chato, prepotente e ficou visivelmente perturbado. Credo! Deus me livre desse "encosto"! Jamais o colocaria em meu lugar!

A secretária sorriu discretamente e perguntou se Liana precisava de mais alguma coisa, pois o horário de saída havia avançado, e ela precisava ir embora.

— Oh, não! Muito obrigada por ter ficado até agora. Imagine se eu tivesse ficado sozinha com aquele "grudento"! Nem sei o que eu faria...

— Quer que eu a espere para sairmos juntas?

— Acho uma boa ideia! Poderia me aguardar na antessala enquanto arrumo algumas coisas aqui?

Liana fechou os olhos e fez uma prece comovida em agradecimento por ter se mantido firme e equilibrada. Para ela, aquela situação havia terminado de vez. A moça sentiu-se feliz por finalizar algo mal resolvido e pensou que dali para frente estaria livre de qualquer sentimento negativo em relação a Cássio. Apesar do desconforto durante a conversa, ela conseguira não se envolver emocionalmente.

No caminho de volta para casa, sentindo-se em paz, Liana começou a refletir sobre o resultado dos exercícios de libertação de mágoas e ressentimentos que fizera, bem como sobre o alerta de Raul ao captar a imagem de Cássio. A moça lembrou-se também das sensações negativas que eles tiveram após a orientação do Cacique, do sonho que tivera na noite anterior e notou o quanto fora positiva e sincrônica aquela situação. Mais uma vez, ela sentiu-se protegida e amparada pelos amigos espirituais e pensou que, se havia algo no passado desta ou de outras vidas, da parte dela tinha sido resolvido. Liana ansiava por chegar logo em sua casa para telefonar para o noivo e para Cristina e lhes contar o que havia acontecido. Sorrindo, imaginava o quanto eles ficariam surpresos com o acontecimento e com o fato de ela estar firme e equilibrada.

Ao chegar perto do prédio onde morava, Liana não conseguiu acreditar no que viu bem em frente à portaria principal: Cássio a aguardava na rua. A moça pensou em desviar e seguir em frente, mas hesitou. Por fim, ela acionou o controle remoto da garagem e posicionou o carro para entrar no prédio. Acenando desesperadamente, o rapaz correu ao encontro dela e gritou:

— Liana, eu preciso dizer uma coisa pra você! Poderia me receber por uns minutos?

A moça ficou parada sem saber o que responder. Quando finalmente a porta da garagem se abriu, ela acelerou o veículo e entrou.

— Liana! Liana! Por favor, espere! — gritou novamente o rapaz.

Percebendo que ela não queria atendê-lo, Cássio correu até a portaria do prédio e apertou seguidamente o botão do interfone do apartamento dela.

— Eu não saio daqui enquanto não falar com ela! — resmungou atordoado.

Assim que entrou no apartamento, Liana ouviu o toque do interfone. Irritada, ela atendeu e perguntou:

— O que você quer, Cássio? Não tenho mais nada pra falar com você. Por favor, vá embora.

— Liana! Eu preciso falar uma coisa muito importante com você! Por favor, me atenda! Eu posso subir?

— De jeito nenhum! Vá embora daqui! Você está incomodando a vizinhança!

— Não irei embora enquanto não falar com você!

— Se insistir, chamarei a polícia! Não ficará bem para você, se sua esposa souber o que está fazendo, não acha? Ou inventará outra mentira para se fazer de inocente? Saia daqui, Cássio! Vá embora! — E desligou o interfone.

Novamente, Cássio insistiu, ligando seguidamente para o apartamento de Liana.

— Meu Deus! O que devo fazer? Esse homem está descontrolado! O que será que ele quer?

Mesmo a contragosto, ela resolveu atendê-lo a fim de dar um basta naquela situação.

— Está bem! Vou descer para ouvi-lo, mas seja rápido! — respondeu com voz alterada.

— Estou aguardando. Muito obrigado! — Cássio respondeu, tentando demonstrar serenidade. Depois, pensou: "Consegui! Não posso perder esta oportunidade de convencê-la! Ela fará o que eu quero, pois duvido que tenha me esquecido!".

Antes de atendê-lo na portaria, Liana sacou da bolsa um colar de contas verdes e brancas usado pelas entidades espirituais nas giras de caboclos. Ela segurou o colar nas mãos e pediu ajuda novamente. Por fim, colocou o amuleto no bolso da calça e desceu ao encontro dele.

— O que você quer, Cássio?

Sem hesitar, o rapaz puxou-a, envolveu-a em seus braços e tentou beijá-la.

— Pare com isso! — gritou a moça amedrontada.

— Liana, eu não me esqueci de você! Fiquei muito mexido ao revê-la hoje. Sinto sua falta...

— Me solte, seu louco! Está tentando me seduzir para conquistar a vaga na empresa! Pensa que sou idiota, seu nojento?! Vou chamar a polícia! — Liana berrou, enquanto se debatia para se soltar dos braços dele.

— Não é somente isso! Quero a vaga sim, mas confesso que fiquei enciumado quando soube que você vai se casar. Agora, sou eu quem lhe implora afeto... Podemos ser amantes, Liana, exatamente como você me sugeriu um tempo atrás. Acredite em mim! Eu nunca a esqueci! — dizendo isso, Cássio tentou beijá-la à força.

Tentando esquivar-se, Liana berrou:

— Me solte, Cássio! Você está me machucando!

Cássio continuou insistindo em beijá-la, enquanto Liana se debatia desesperadamente e gritava para que ele a soltasse. Naquele instante, um rapaz que caminhava pela rua foi ao encontro deles para ver o que estava acontecendo.

— Solte a moça! — repreendeu o rapaz.

Surpreso, Cássio soltou Liana, que entrou correndo no prédio e fechou o portão.

— Desgraçado! Isso não ficará assim! Vou contar tudo para a sua esposa! Vou denunciá-lo na delegacia. Seu louco! — berrou atordoada.

Irritado, Cássio quis se justificar para o rapaz:

— É um caso de amor antigo! Pode ir embora!

Do lado de dentro do prédio, Liana pediu:

— Moço, não vá embora! Preciso que testemunhe a agressão que sofri por parte desse maluco. Vou chamar a polícia! Poderia aguardar um pouco? Esse desgraçado vai para a cadeia!

— Deixe disso, Liana! Você vai estragar minha vida e a sua! Eu não a agredi, apenas quis beijá-la, pois ainda sinto amor por você. — Tentou dissimular ao responder. — Você me viu agredindo-a? — tornou a perguntar ao rapaz.

— Vi que a moça estava desesperada para se soltar de seus braços, e por isso vim socorrê-la.

— Ora, você nunca teve uma briga com uma mulher? Estava tentando acalmá-la! Eu a amo e jamais faria algo para machucá-la. Seria capaz de dar minha vida em troca da dela...

— Mentiroso! Safado! Mais uma vez, simulando ser "bonzinho"! Você não presta! — berrou Liana inconformada.

— Pode ir embora, rapaz! Você acabará se complicando se ficar aqui. Logo, logo ela se acalmará! Estou acostumado com isso! Liana berra, mas depois se arrepende e ainda pede desculpas... Mulher é assim mesmo!

— Não vá embora! Ele é um mentiroso! — implorou Liana ao rapaz.

O rapaz ficou desconcertado e acabou considerando que a discussão se tratava apenas de uma briga de casal.

— Minha intenção era ajudá-la a se livrar dele. Agora, você está segura, e eu não quero me envolver com a polícia. Desculpe-me! Já fiz o que deveria ser feito e vou embora. Vocês que se entendam! — após dizer isso, o rapaz saiu às pressas temendo envolver-se ainda mais com a situação.

— Não acredito nisso! Mas não tem importância! Ainda assim, vou procurar a polícia! Você não escapará ileso desta vez! Aguarde! — ameaçou com veemência.

— Deixe disso, Liana! Você sabe que agi dessa forma por querer reatar nosso relacionamento. Que mal há em querer beijá-la? Isso é crime?

— Você me provoca nojo, Cássio! Pra mim chega! E se interfonar mais uma vez para meu apartamento, eu chamarei a polícia e os vizinhos do prédio para testemunhar contra você.

Notando que ela falava sério, Cássio quis redimir-se:

— Desculpe-me! Eu me descontrolei! Você também se descontrolou, lembra-se? Me perdoe, Liana, perdi o controle. Não pensei que isso fosse acontecer, pois tinha imaginado que você aceitaria minha proposta. Agora, me convenci de que você me esqueceu e de que não há nada mais a fazer a não ser lhe desejar felicidades. Infelizmente, passei dos limites. Me perdoe!

Liana virou de costas para ele e nada respondeu. Depois, entrou no *hall* do prédio e seguiu para o apartamento.

Cássio silenciou, mas, intimamente, continuava maquinando uma maneira de se redimir e de manter contato com Liana. Não perderia aquela oportunidade de trabalho e estava disposto a fazer qualquer coisa para apaziguar a má impressão que causara. Atordoado, ele atravessou a rua, entrou no carro e foi embora.

Liana olhou pela janela para ver se Cássio saíra dali e esperou mais de quinze minutos para se certificar de que ele não voltaria a importuná-la. Antes de ligar para Raul, ela procurou se acalmar para não preocupá-lo.

"Tenho que fazer alguma coisa para puni-lo! Isso não pode ficar assim!", pensou aturdida.

Trêmula, Liana sacou a guia espiritual do bolso da calça, colocou-a no pescoço e começou a chorar compulsivamente, enquanto pedia ajuda ao Cacique Tupinambá.

— Eu não posso sucumbir! Me ajude a não fazer besteira! — invocou desnorteada.

O telefone tocou, e ela correu para atender a ligação pensando que fosse Raul. Por essa razão, antecipou-se ao falar:

— Raul, meu amor, ainda bem que você me ligou! Estou desesperada...

Do outro lado da linha, Cássio manteve-se em silêncio.

— Alô? Raul? É você, meu amor?

— Alô, Liana. Sou eu... Cássio! Por favor, não desligue! Preciso falar com você!

— Não acredito que você insiste em me perturbar! — respondeu irada.

— Estou envergonhado... Não consegui voltar para casa neste estado. Preciso ouvir que você me perdoa.

— Pelo amor de Deus, me esqueça! Suma de minha vida! Eu não suporto mais ouvir sua voz!

— Eu não vou deixá-la em paz enquanto não me perdoar!

Aos berros, a moça retrucou:

— Se não me deixar em paz, será pior para você! Vá embora e me esqueça!

— Diga apenas que me perdoa, eu lhe imploro!

— Está bem! Tentarei compreender seu desequilíbrio, o que não significa que manterei contato com você. Qualquer vínculo que porventura tenha ficado entre nós devido a coisas mal resolvidas do passado acaba aqui. Acabou, entendeu? Está tudo resolvido. Pode ir embora e siga sua vida com sua família.

— Você está com a "cabeça quente". Peço que reflita melhor e aceite minhas desculpas.

— Você é um grande manipulador! Não quero ouvir de você nem mais uma palavra! Me deixe em paz! — falando isso, Liana encerrou a ligação, batendo fortemente o fone no gancho.

Atordoado, Cássio blasfemou:

— Prepotente! Agora será minha vez! Farei com você o que fez comigo! A atormentarei até a véspera do seu casamento. Você pagará caro por me rejeitar!

Aos prantos, Liana ligou para Raul, que, ao ouvi-la em desespero, ficou muito assustado.

— O que houve, Liana? Por que está chorando desse jeito? O que aconteceu?

A moça enxugou as lágrimas e, soluçando muito, respondeu:

— Tive um dissabor tremendo! Bem que o Cacique me alertou! Se não fosse a fé que tenho em Deus, estaria bem pior...

— Procure se acalmar e me conte o que aconteceu.

— Cássio se candidatou à minha vaga e esteve hoje na empresa. Quase caí da cadeira quando a secretária o anunciou. Tentei despistá-lo, sendo breve e objetiva na entrevista, mas ele não se conformou e ficou me esperando na porta do prédio. Entrei pela garagem fingindo que não o havia notado, contudo, ele começou a interfonar para meu apartamento. Achei melhor descer e conversar com ele, pois, caso contrário, continuaria a me perturbar e a perturbar os vizinhos.

Liana pigarreou e fez uma pausa.

— E o que aconteceu depois? — perguntou Raul aflito.

— Meu amor, por favor, acredite em mim! Esse desgraçado tentou me beijar e quis me seduzir, pensando que eu fosse cair na manipulação dele. Ele é um interesseiro e manipulador! Como pôde ter se prestado a um papel desses para conseguir o emprego? Tentei me soltar dos braços dele, mas somente consegui me desvencilhar quando um rapaz que passava por lá parou e perguntou o que estava acontecendo. Aproveitei para sair correndo e fechei o portão do prédio. Como se não bastasse, ele insistiu em me perturbar e me telefonou há pouco para se desculpar e implorar meu perdão. Estou com os braços marcados de tanto que ele me apertou.

— Liana, não responda a nenhum chamado deste homem. Se ele insistir, chame a polícia. Não se exponha a ele, pois está muito desequilibrado.

— Tenho vontade de denunciá-lo, mas não tenho testemunhas. O rapaz que acompanhou tudo não quis se envolver com a situação quando eu disse que iria chamar a polícia. Ah, Raul! Esse homem vai me perseguir exatamente como vi no sonho, lembra-se?

— Eu estarei com você! Não se desespere. Tomarei algumas providências para afastá-lo. Ele ainda trabalha no banco?

— Ele disse que sim, mas que está buscando outra colocação com um salário maior. Citou ainda que a esposa está grávida e que por isso quer ganhar mais. É um pilantra e ambicioso!

— Amanhã, vou procurá-lo, e ele sumirá de vez! Por enquanto, tente se acalmar e descansar. Pedirei ajuda espiritual ao Cacique. Vai dar tudo certo!

— Será essa a melhor solução? Temo que esse patife lhe cause grandes dissabores. Ele é manipulador e mentiroso.

— Saberei como agir, Liana. Fique tranquila. Amanhã cedo, telefonarei para saber o endereço da agência bancária. Não se preocupe. Ele não a incomodará mais. Confie em mim!

— Quero ir com você! Ficarei do outro lado da rua aguardando... Não conseguirei trabalhar em paz, então, prefiro acompanhá-lo.

— Está bem. Se acha melhor assim, passarei em sua casa para que possamos ir juntos. Agora, vá descansar. Faça uma prece de agradecimento por ter se livrado desse mau caráter, e amanhã resolveremos isso com mais calma.

— E se ele voltar a me importunar, Raul? Acha melhor eu tirar o fio do telefone da tomada? Duvido que ele volte aqui, pois já é muito tarde, mas acho que ele pode ligar ainda. Se chegasse mais tarde em casa, esse patife teria de se explicar para a esposa.

— Faça isso. Acredito que ele não voltará ao prédio, mas talvez tente telefonar da casa dele escondido. Não precisa temer coisa alguma, Liana. Ele nunca mais a incomodará depois da conversa que terei com ele amanhã.

— Amanhã será dia de trabalho espiritual, Raul. Não quer deixar isso para quinta-feira?

— De jeito nenhum! Depois de falar com ele, ainda dará tempo de almoçarmos juntos, de eu retornar para a Baixada e relaxar antes do início dos trabalhos. Quanto mais cedo resolvermos esse assunto, será melhor para você. Sinto que devo fazer isso e farei!

— Sendo assim, eu o esperarei pela manhã. Rezarei para que esse homem suma de minha vida para sempre. Obrigada por estar ao meu lado e acreditar em mim, meu amor!

Enquanto a ouvia, Raul foi tomado por uma forte sensação de angústia no peito, mas não quis falar nada a respeito, pois poderia impressioná-la e causar mais preocupações em Liana.

Após se despedirem, Liana tornou a olhar pela janela e, ao constatar que Cássio não estava ali, suspirou aliviada. Apressadamente, a moça tirou o fio do telefone do gancho e voltou a espiar pela janela. Certificando-se de que tudo estava tranquilo do lado de fora do prédio, jogou-se no sofá, esticou as pernas, segurou a guia espiritual e fez uma fervorosa prece, pedindo ajuda espiritual para livrar-se daquele tormento. Assustada, Liana não conseguiu dormir de imediato, então, pegou um livro e começou a ler para esperar o sono chegar. Aos poucos, foi relaxando enquanto absorvia o conteúdo da obra, que falava sobre como a transformação interior pode mudar o destino, a Lei do Carma e seus efeitos mais rígidos. A moça fez uma ligeira associação com Cássio e pensou que de alguma forma eles poderiam estar ligados por coisas mal resolvidas de vidas passadas e que precisariam recorrer a uma transformação de atitudes para dissolver ressentimentos ou qualquer outro aspecto negativo. Ela recordou-se das orientações do Cacique, que apontava para a necessidade de Liana se libertar do passado. Disposta a fazer essa renovação interior, a moça, contudo, não compreendia a razão de tê-lo atraído novamente para sua vida. Confusa, Liana pensou que fosse ela a causa dos desentendimentos devido à insegurança e rejeição, mas pôde perceber a mesma postura da parte dele... O que estaria acontecendo na vida de Cássio? Aquele homem, que ela conhecera feliz e seguro, agora se mostrava outra pessoa. Uma pessoa cheia de insegurança, medo, mágoas e desespero.

"Talvez nem seja uma ligação de vidas passadas... Pode ser algo pelo qual ele esteja passando. Não sei... ele pode ter simplesmente aproveitado a oportunidade para me coagir com culpa", pensou.

Liana resolveu fazer uma oração pedindo libertação e renovação. No dia seguinte, Raul saberia como advertir Cássio e orientá-lo caso percebesse algo errado com ele. Somente depois disso, ela conseguiu serenar a mente e adormecer.

Capítulo 16

Cássio acordou indisposto naquela manhã, pois não tivera uma boa noite de sono. Intimamente, ele arquitetava planos e estratégias para se redimir com Liana. Notando a indisposição do marido, Sabrina perguntou o que havia ocorrido, e ele dissimulou estar com problemas no trabalho.

Durante o café da manhã, Sabrina lembrou a Cássio o horário da consulta médica, que fora marcada após o fim do expediente, e perguntou se ele a acompanharia. Ela, contudo, não obteve resposta. Com as mãos cruzadas e os polegares em movimento, Cássio temia ser rejeitado por Liana e excluído da vaga pretendida.

— Cássio! Você ouviu o que eu disse? — perguntou Sabrina, estranhando a dispersão do marido.

— Desculpe-me! Estava absorto em meus pensamentos e não a ouvi... Estou preocupado com um cliente que está me dando um trabalho daqueles! — justificou-se.

— Perguntei se você me acompanhará ao médico no final da tarde. Caso não seja possível, chamarei minha mãe para me acompanhar.

Cássio franziu a testa. Esquecera-se do compromisso e, consequentemente, teria de excluir a estratégia de esperar Liana sair do trabalho. Suspirou ao responder:

— Perdoe-me, meu amor, me esqueci completamente disso! Estou sendo pressionado no banco, preciso atingir as metas, senão serei transferido de agência. Isso seria muito ruim neste momento, pois quero estar bem perto de casa, voltar cedo e ficar com nosso filho, afinal, logo, logo, ele estará entre nós. Estou pensando em mudar de emprego, sair do banco e conseguir algo melhor, porém, preciso ter paciência até encontrar a coisa certa. Vou acompanhá-la à consulta, não se preocupe! Peço que me encontre na saída do banco. Chame um táxi até lá. Eu pago a corrida — dizendo isso, ele pegou nas mãos da esposa e as beijou, desculpando-se mais uma vez pela distração.

— Está bem, eu estarei à sua espera no fim do expediente, mas não demore muito para sair. O trânsito nesse horário é intenso, e eu não quero me atrasar. Quanto ao trabalho, percebi o quanto você está tenso e preocupado, porém, tenho certeza de que superará mais esse desafio. E se porventura você for transferido, pode recusar-se e pedir para ser dispensado. Temos recursos, e você poderá aguardar uma nova colocação no mercado de trabalho, sem qualquer preocupação.

— Sabrina, nosso filho está prestes a nascer! Não quero ficar desempregado e usar nossa reserva financeira. Os gastos aumentarão daqui para frente, por isso, estou buscando uma remuneração melhor.

— Não há com que se preocupar, Cássio. Teremos a ajuda dos nossos pais, caso você precise de um respaldo até conseguir outro emprego. Esfrie a cabeça e pare de exigir muito de si mesmo. Você precisa se acalmar para resolver as questões no trabalho.

— Você está certa! Estou muito impaciente com a chegada do bebê. Quero dar o melhor para o nosso filho e, para falar a verdade, perdi o estímulo no trabalho. Quero arrumar coisa melhor, em que eu possa ter chances de crescer profissionalmente.

— Então, mude a sintonia e tenha total confiança na realização dos seus objetivos, mas não precisa exagerar... Faça tudo com muita calma, observando o momento certo de cada coisa.

Cássio emocionou-se ao ouvir as palavras de estímulo da esposa e com certo arrependimento disse:

— Você é uma esposa maravilhosa e compreensiva! Eu a amo muito! Perdoe minha distração...

Sabrina fez um biquinho e, com um jeito carinhoso e sedutor, respondeu:

— Você também é um marido exemplar! Só tenho a agradecer a Deus por isso e por tudo que temos... Somos felizes e abençoados!

Cássio torceu o nariz, mas conseguiu dissimular ao fazer um convite inesperado à esposa:

— Quer almoçar comigo hoje? O que acha de irmos àquele restaurante mineiro que serve uma comida muito boa? Aceita?

— Claro que aceito! Hum... Fiquei com vontade! Agora temos que ir de qualquer jeito!

Cássio sorriu e abraçou Sabrina com carinho, repetindo várias vezes que faria tudo para deixá-la feliz e satisfeita. Prometendo ter mais atenção dali para frente em qualquer questão em comum, saiu apressadamente para o trabalho.

***

Naquela manhã, Raul saiu bem cedo do litoral, porém, acabou chegando a São Paulo com duas horas de atraso. Devido a um acidente que provocara um extenso congestionamento na rodovia Anchieta, o ônibus em que ele estava ficou muito tempo parado na estrada.

Quando finalmente se encontrou com Liana, o casal seguiu apressadamente para a agência bancária, no intuito de falar com Cássio antes do horário de almoço. Ao se aproximarem do local, Liana combinou com Raul que o esperaria em uma praça situada a poucos metros dali. Pretendia manter-se distante para evitar dissabores.

Entretido com seus afazeres, Cássio pensou em telefonar para Liana e desculpar-se mais uma vez, mas hesitou ao considerar inviável naquele momento. Além de estar atarefado, ele corria o risco de mudar de humor caso ela o rejeitasse e acabaria estragando o clima romântico com a esposa durante o almoço. Pensativo, Cássio não percebeu a aproximação de Raul, que, respeitosamente, o interrompeu e pediu licença para falar-lhe.

O rapaz não reconheceu Raul e respondeu educadamente:

— Bom dia! Em que posso ajudá-lo?

Raul estendeu-lhe a mão retribuindo a saudação, sentou-se e se apresentou:

— Senhor Cássio, sou o noivo de Liana. Muito prazer em conhecê-lo!

O moço arregalou os olhos e hesitou para responder.

— Pois bem... serei breve e objetivo, pois compreendo que aqui não é local nem hora para se tratar de assuntos pessoais. No entanto, devido à necessidade de tomar uma providência a favor de minha noiva, não tive outra opção...

Cássio sentiu o rosto ruborizar, porém, procurou disfarçar o sobressalto. Ele pigarreou e respondeu em seguida:

— Lamento muito o que aconteceu ontem e reconheço que exagerei quando insisti para que Liana me contratasse imediatamente. Imagina! Abusei de nossa amizade e quis ter certos privilégios, contudo, estou muito arrependido e não sei o que fazer para me redimir dessa situação infeliz que criei.

— Mas não foi somente isso que aconteceu, e por isso estou aqui, senhor Cássio — retrucou Raul com firmeza.

Cássio tentou articular rapidamente uma estratégia para escapar do confronto. Ele movimentou os olhos para cima, mordeu os lábios, mas não soube o que responder.

Com expressão firme, Raul aguardava uma justificativa e, percebendo que o rapaz estava totalmente desconcertado, continuou:

— Você está misturando as coisas e, caso insista em abordá-la novamente, poderá sofrer algumas consequências.

Estremecido, o rapaz tentou-se justificar-se rapidamente:

— Quero e pretendo me redimir! Fiquei descontrolado, agi como um inconsequente e estou muito envergonhado! Duvidei que Liana tivesse me esquecido e tentei seduzi-la para garantir a vaga. Tenha certeza de que ela não tem nada a ver com isso. Fui um ignorante e tentei persuadi-la. Estou sendo sincero, me sinto arrependido! Minha esposa está grávida, e, daqui a pouco meses, nosso bebê chegará. Estou com problemas aqui nesta agência. Muita pressão e pouca remuneração. Soube da vaga na empresa onde Liana trabalha por intermédio de uma amiga da agência de empregos. Fui selecionado para a entrevista, mas não sabia que a vaga à qual eu iria concorrer era para ocupar o cargo dela. Também fiquei surpreso quando a vi e por isso achei que teria mais chances se estreitasse os laços de amizade desfeitos no passado. O resto você já sabe... Fui inconsequente e, além de perturbá-la, causei má impressão.

Raul observava Cássio firmemente e ressaltou replicando:

— Eu sei que Liana não tem nada a ver com isso e confio muito nela. A data do nosso casamento está marcada, e ela vai morar comigo na Baixada Santista. Sou dirigente de um centro espírita e, devido a esse compromisso, não posso mudar de cidade. Tenho negócios bem estruturados lá. Além disso, é um lugar com melhor qualidade de vida.

"Compreendo sua aflição, no entanto, estou aqui para lhe pedir que não misture as coisas e a respeite como ela merece ser respeitada. Sei do envolvimento que tiveram no passado e não considero conveniente sua atitude de tentar seduzi-la. Se queria saber se ainda havia possibilidade de reatarem esse romance, acho que você já teve a resposta. Insistir em abordá-la será pior para você e, se tentar assediá-la como fez, saiba que será indiciado.

"Siga sua vida. Você está casado e prestes a ser pai. Sou homem e sei que, para alguns, isso é muito comum, mas nesse caso você não terá mais chance. E tenha certeza de que, se fosse a opção de Liana, eu não estaria aqui. Eu respeitaria a escolha dela e a deixaria seguir em paz. Somos civilizados, não é mesmo? A questão foi o assédio, e isso não permitirei que aconteça mais, entendeu?".

Cássio tornou a ruborizar, porém, retrucou tentando defender-se:

— Não pretendia forçá-la, mas, sim, seduzi-la. Ter tentado beijá-la foi um impulso devido à nossa ligação afetiva do passado. Eu errei, mas não aceito ser qualificado dessa forma. Reconheci meu exagero e pedi desculpas, mas ela estava transtornada e não pude me redimir como gostaria. Reconheço que exagerei, peço-lhe desculpas e quero desculpar-me com ela.

Raul refletiu por alguns minutos e respondeu:

— Você terá que aceitar se ela não quiser aceitar suas desculpas. Logo, insistir será perigoso, pois o orgulho ferido nos faz perder o senso de respeito. Se Liana quiser conversar com você, não vou impedi-la, mas, se ela não quiser, peço que a respeite.

— Dou-lhe minha palavra de que não vou importuná-la, caso ela se recuse a conversar comigo. Não sei se perdi a chance de conseguir o emprego, mas tenho que assumir as consequências de minha imprudência.

— Isso eu não sei, pois não costumo interferir nas decisões de Liana e sim aconselhá-la quando necessário. Estou aqui por iniciativa própria. Ela apenas concordou por temer que você a persiga e a desrespeite. Não farei isso, mas queria me redimir pessoalmente ou por telefone, se ela me atendesse... Dou-lhe minha palavra de que jamais a abordarei novamente depois disso. Ou melhor, tentarei falar com ela educadamente sem abordá-la inesperadamente como fiz.

— Será melhor para todos que seja assim. Espero que cumpra o que está dizendo, pois, caso contrário, tomarei providências para defendê-la — alertou Raul com firmeza.

— Isso não será necessário. Dou-lhe minha palavra! — respondeu Cássio com veemência.

Percebendo que o rapaz se comprometera em não abordá-la inesperadamente, Raul encerrou a conversa dizendo:

— Agradeço-lhe a conversa e dou-lhe um voto de confiança! Preciso ir embora, pois está quase no horário de almoço e logo mais retornarei para Santos. Tenho que abrir o trabalho espiritual logo mais à noite...

Cássio fitou o rapaz por alguns segundos e percebeu que ele era um homem de bem, educado e firme. Pretendendo limpar a imagem negativa, ele quis descontrair dizendo:

— Pode confiar em mim, Raul. Estou lhe dando minha palavra! Posso lhe perguntar uma coisa que me causou certa curiosidade?

— O que quer saber?

— Você disse que é dirigente de um centro espírita... Bem, de vez em quando, minha irmã tem algumas premonições e atualmente está querendo estudar o assunto para entender melhor o que se passa com ela. O que você indicaria? Tenho um pouco de receio disso e temo que ela se envolva com charlatanismo. Você é um homem inteligente e culto, por isso, senti confiança em lhe pedir essa orientação.

Antes que Raul pudesse responder, a conversa foi interrompida por Ricardo, o gerente e amigo de Cássio, que gentilmente pediu licença e solicitou a presença dele na gerência geral.

— Pode aguardar alguns minutos? Gostaria de água ou café? — perguntou Cássio.

— Sim para as duas coisas! — respondeu Raul descontraidamente.

Enquanto aguardava Cássio, Raul fez uma breve conexão com seu guia espiritual e agradeceu-lhe a proteção e, principalmente, o fato de a conversa ter sido ancorada com equilíbrio e firmeza entre os dois. Em seguida, ele levantou-se, espiou pela janela localizada atrás da mesa de Cássio e avistou Liana sentada no banco do jardim conversando com uma moça. Olhou o horário no relógio de pulso e constatou que tinha mais alguns minutos para finalizar o assunto com ele. Depois do almoço, precisava partir para a Baixada Santista.

Raul tornou a olhar pela janela e sentiu um aperto no peito e arrepios percorrerem seu corpo. Ele teve uma sensação de perigo, então, respirou profundamente e pediu proteção a Deus e aos amigos espirituais para que qualquer infortúnio em relação a eles fosse afastado. Naquele instante, Cássio aproximou-se e interrompeu-o dizendo:

— Desculpe-me, Raul, podemos continuar? Está com pressa?

— Oh, sim! Infelizmente, terei que ser breve, pois não posso avançar devido ao horário da viagem.

— Gostaria de almoçar comigo e com minha esposa? Poderíamos falar sobre o assunto, enquanto nos alimentamos.

— Obrigado pelo convite, mas almoçarei com Liana e depois viajarei.

Cássio silenciou ao pensar que Liana pudesse estar do lado de fora aguardando a saída de Raul. Sentindo o coração disparar, procurou controlar-se e respondeu:

— Tudo bem! Deixemos, então, o convite para outra oportunidade. Em outro momento, continuamos esta conversa. Também não posso me atrasar! Daqui a pouco Sabrina chegará, e sairemos para o almoço.

Dizendo isso, Cássio olhou repentinamente para o relógio e sobressaltou-se:

— Aliás, ela deve estar chegando. O que acha de conversarmos mais um pouco lá fora? Preciso pagar a corrida do táxi.

Raul não teve como se esquivar, pois Cássio levantou-se rapidamente, pegou o paletó e fez sinal para que ele o acompanhasse. Embora estivesse receoso por saber que Liana estava do outro lado da rua, Raul pensou que nada poderia fazer a respeito daquilo, então, preferiu manter a calma para evitar qualquer desconforto entre eles.

Na porta de saída, Cássio olhou ao redor para ver se a esposa já o esperava e rapidamente dirigiu o olhar para o estacionamento ao lado, pensando que Liana estivesse ali à espera de Raul. Cássio tentou disfarçar o nervosismo, pois, se por um lado intencionava revê-la, por outro temia ser abordado inesperadamente por Liana e ser flagrado pela esposa, que estava prestes a chegar. Desviando a atenção, fez um breve comentário com Raul, que intimamente também se sentia desconfortável com a situação.

— Sabrina deve estar chegando. Poderia aguardar mais alguns minutos? Pensei que ela já estivesse aqui e me antecipei para não deixá-la esperando.

— Se ela não demorar muito, posso aguardar... — redarguiu Raul.

A poucos metros dali, Liana viu os dois homens parados à porta de entrada do banco e notou que muitas pessoas começavam a transitar apressadamente pela calçada. Era horário de almoço de muitos funcionários, e o movimento de pedestres aumentara consideravelmente, o que impediu que ela fosse vista por Cássio. Apenas Raul sabia que Liana estava ali esperando por ele, então, mesmo ansiosa, a moça preferiu aguardar enquanto os observava a distância.

Um táxi aproximou-se e parou em frente ao banco. Sabrina desceu do veículo e fez sinal para Cássio, que correu ao encontro dela. Quando procurou a carteira no bolso, ele percebeu que a deixara na gaveta da mesa e pediu que o motorista o aguardasse. Raul aproximou-se e ofereceu-se para pagar a corrida e liberar o motorista.

Cássio aceitou e, sorrindo, fez chacota de si mesmo pela distração. Depois de apresentar Sabrina para Raul, o rapaz correu para dentro do banco para pegar a carteira.

Enquanto esperavam Cássio voltar, Raul sugeriu a Sabrina que se sentasse em um banco do jardim ao lado. Do outro lado da rua, Liana observava tudo e concluiu que a conversa entre os dois fora civilizada, pois percebeu que Cássio estava descontraído e alegre quando apresentou a esposa. A moça sentiu certa indignação e raiva, porque sabia da habilidade do rapaz de manipular e mentir e acreditava que ele fizera isso muito bem-feito para desviar a atenção de Raul e sair ileso da situação.

Liana mordeu os lábios e teve vontade de ir ao encontro deles para falar umas verdades para Cássio, mas hesitou, respirou fundo e procurou controlar as emoções, afinal, não sabia exatamente o que ocorrera durante a conversa. Como confiava em Raul e sabia o quanto ele era educado e firme para resolver qualquer questão, preferiu aguardar e conseguiu controlar-se.

Mais de dez minutos haviam se passado, e Cássio ainda não saíra da agência. De repente, o grito de uma mulher ecoou seguido pelo som de tiros que vinham de dentro do banco. Um homem, que estava prestes a entrar na agência, abaixou-se com medo de ser atingindo e saiu engatinhando à procura de abrigo e proteção.

Raul teve o impulso rápido de sair do local e, mais do que depressa, puxou Sabrina pelo braço para atravessarem a rua. A moça começou a chorar desesperadamente e a olhar para trás várias vezes para ver se o marido havia saído da agência.

Ao vê-los correndo em sua direção, Liana começou a gritar para que eles saíssem dali rapidamente e fez um sinal apontando na direção de um restaurante. Os três, então, seguiram para lá.

— Meu Deus! Um assalto a banco! — disse desesperada quando os encontrou.

Aos prantos e sem prestar atenção no rosto da moça que os ajudara, Sabrina jogou-se nos braços de Liana e pediu socorro dizendo:

— Meu marido está no meio desse tiroteio! Cássio! Cássio! Ajudem meu marido! — berrou descontrolada.

Liana pensou que fosse sucumbir e, sem saber o que dizer, apenas pediu a Sabrina que se acalmasse e não se precipitasse em imaginar o marido ferido.

Assustado, Raul abraçou as duas mulheres e pediu ajuda a Deus para proteger as pessoas que estavam presas na agência. Ele procurava manter o equilíbrio e dissipar os maus pressentimentos, pois precisava dar apoio para Sabrina, que, em desespero, não conseguia parar de chorar. Em seguida, falou:

— Sabrina, esta é a minha noiva! Ela estava me esperando para irmos almoçar, e não tive tempo de falar-lhe a respeito... Precisamos nos acalmar e pedir a Deus que não aconteça nenhuma desgraça... — disse com voz embargada.

Liana puxou uma cadeira e fez a moça sentar-se, procurando novamente confortá-la. Seguindo o pensamento de Raul, ela falou:

— Não há de ser nada! Tenhamos fé! Procure se acalmar! — falando isso, Liana ofereceu água para Sabrina, que, aos poucos, foi se acalmando.

— Acho que a conheço de algum lugar... — Sabrina disse, tentando recordar-se de onde conhecia Liana.

Liana, por sua vez, desconversou, lembrando-se do episódio na praia, em que abordara Raul diante da noiva.

Aproximadamente quinze minutos depois, Raul foi até a porta do restaurante e viu quando várias viaturas pararam diante do banco. Em poucos segundos, os policiais desceram dos veículos e se posicionaram. Uns entrariam no banco, outros fariam a cobertura do lado de fora da agência.

Minutos se passaram, e uma senhora entrou no restaurante dizendo que dois assaltantes haviam fugido e que outro havia sido baleado.

Sabrina começou a tremer e perguntou se mais alguém tinha sido ferido, contudo, a mulher não soube responder, pois apenas ouvira os comentários na rua.

Percebendo que a polícia tomara o controle da situação, Raul resolveu ir até lá para saber notícias de Cássio.

— Aguardem aqui; não saiam de jeito nenhum para a rua — alertou Raul para as duas mulheres.

— Quero ir com você! Por favor, quero ver meu marido! — implorou Sabrina em prantos.

— Você deve ficar aqui, Sabrina. Voltarei com notícias, tenha fé! — respondeu carinhosamente.

Desconsolada, Sabrina assentiu e, murmurando, pediu que o marido fosse ajudado. Depois, pegou nas mãos de Liana e suplicou:

— Meu marido não pode morrer, moça! Estou grávida! Se isso acontecer, nem sei o que farei...

— Calma! Não sabemos nada a respeito. A única informação que temos é a de que um assaltante foi baleado. Tente se controlar e pense na criança que você está carregando no ventre. Não imagine o pior. Todos nós estamos abalados, mas já passou... Pense como Deus foi bom com vocês, pois estavam sentados bem perto da agência e ainda assim não foram atingidos. Infelizmente, seu marido ficou lá dentro, mas ele deve ter se protegido e logo estará aqui com você.

— Deus a ouça! Ele voltou para pegar a carteira, pois a havia esquecido na gaveta da mesa... Ah, meu Deus! Por que ele esqueceu essa carteira e voltou para pegá-la? Nós não vimos nada que pudesse nos alertar... Acho que os assaltantes já tinham entrado na agência e por azar ele entrou no banco bem na hora do assalto.

— Infelizmente, não podemos evitar certas coisas. Muitas vezes, temos que passar pela experiência e tentar compreendê-la, afinal, há uma razão de aprendizado em tudo nesta vida. Mesmo diante desses desajustes sociais, que provocam essas calamidades e tiram nosso sossego, temos que reagir e enfrentar a situação quando somos convocados. Não quero achar desculpas para essas atrocidades, mas muitas pessoas que estão lá questionarão a mesma coisa: por que estão envolvidas em um assalto. Que situação terrível, meu Deus!

Soluçando, Sabrina balbuciou novamente que o marido não poderia morrer e, inconformada, questionou-se novamente:

— Por quê, meu Deus?! Por que ele esqueceu a carteira?

Liana abraçou Sabrina e procurou palavras para confortá-la, mas não conseguiu conter as lágrimas. Depois, procurou reerguer-se e prestar-lhe auxílio.

— Tentemos olhar a situação com mais positividade, afinal, ainda não sabemos o que aconteceu com seu marido. Se ele voltou é porque tinha de estar lá naquele momento... Nada acontece sem a permissão de Deus! Meu noivo também estava ali junto com ele, e, quando saíram, apenas seu marido voltou para a agência... Por mais que não compreendamos as coisas neste momento, nada acontece por acaso. Existe uma lei que rege nosso destino. Se isso não foi evitado é porque existe uma razão maior, e somente depois saberemos o que essa situação quis nos mostrar... Todos nós ficamos abalados e isso nos fará refletir sobre muitas coisas, pois estamos juntos neste momento!

— Qual é mesmo o seu nome? — perguntou Sabrina inesperadamente.

— Liana — respondeu com certo embaraço.

— Eu lhe agradeço as palavras, Liana, mas é difícil aceitar isso. Que lei é essa? Somos pessoas do bem, trabalhamos para conquistar nosso espaço no mundo e, de repente, aparecem esses delinquentes ameaçando nossa liberdade, acabando com nossa esperança ou com a vida de pessoas inocentes...

— Precisamos da lei dos homens para uma mudança social, que, a meu ver, é muito lenta e ineficiente, no entanto, pela compreensão espiritual, existe uma lei da qual não podemos escapar. Estudo um pouco esses assuntos e, devido a isso, passei a enxergar a vida de outra forma. Espero não perturbá-la com minhas concepções; estou apenas tentando confortá-la num momento tão delicado. Quis dizer que não existe um Deus injusto, afinal, por que Ele protegeria uns e comprometeria outros? Acredito que atraímos situações boas ou ruins e que de certa forma somos os responsáveis por isso... É o que posso lhe dizer neste momento...

— Você acha que isso é funcional? E no que diz respeito à população mundial? Será somente isso o que nos afasta ou não das calamidades? Meu marido pode estar morto ou ferido e muitas pessoas também... eles são os responsáveis por isso? Esses bandidos não respondem a essa lei? Assaltam, matam e ainda fogem ilesos? Não existe lei! Nem dos homens, nem de Deus! Esse mundo está perdido... Não tenho mais esperança de viver sossegada na cidade. Se meu marido estiver vivo, eu implorarei a ele para sairmos daqui e morarmos bem longe deste caos. Nunca mais quero passar por isso! Nunca mais... — Sabrina repetiu inconformada.

— Compreendo seu desespero... Não conseguimos acreditar facilmente nisso, ainda mais quando estamos envolvidos na situação. Para mim, foi difícil começar a entender o assunto, mas acho que, se estamos vivendo neste mundo, é porque precisamos aprender a evoluir de acordo com as leis espirituais que nos regem. Todos nós, sem exceção, estamos nesse estágio de aprendizado. O espírito é eterno, e ninguém fugirá dos acertos que precisará fazer em prol da própria evolução. Nós todos responderemos à justiça divina, que nos alertará sobre a responsabilidade de nossos atos.

— Ah, Liana, que bom seria se todos nós pensássemos dessa forma... Nosso mundo seria outro! Sinto-me impotente e sem forças para reagir. Estou muito abalada e só peço que, se realmente houver um Deus, que Ele salve meu marido!

— Sim, eu sei o quanto isso a está abalando. Todos nós estamos abalados também, mas o que nos resta a fazer agora é pedir a Deus que todos ali, inclusive seu marido, recebam ajuda neste momento. Quanto a nós, peço a Ele que tenhamos equilíbrio para suportar o caos desta cidade. Ah, se pudéssemos mudar isso de imediato! No entanto, neste momento, a única coisa que podemos fazer é manter nossa fé e a confiança de que um dia tudo isso mudará. No momento, temos de reivindicar melhores condições sociais para este país. É isso que todos deveríamos fazer! Por outro lado, percebo que a grande maioria das pessoas está perdida, sem propósito de vida... Muitos não pensam na eternidade do espírito, pois, caso contrário, não fariam essas coisas... Ah, meu Deus! Quantas coisas ruins seriam evitadas e quantas coisas seriam benéficas se o mundo tivesse consciência disso! Apesar de tudo, acredito em uma coisa: diante dos desígnios divinos nada está errado. Infelizmente, não aceitamos isso com resignação, mas tudo está certo dentro da lei divina.

Dizendo isso, Liana recordou-se mais uma vez do sonho que tivera e da cena dos homicídios, quando viu uma mulher grávida e o marido serem assassinados. Ela sentiu arrepios e não teve mais dúvidas de que algo semelhante acontecera no passado e que, naquele momento, a vida possivelmente solicitava um ajuste entre eles. Liana tornou a segurar nas mãos de Sabrina e mentalmente fez uma ligeira prece, invocando o Cacique Tupinambá. Por fim, pediu que, se fosse pela permissão de Deus e do merecimento de todos, eles pudessem superar aquela situação com equilíbrio e compreensão dos fatos.

Sabrina encostou a cabeça no peito de Liana e sussurrou aos prantos:

— Por que isso foi acontecer comigo? Estávamos tão felizes! Cássio, volte para mim, não me deixe aqui sozinha... Volte para mim, meu amor! Eu não saberia viver sem você... Não vá embora, meu amor. Fique ao meu lado, me ajude a criar nosso filho... Volte pra mim!

Sensibilizadas com a súplica de Sabrina, as pessoas que estavam no restaurante, instintivamente, se aproximaram e começaram a rezar ao lado delas.

Com os olhos fechados, Liana permaneceu orando e, pela primeira vez, conseguiu perceber por meio da visão extrassensorial a presença exuberante do amigo espiritual que a orientava. O guia Cacique Tupinambá apresentou-se envolto por uma luz verde que se irradiava por todo o ambiente e telepaticamente enviou uma mensagem de paz e confiança para ela. Emocionada, Liana louvou a presença dele e por ter ouvido sua súplica.

Do outro lado da rua, Raul também fez sintonia com o guia espiritual, pediu-lhe proteção e agradeceu a Deus por livrá-lo do perigo. Depois, alegando ter uma relação de parentesco com Cássio, conseguiu obter informações sobre o rapaz com um dos policiais. A faixa de segurança impedia que as pessoas se aproximassem da porta do banco, mas Raul conseguiu aguardar a saída dos feridos ao lado das ambulâncias.

Seis pessoas haviam sido feridas gravemente, e duas haviam morrido. Uma mulher jovem com uma bebê de oito meses no colo tinham sido brutalmente assassinadas. Segundo relatos dos funcionários, que saíram desnorteados do banco, os homicídios ocorreram quando um dos assaltantes, visivelmente perturbado, pediu silêncio a todos, mas a bebê começou a chorar. Irritado, o homem exigiu que a mãe da criança a fizesse parar de chorar imediatamente, e ela, aflita, começou a balançar a filha no colo na tentativa de acalmá-la. A menininha, no entanto, continuou a chorar compulsivamente, o que fez o assaltante, contrariado, apontar a arma na direção da mãe e da filha, ordenando que aquele choro irritante parasse imediatamente. A mulher, então, começou a chorar e curvou-se para proteger a criança, implorando que ele não fizesse nada à menininha, pois ela era apenas uma bebê que nada sabia da vida. Ignorando as súplicas da vítima, ele friamente atirou, enquanto dizia que acabaria com aquele choro irritante em um minuto. O mesmo tiro que atravessou a cabeça da bebê atingiu o coração da mãe. As duas caíram mortas segundos depois.

O vigilante atirou no assaltante em seguida, e assim se iniciou o tiroteio com os outros assaltantes, que, assustados, dispararam tiros para todo lado até fugirem pela porta dos fundos da agência, deixando vários feridos. Cássio foi atingido no abdome por uma bala perdida e, em estado grave, foi a terceira vítima a ser retirada da agência pelos paramédicos.

Raul colocou as mãos na cabeça quando viu Cássio desmaiado na maca e recebeu os pertences do rapaz. Enquanto isso, todos estavam chocados com a morte brutal da mulher e da bebê de colo. Ouviam-se ainda muitos gritos e choro dos funcionários, que, abalados, recebiam assistência e eram retirados do local.

Depois de se informar sobre o hospital para o qual Cássio seria encaminhado, Raul foi ao encontro de Liana e de Sabrina.

Intimamente, ele pensava em falar apenas que Cássio fora ferido, mas não gravemente. Estava preocupado com o fato de Sabrina estar grávida e queria prestar-lhe toda assistência, bem como aos familiares do casal. Raul sabia que ele não estava ali por acaso e novamente pediu ajuda mentalmente para que todos pudessem receber amparo e auxílio espiritual.

Enquanto se aproximava do restaurante, Raul fez uma breve parada. Não conseguia dissipar da mente o homicídio da mulher e da criança. Ele, então, sentou-se no banco da praça, chorou e iniciou uma comovida oração, invocando os guias espirituais e pedindo-lhes que os socorressem espiritualmente, inclusive o assaltante que também fora baleado e morto. Raul invocou a providência divina para aquele espírito em desajuste psíquico, pegou um lenço no bolso e enxugou as lágrimas. O movimento na rua era intenso, e muitas pessoas, agoniadas, transitavam falando sobre o assunto. Por fim, ele respirou profundamente e tentou recompor-se, pois precisava estar firme para amparar Sabrina e ajudá-la no que fosse preciso.

Liana percebeu que algo muito terrível havia acontecido quando notou a expressão dolorida no rosto de Raul. Ela, então, correu ao encontro dele e abraçou-o, ansiando por notícias de Cássio. Apesar de tudo, não desejava que ele estivesse ferido.

Sabrina, com a aparência muito abatida e preocupada, ergueu a cabeça e perguntou aflita:

— O que houve com Cássio? Por que ele não veio com você? Ele está ferido? Onde está meu marido?

— Cássio está vivo, Sabrina! Ele foi ferido e encaminhado para o hospital das Clínicas. Não se preocupe, ele sairá dessa! — tentou dissimular para não preocupá-la.

— Meu amor está vivo! Graças a Deus! Ele está muito ferido? Você falou com ele? Vamos para o hospital! Quero ficar ao lado dele — falou com desespero.

— Não acho que seja conveniente para você, Sabrina. Eu irei ao hospital e o acompanharei até que ele seja liberado — novamente, Raul tentou dissimular para que ela não se desesperasse.

— Preciso avisar à família dele e aos meus pais, mas farei isso depois. Quero ir com você — insistiu a moça.

— Por favor, Sabrina, considere seu estado. Você já passou por muita tensão. Recomendo que repouse e entre em contato com seu médico para medicá-la se for necessário. Você precisa se acalmar. Não pode continuar ansiosa e nervosa!

"Assim que eu tiver notícias dele, entrarei em contato com vocês. Agora, preciso ir e acompanhá-lo de perto. Liana, meu amor, avise ao meu assistente que não retornarei para Santos hoje. Informe a ele o que aconteceu e peça para me substituir na abertura dos trabalhos. Solicite também vibrações e orações para Cássio e para todos da família do rapaz. Faremos uma corrente de oração, pedindo aos nossos guias para ajudarem no que for possível nessa questão. Fique ao lado de Sabrina. Anotarei os números de telefones para contatá-las e as manterei informadas quando souber notícias dele.

— Raul, fale-me a verdade! Cássio está em perigo? Diga-me, por favor! Não me esconda nada! Ele está desacordado? Ele falou com você? — perguntou Sabrina desconfiada.

— Ele está ferido, mas não grave. Após a avaliação médica, lhe avisarei o que realmente ocorreu. Apenas recebi uma informação rápida dos paramédicos. Não pude falar com ele, pois, quando cheguei, Cássio já estava dentro da ambulância para ser socorrido.

— Ele deve estar preocupado comigo. Diga a Cássio que estou bem! Faça isso por mim, Raul. Eu aguardarei notícias dele. Anote meu número de telefone residencial e, o mais rápido que puder, me informe o estado dele. Muito obrigada, amigos. Não sei o que seria de mim sem vocês! Tenham certeza de que lhe seremos eternamente agradecidos por tudo o que estão fazendo por nós. Você e Liana serão nossos amigos para sempre!

Perplexa, Liana olhou para Raul e recebeu uma piscada do rapaz, que a abraçou dizendo que tudo estava sob o comando de Deus. Discretamente, ele pediu à noiva que o acompanhasse até a porta e em seguida se despediu de Sabrina, ressaltando a importância de ela ir para casa repousar.

— Vou acompanhá-lo até a porta. Você sabe onde chamar um táxi? — redarguiu ela propositadamente.
— Conhece algum ponto de táxi por aqui?
— Conheço. Vou acompanhá-lo até lá. É bem perto!

Na saída, Raul relatou para Liana a verdadeira situação de Cássio e pediu-lhe que ficasse ao lado de Sabrina a fim de ajudá--la a manter-se em equilíbrio. Ele pediu também a Liana que solicitasse ao assistente da tenda espiritual que fizesse orações com pontos riscados e imantados com o guia Pena Branca[2].

Liana assentiu de pronto e temeu ao pensar que Cássio corria risco de vida. As imagens das últimas conversas com ele ferviam em sua mente. A moça reconheceu que aquela tragédia não ocorrera por acaso, e que todos de certa forma estavam envolvidos. Sensibilizada emocionalmente, ela abraçou o noivo e disse:

— Sei que isso não está acontecendo por acaso. Não importa o que tenhamos de fazer para ajudá-los, faremos de todo o nosso coração. Estou indignada e até mesmo sinto um pouco de revolta em relação aos homicídios. Que coisa terrível, meu Deus! Como pode um homem agir com tanta frieza? Ele morreu em seguida após cometer essa barbaridade! Confesso que, se eu não tivesse um pouco de entendimento da doutrina espírita, eu ficaria mais revoltada...

— Você usou a palavra certa, Liana: barbaridade! Possivelmente, ele estava muito descontrolado e talvez até drogado, mas sabemos que, diante das leis divinas, não existe o acaso. Infelizmente, aos nossos olhos, para eles o resgate cármico foi cruel, mas ante a espiritualidade a coisa é outra... E quanto a nós, especificamente eu e Sabrina, nós fomos isolados do perigo! Agora temos de ajudá-los, meu amor! Faremos tudo o que estiver ao nosso alcance, e, dependendo do merecimento deles, receberão ajuda e libertação — concluiu Raul emocionado.

Liana rapidamente comentou a visão extrassensorial que tivera quando contemplou a imagem do guia Cacique Tupinambá ao lado dela. A moça citou ainda que sentia a superação de Cássio

---

2 Ritual típico em prol da saúde feito pelos umbandistas junto com as entidades espirituais.

e que, depois disso, ele possivelmente também passaria por uma grande transformação interior.

Raul considerou também que tudo na vida tem uma razão e que, dependendo da receptividade do rapaz, ele superaria aquele desafio e refletiria melhor sobre os verdadeiros valores do espírito. Sensibilizado, Raul elogiou-a dizendo:

— Fico muito feliz em notar que você está lidando com a situação com muita lucidez e impessoalidade. Mantenha-se assim: firme e solidária! Lembremo-nos das orientações dadas pelo Cacique de que muita coisa há por vir...

— Oh, sim! Estou atenta e farei meu melhor para ajudá-los. Apenas lamento profundamente a forma como a vida nos solicita certos ajustes... Quase sempre isso acontece por meio da dor!

— Lei de causa e efeito! Quando não aprendemos pelo amor, aprendemos pela dor. Não há como fugir da lição!

— Você se lembra de quando eu disse que não sabia por que ele sempre cruzava meu caminho? Veja que ironia do destino! Não tenho mais dúvidas de que isso seja um resgate de outras vidas... Só em pensar nisso, sinto arrepios e certo alívio por sentir que não cometi aquele assassinato que vi no sonho, caso contrário, eu teria sido atingida. Concorda?

Delicadamente, Raul fez um carinho no rosto de Liana e respondeu:

— Não pense mais no passado, meu amor! Independentemente do que tenha acontecido, não traga mais essas imagens dolorosas para o presente. Concentre a atenção em seu processo de crescimento para que essas marcas negativas desapareçam, afinal, a lição só pode ser aprendida e transformada no presente. Faça seu melhor agora, e tudo se transformará. Se em seu coração há o desejo de resgatar algo, permita-se sem querer saber a razão. Nem sempre podemos ter a nítida compreensão dos fatos, pois isso atrapalharia muito nossa evolução. Fique em paz. Preciso ir agora. Dê assistência para Sabrina, porque ela precisa de ajuda neste momento.

Com lágrimas nos olhos, Liana despediu-se de Raul, beijando-o intensamente e agradecendo-o por tudo. Com ele, a moça sentia-se protegida e amparada.

Liana esperou Raul entrar no táxi e, depois que o carro se distanciou, voltou para o restaurante. A moça quase sucumbiu quando viu Sabrina gemendo e reclamando de fortes dores abdominais. O dono do estabelecimento já havia chamado uma ambulância para levá-la ao hospital. Desesperada, Sabrina clamava pela vida do filho e do marido em estado grave.

— Sabrina! Procure se acalmar! — suplicou Liana, abraçando-a com carinho.

— Prefiro morrer se perder meu bebê e meu marido! Não quero viver! Eu não aguentaria isso... Eu não aguentaria! — repetiu desesperada.

— Não se precipite! Cássio está vivo e logo estará ao seu lado. Você precisa se acalmar e tentar manter o controle para não afetar a criança. Faça isso por seu filho! — implorou Liana.

— Desconfio do real estado de meu marido. Ele deve estar muito ferido, correndo risco de morte... ou tenha sofrido coisa pior. Vocês estão omitindo a verdade para que eu não me desespere. Notei muita preocupação no olhar de Raul. Meu Cássio está em perigo!

— Ele está ferido, por isso, foi encaminhado para o hospital, mas não morreu. Tente ter fé neste momento. Como lhe disse, em breve, ele estará ao seu lado.

Sabrina continuou a choramingar e a chamar desesperadamente pelo marido. Percebendo que nenhuma palavra poderia confortá-la, Liana invocou ajuda espiritual e decidiu fazer uma imposição de mãos no centro coronário e no cardíaco da moça.

Enquanto transmitia a energia pelas palmas das mãos, Liana visualizou luzes cintilantes envolvendo Sabrina e pôde constatar fisicamente o calor pelo corpo, sensação típica dos doadores de energia magnética. Atrás dela, entidades espirituais emitiam fluidos transformando o ambiente em um grande cenário luminoso. Outras pessoas ao lado rezavam fervorosamente e emitiam e recebiam os fluidos magnéticos sem que soubessem. Uma forte sensação de paz envolveu a todos no local, e aos poucos a moça foi se acalmando e chegou quase a adormecer.

Mentalmente, Liana agradeceu a ajuda dos guias espirituais, pediu uma toalha para um funcionário e enxugou as mãos e o rosto molhados de suor. Pela primeira vez, a moça sentiu o efeito do fluido magnético que ainda percorria seu corpo. Em seguida, ela virou-se, olhou para Sabrina e notou que a moça parecia ter tomado um calmante. Instintivamente, Liana puxou outra cadeira e ergueu as pernas da moça, a fim de proporcionar-lhe maior relaxamento.

Minutos depois, o som da sirene alertou a chegada da ambulância. Os paramédicos entraram no restaurante, prestaram os primeiros socorros a Sabrina e seguiram apressadamente rumo ao hospital.

Liana acompanhou Sabrina na ambulância e, durante o trajeto, manteve-se em sintonia com a espiritualidade maior, invocando auxílio para que nada ruim acontecesse com Sabrina e com o bebê. A moça pediu ainda que as impressões negativas em relação ao passado mal resolvido fossem dissipadas e transformadas, para que todos pudessem se libertar verdadeiramente.

Sabrina estava abatida, balbuciava constantemente o nome do marido e, com lágrimas nos olhos, apertava as mãos de Liana, agradecendo por toda a ajuda e por não deixá-la sozinha naquele momento.

— Sem sua ajuda, eu teria sucumbido de dor e desespero — Sabrina revelou.

Condoída de ver Sabrina em desespero, Liana advertiu-a delicadamente para que não se exaltasse, não pensasse no pior e fortalecesse a fé. A moça acentuou ainda que a providência divina não falha, haja vista que elas estavam juntas naquele momento sem ao menos se conhecerem, e finalizou dizendo que Deus sempre manda seus enviados para nos ajudar e que de nada valia o desespero, pois tudo estava sob o comando divino.

Capítulo 17

Carla, a irmã de Cássio, sobressaltou-se quando, pela televisão do estabelecimento onde almoçava com os amigos da escola, ouviu a vinheta do noticiário sobre um assalto a banco. Entretida com a turma, ela pediu silêncio para assistir à transmissão.

Perplexa, Carla colocou as mãos na cabeça quando soube que a agência bancária onde o irmão trabalhava fora assaltada e que ocorreram homicídios. Ela virou-se para os amigos e disse:

— Bem que senti um aperto no peito logo pela manhã, e a imagem de meu irmão veio em minha mente. Pensei em telefonar para ele e perguntar se estava tudo bem, mas eu estava um pouco atrasada e resolvi fazer isso depois das aulas. Vejam o que aconteceu! Meu irmão trabalha lá... Preciso ir ao encontro dele!

Desnorteada e aos prantos, Carla foi até a agência bancária com uma amiga, que se prontificou a ajudá-la. Quando chegaram bem próximo ao local, as duas jovens notaram que havia muitas viaturas circulando nas proximidades e que o movimento de pessoas era intenso. Carla sentiu arrepios e um mau pressentimento, então, desesperada para saber do irmão, saltou do carro sem esperar a amiga manobrar o veículo, fazendo-lhe apenas um sinal para que a encontrasse na porta do banco.

Angustiada, Carla passou por baixo da faixa de isolamento, chamou um segurança e identificou-se como sendo a irmã de Cássio. O policial, gentilmente, acolheu a jovem, relatou tudo o que ocorrera e depois chamou o chefe de segurança para informá-la para qual hospital os feridos haviam sido encaminhados.

Carla sentiu a cabeça rodopiar e suas pernas amolecerem. O policial, de imediato, segurou-a e pediu ajuda aos paramédicos.

Depois de ter sido medicada, Carla saiu à procura da amiga, que estava parada a poucos metros da faixa de isolamento, e acenou-lhe rapidamente:

— Débora, meu irmão foi ferido e levado para o Hospital das Clínicas — falou choramingando.

— Vamos para lá imediatamente! Não deve ter acontecido nada sério... — contemporizou a moça a fim de acalmá-la.

— Ele está muito ferido! Eu sinto! — Carla replicou apavorada.

— Acho melhor irmos para sua casa para avisar sua mãe. É possível que ela tenha ouvido o noticiário e esteja desesperada.

— Sim, acho melhor irmos para minha casa e depois ao hospital. Não sei o que faremos se meu irmão morrer...

— Não pense no pior, Carla. Você precisa ser forte para amparar sua mãe. Não podemos chegar lá desesperadas, pois ela poderá sucumbir.

Carla debruçou-se no ombro da amiga e chorou copiosamente, balbuciando algo sobre querer encontrá-lo fora de perigo.

— Vamos, Carla, você precisa reagir! Sua mãe pode estar desesperada.

A moça assentiu, enxugou os olhos e, ainda soluçando, abraçou-a carinhosamente revelando:

— Estou preocupada devido ao mau pressentimento que tive logo quando acordei. Em um primeiro momento, senti saudades de meu irmão, mas depois uma sensação de tristeza me acometeu de súbito. Eu rezei para que nada de ruim acontecesse com ele, no entanto, aconteceu...

— Quem sabe suas preces evitaram o pior? Já pensou nisso? Você pressentiu e imediatamente fez uma oração.

— Sim... mas se eu tivesse telefonado para ele de imediato, poderia ter alertado Cássio! Se bem que só pressenti algo ruim... Não pude identificar o que se tratava, logo, não teria mesmo como alertá-lo — concluiu cabisbaixa.

— Carla, eu acredito nessas coisas, contudo, acredito ainda mais nos desígnios divinos. Quando temos de passar por algo, ninguém pode evitar ou impedir... Você está abalada, no entanto, precisa reunir forças para enfrentar a situação e não pode perder a fé. Reze novamente para que ele supere esse desafio. Também vou rezar e pedir que ele seja salvo!

— Minha cunhada está grávida! Já imaginou quando ela souber disso?

— Mais uma questão a se pensar. Vocês terão de enfrentar a situação com equilíbrio para não assustá-la. Tomara que ela não entre em desespero... — ressaltou Débora, demonstrando preocupação.

Durante o trajeto, as duas foram conversando, e Carla conseguiu acalmar-se. Gostava muito da companhia da amiga, considerava-a uma irmã, e agradeceu várias vezes por ela estar ao seu lado naquele momento triste.

Quando Débora parou o veículo em frente à casa, as duas jovens surpreenderam-se com o movimento da vizinhança diante do portão de entrada e não demoraram muito a chegarem à conclusão de que a notícia já chegara por lá.

Dona Neusa espiou pela janela e mais do que depressa correu ao encontro de Carla. As duas, aos prantos, se abraçaram lamentando o que acontecera com Cássio. Passando as mãos na cabeça de Carla, a mãe, sentindo-se condoída, falou:

— Minha filha, que coisa terrível acometeu nossa família! Uma amiga de Sabrina me informou tudo exatamente como ocorreu. Sabrina tinha ido almoçar com Cássio e, como ele havia esquecido a carteira no banco, meu filho entrou na agência para buscá-la. Ela, então, ficou esperando-o do lado de fora do banco. Como os assaltantes já tinham entrado na agência, meu filho não conseguiu sair... Sabrina ficou transtornada quando soube que Cássio estava ferido e também precisou ser encaminhada ao hospital. Ela ficará internada em observação, pois, devido ao nervoso, a pressão sanguínea se elevou... Graças a Deus, Sabrina não perdeu o bebê!

Demonstrando aflição e soluçando muito, dona Neusa repetiu várias vezes que o filho poderia estar gravemente ferido.

— O que vamos fazer agora? Já avisou o papai e a família de Sabrina?

— Fiz isso imediatamente. Nem sei como encontrei forças para disfarçar meu nervosismo para não preocupá-los. Eles estão indo ao encontro dela. Nós também temos de ir para o hospital, pois quero saber do meu filho. Sabrina está melhor; só precisa repousar. Talvez, ela seja liberada daqui a alguns dias. Não sei bem... aguardemos a orientação médica.

— Papai está vindo pra cá? — perguntou Carla visivelmente agitada.

— Sim, ele já está a caminho. Vamos, minha filha! Quero saber o que houve com meu filho, estou angustiada...

— Mãe, será que Cássio está correndo perigo de morte?

— Tomara que não, minha filha! Vamos rezar! Sinto que ele superará tudo isso, eu sinto! E sentimento de mãe não se engana! Meu filho sairá dessa! — redarguiu com veemência. — Vamos para lá, Carla! Ele precisa de nós! Você poderia nos levar até o hospital, Débora? — perguntou Dona Neusa à amiga de Carla.

— Claro que sim! Estou aqui para ajudá-las no que for preciso. Vamos para lá!

— Obrigada, Débora! Você sempre foi uma jovem gentil e prestativa! Ainda bem que estava com minha filha... Aguardem só uns minutos. Vou fechar a casa.

Dona Neusa rapidamente fechou a porta de entrada e despediu-se dos vizinhos, agradecendo-lhes o apoio prestado. Antes de entrar no carro, ela olhou para todos e, com voz firme, prometeu:

— Eu trarei boas notícias, meus amigos! Rezem por nós!

Solidários ao sofrimento de dona Neusa, os vizinhos esboçaram palavras de incentivo e desejaram-lhe sorte. O carro foi se distanciando, e algumas pessoas continuaram acenando com lágrimas nos olhos.

Ao chegarem à recepção central do pronto-socorro do Hospital das Clínicas, Carla, impacientemente, buscou notícias de Cássio. Falando alto, a moça acabou chamando a atenção de Raul, que foi ao encontro das duas mulheres e apresentou-se. Ele informou-lhes que tomara todas as providências para a internação do rapaz, pois estava no local do incidente e acompanhara tudo de perto. Depois, pediu que elas se acalmassem até receberem o parecer da equipe médica, pois, possivelmente, Cássio estava sendo operado. Delicadamente, Raul falou que ainda não conseguira falar com Sabrina e que Liana estava junto dela prestando-lhe assistência.

— Sabrina foi internada às pressas devido ao estado emocional alterado. Como a pressão dela ficou muito elevada, Sabrina terá de ficar em repouso e sob observação médica. Uma moça me deu essas informações por telefone. Disse que é amiga dela e que o noivo estava acompanhado meu filho ao hospital — ressaltou dona Neusa.

— Certamente, a pessoa com quem a senhora falou é minha noiva. Estávamos juntos no momento do incidente. Eu me prontifiquei a acompanhar seu filho, e ela ficou com Sabrina. Percebi que sua nora estava muito descontrolada e, quando ela passou mal, a levaram ao hospital. Liana sabe que estou aqui e não tardará em vir para cá ao meu encontro.

Dona Neusa abraçou Raul e agradeceu-lhe a ajuda prestada a Cássio.

— Infelizmente, meu filho foi ferido, mas felizmente pôde contar com a ajuda de amigos num momento tão delicado — dona Neusa ressaltou.

— No momento, precisamos manter a calma e torcer para que a cirurgia seja bem-sucedida. A equipe médica lhes trará informações assim que terminar o procedimento — salientou Raul.

— Tentarei me acalmar... Vamos unir nossas forças e rezar! Sinto que meu filho se recuperará e logo estará entre nós novamente.

Carla sentou-se ao lado de Raul e pediu-lhe para ajudar dona Neusa a rezar e para não deixá-la sozinha até que o pai chegasse.

Raul respondeu-lhe carinhosamente que ficaria ali e que a ajudaria no que fosse preciso. Ele beijou as mãos da moça e alertou a todos da importância de confiarem na providência divina, pois a situação convidava-os a despojarem-se das aflições e a fortalecerem a fé. Todos concordaram e silenciosamente fixaram os pensamentos em preces, enquanto aguardavam o parecer médico.

Naquele momento, Raul concentrou-se e, por meio da visão extrassensorial ativada, viu alguns caboclos segurando Cássio no colo e distanciando-se em seguida. A cena espargiu repentinamente, e ele, respeitosamente, pediu mais esclarecimentos sobre o que vira. Tornando-se a concentrar-se, Raul notou que o cordão fluídico estava ligado ao rapaz e se estendia formando um rastro à medida que os caboclos se distanciavam. Um deles olhou para trás e fez-lhe um gesto afirmativo, desaparecendo em seguida envolto em uma luz esbranquiçada e muito brilhante.

Raul sentiu certo alívio e percebeu que a equipe espiritual tomara a frente da situação em benefício e por merecimento de Cássio. O rapaz ainda estava vivo e parcialmente ligado ao corpo físico, pois o cordão fluídico não se rompera. Raul, então, concluiu que ele se recuperaria e preferiu não questionar mais nada, apenas confiar que o melhor seria feito. Ele agradeceu e suspirou aliviado.

Capítulo 18

Em companhia do caboclo Pena Branca e de um grupo de pajés, o guia Cacique Tupinambá socorreu Cássio após o acidente. Deslocado momentaneamente do corpo físico, o rapaz, desacordado, recebia tratamento por meio do perispírito.

Com sua vasta experiência, os xamãs buscavam estancar a ferida abdominal, introduzindo ervas específicas misturadas a uma espécie de massa fluídica esfumaçada, tipo rapé, que impedia o avanço da hemorragia. Dividida em partes, a mistura foi colocada primeiramente no abdome, depois no campo frontal, na sola dos pés e nas palmas das mãos de Cássio, que, aos poucos, começou a reagir. Mesmo em transe, ele começou a balbuciar algumas palavras e a relatar suas aflições.

— Eu tenho que fugir! Não posso ficar aqui! Eu e minha mulher estamos correndo risco de vida! O marido dela descobriu tudo! Vou ter de ir embora para salvar minha esposa! Ajudem-me!

O Cacique Tupinambá ordenou aos pajés que continuassem o ritual, enquanto ele, com os olhos fechados, colocava uma de suas mãos sobre a fronte do rapaz.

Em transe, Cássio continuou o relato:

— Nunca me perdoarei pelo que fiz! Eu mereço ser castigado! Sou o culpado... A culpa está acabando comigo! Por que eles fizeram isso para ela? Eu sou o culpado! Eu! — Cássio desabou em prantos. Após alguns minutos, o rapaz despertou estonteado e perguntou: — O que é isso? Quem são vocês? Onde estou?

Os pajés silenciaram ao comando do Cacique, que continuava com a mão direita sobre a fronte de Cássio. Segundos depois, ele perguntou:

— Filho, pra quê tanta culpa? Solte esse passado doloroso! Você já se arrebentou muito com isso, e não adiantou nada! O que passou já foi... Apenas sua memória ficou presa, e você nunca conseguiu se perdoar. Somos amigos de muito tempo, e eu nunca me esqueci do filho e do grupo de pessoas que nos ajudaram no período em que minha tribo mais precisou. Naquela época, não sabíamos que fazíamos parte de uma transformação necessária. Os dias sangrentos serviram para nossa lapidação espiritual. Vocês se perderam um pouco, mas nada que não seja natural no que diz respeito às experiências necessárias para a evolução de cada um. No entanto, agora precisam reagir e aprender a avançar com mais rapidez. Está na hora de largarem essas impressões e seguirem com o propósito de renovação com o qual vocês se comprometeram. Temos muito trabalho pela frente e precisamos de vocês, então, vou ajudá-los, mas quero saber se você quer se ajudar.

Cássio sentiu um forte torpor acometê-lo e não conseguiu responder prontamente. O rapaz fixou o olhar no rosto do Cacique e reviveu parte de sua experiência em uma de suas vidas pretéritas.

Movido pela ambição de tornar-se um homem rico e poderoso, Cássio envolveu-se com a bela Catarina, mulher rica e exuberante, que era casada com um fazendeiro, homem rígido e poderoso, que exercia domínio num vilarejo situado no sudoeste brasileiro em meados do século VIII. Como o marido era extremamente ocupado, a mulher sentia-se muito sozinha e costumava implorar-lhe atenção. Ele, contudo, pouco a compreendia e considerava capricho feminino e exagero da parte dela as constantes súplicas. Com o passar do tempo, o fazendeiro tornou-se ainda mais indiferente à esposa devido ao fato de ela ser estéril e de nunca lhe ter dado um filho. Raramente a procurava para satisfazer-lhe os desejos de mulher apaixonada e, quando o fazia, não perdia a oportunidade de culpá-la ou de ameaçá-la, dizendo-lhe que, caso ela não engravidasse, procuraria outra mulher que pudesse gerar um herdeiro para ele.

Enciumada e cansada de sentir-se rejeitada, a mulher, às escondidas, começou a seduzir e a se envolver com alguns capatazes que trabalhavam para o fazendeiro. Amargurada, ela só pensava em satisfazer seus desejos contidos e presenteava aqueles homens com dinheiro e joias em troca de silêncio.

Não demorou muito para Catarina seduzir Martino, rapaz bonito, exuberante, inteligente e ágil. Ele tinha uma notável ambição de tornar-se o principal homem de confiança do fazendeiro, o que não tardou a acontecer, pois, demonstrando eficiência, Felipe acabou promovendo-o de imediato. Mesmo sendo fiel às ordens do patrão, Martino não conseguiu resistir aos encantos de Catarina e, sem hesitar, correspondeu aos desejos insinuados da moça, aceitando posteriormente manter um envolvimento com ela.

O romance perdurou por alguns meses. A moça presenteava-o com joias e dinheiro, mas se apaixonou perdidamente pelo rapaz.

Martino sentia atração por Catarina, mas não estava apaixonado por ela. Era casado, amava a esposa e usava o dinheiro que recebia em troca de silêncio para manter as despesas conjugais. O rapaz vendia as joias para acumular uma grande quantia em espécie, pois pretendia sair do vilarejo e morar em outra cidade. Almejava ser um grande e bem-sucedido fazendeiro, mas, para que isso acontecesse, precisaria de muito mais do que estava recebendo. Percebendo que conquistara o coração de Catarina, Martino simulava precisar de mais dinheiro, alegando ter de ajudar a mãe doente que morava muito longe dali. Sem questioná-lo, ela atendia a seus pedidos prontamente e, várias vezes, chegou a roubar algumas barras de ouro que o marido escondia para dar ao amante. Em troca disso, exigia mais afeto de Martino, que correspondia atendendo aos desejos reprimidos de Catarina. Ele demonstrava estar perdidamente apaixonado pela moça, contudo, sua verdadeira intenção era mantê-la cada vez mais envolvida para receber os benefícios financeiros.

Certo dia, conversando com Catarina, Martino revelou que sua esposa estava grávida e que ele pretendia viajar por um mês após o nascimento do bebê, a fim de apresentá-lo para a família. Martino intencionava pedir ao patrão para conceder-lhe o afastamento e precisava da ajuda dela para convencê-lo. Intimamente, no entanto, ele pensava em nunca mais voltar.

Catariana não gostou de saber daquilo, pois não conseguia viver sem os carinhos de Martino, mas preferiu fingir compreensão e tramar algo para que ele não pudesse sair da fazenda. Até lá, inventaria uma boa estratégia para impedir que ele se afastasse do trabalho.

Aconteceu, contudo, o contrário do que fora previsto. Em um dia, após a saída do marido, Catarina encontrou-se com Martino como de costume, mas o casal foi visto por um dos antigos amantes dela. O capataz descobriu tudo e começou a chantageá-los, dizendo que os entregaria ao patrão, caso Catarina não o recompensasse com muito dinheiro.

Desesperada, Catarina tentou ludibriá-lo fingindo aceitar a chantagem, desde que ele se mantivesse em silêncio. No início, ela soltou uma grande quantia em espécie para silenciar o ex-amante, mas depois, temendo que o marido descobrisse que ela estava desviando muito dinheiro, Catarina simulou um plano para contornar a situação. Fingindo ter se afastado de Martino, a moça começou a insinuar-se novamente para o capataz. Em um primeiro momento, ele a rejeitou, porém, não resistindo aos encantos da moça, acabou cedendo a ela. Paralelamente, Catarina começou a reclamar do capataz para o marido, chegando a insinuar que ele a olhava com desejo e que não obedecia às suas ordens.

Felipe ficou furioso, mas não quis se expor. Pretendendo evitar dissabores, o fazendeiro imediatamente transferiu o capataz para outra fazenda, alegando que um amigo precisava de alguém muito eficiente, e que ele seria muito bem recompensado. Felipe mandou alguns homens de sua confiança acompanhá-lo e contratou outros capatazes para abordá-lo na estrada para que, quando estivessem bem longe, o surrassem sem piedade.

Jeremias apanhou muito e, antes de ser deixado caído na estrada, ouviu os homens dizendo o quanto ele merecera a sova por ter desrespeitado a mulher do patrão.

— Tome mais essa, seu miserável! — falou um deles, após lhe dar um soco na boca e quebrar-lhe os dentes.

Jeremias desmaiou em seguida e, somente ao anoitecer, foi socorrido por um grupo de garimpeiros. Após oito semanas, ele se recuperou e jurou vingança. Pretendia voltar e armar uma cilada para Martino, que, consequentemente, atingiria Catarina, consumando, assim, a ação vingativa. Imaginou que eles haviam tramado tudo para afastá-lo da fazenda e que deveriam pagar por isso! Dominado pelo ódio e pela raiva, partiu ao encontro deles.

Após acalmar os bochichos em relação à transferência inesperada de Jeremias, Felipe procurou estar mais presente ao lado da esposa, dificultando, com isso, os encontros dela com Martino.

Catarina, por sua vez, contorcia-se de raiva. Mesmo recebendo mais atenção do marido, ela não conseguia disfarçar a agonia de não poder estar com o amante. Percebendo uma mudança repentina no comportamento da esposa, Felipe chegou a questioná-la se havia algo errado. Desconfiado, ele chamou Martino para obter mais informações, desejando saber se ele vira algo de errado por parte da mulher, pois estranhava a frieza de Catarina desde a saída de Jeremias.

Martino, temendo que o patrão estivesse desconfiando deles, mais do que depressa tentou convencê-lo do contrário. Fingindo descontração, o rapaz disse que as mulheres nunca se contentavam com o que tinham e que sempre buscavam atraí-los com seus trejeitos para cobrar-lhes atenção e amor. Martino fez uma breve comparação com a própria esposa, citando que ela sempre reclamava de algo e que, quando ele a atendia, a moça encontrava outra coisa da qual reclamar.

Felipe sorriu, concordou com Martino e resolveu não dar mais importância para aquilo. Decidira tratá-la normalmente e não a mimaria. Dando uns tapinhas nas costas de Martino, o fazendeiro agradeceu-o e pediu-lhe que voltasse ao trabalho.

Naquela noite, Martino não conseguiu dormir direito. Pensativo, ele concluiu que o patrão realmente estava desconfiado e temia ser delatado por algum dos antigos amantes de Catarina. Não tinha certeza se Jeremias dissera algo para algum deles e, sentindo-se ameaçado e a princípio querendo proteger a esposa, decidiu partir dali sozinho. Os pensamentos fervilhavam na mente de Martino, pois não sabia o que diria à esposa e como sairia dali repentinamente sem provocar suspeitas. Por fim, o rapaz decidiu simular uma briga e dizer à mulher que não queria manter-se naquela vida limitada, pois desejava conquistar novas coisas e gostaria que ela voltasse para a casa da mãe, pois lá ficaria mais protegida e longe de qualquer confusão. Mesmo sabendo que a magoaria, Martino pensava que assim ela não estaria em perigo nem sozinha após o nascimento do bebê.

Com isso em mente, Martino começou a tratar a esposa com certa indiferença e a rejeitar a criança que estava prestes a nascer. Desnorteado, ele temia que o patrão descobrisse tudo e fizesse com ele o que fizera com Jeremias. Todos diziam à boca pequena que o capataz fora morto na estrada por desrespeitar a esposa do patrão.

Martino, então, tratou de esconder grande parte do dinheiro que recebera de Catarina. Deixaria uma boa quantia para a mulher e o que restasse levaria com ele. Depois, quando as coisas se acalmassem, ele voltaria para buscá-los. Para o patrão, inventaria que a mãe estava muito doente e assim escaparia de algum confronto ou até mesmo de morrer, caso Felipe descobrisse a traição deles.

Maria José percebeu o descontrole de Martino e implorava para que ele não a deixasse. Sem saber por que o marido mudara tanto, ela tentava de todo jeito mantê-lo em casa até a criança nascer, esperando com isso que ele se sensibilizasse e voltasse a ser o homem que a amava perdidamente.

Determinado, Martino pretendia cumprir a trama em uma noite, após receber a permissão de Felipe para se ausentar por uns dias da fazenda. Catarina não ficara sabendo disso de imediato, mas não tardou para ela descobrir o fato naquela madrugada, após o terrível acontecimento que abalou a todos na fazenda.

Aos berros, alguns capatazes acordaram Felipe e lhe contaram sobre a chacina que ocorrera na casa de Martino e da esposa. Ambos tinham sido mortos.

Naquela noite, Jeremias escondera-se atrás de algumas árvores para aguardar a saída de Martino. Conhecia os horários do rapaz e sabia que, às cinco horas da manhã, ele costumava chegar à fazenda. Ele ouvira a briga entre Martino e a esposa e também quando ele, aos berros, se despediu da mulher bem antes do horário costumeiro. Cego pelo desejo de vingança, não perdeu a oportunidade de executar seu plano rapidamente e friamente o fuzilou com um tiro certeiro de espingarda, antes de Martino cruzar o portão. Jeremias não esperava que Maria José corresse ao encontro do marido e, envolvido pelo ódio, achou que ela poderia tê-lo visto, então, impiedosamente a fuzilou, mesmo ouvindo a súplica da moça para que não o fizesse. Em seguida, ele deu um chute nos dois para certificar-se de que estavam mortos e fugiu apressadamente para a mata.

O alvoroço tomou conta de todos pelas redondezas. Felipe não se conformava com o destino do rapaz e da família e jurou que faria tudo para descobrir quem era o assassino do casal para puni-lo com as próprias mãos.

Catarina entrou em choque e, desnorteada, gritava para o marido descobrir o malfeitor. Desesperada, a moça pensava que estava sendo punida por Deus por causa da trama que arquitetara e que envolvera o capataz Jeremias. De repente, ela sentiu arrepios ao pensar que ele pudesse ser o agressor, contudo, não chegou a expressar o que sentira para Felipe. Durante meses, ela manteve-se de luto, sem sair de seu aposento. Para ela, a vida acabara também e nada mais fazia sentido, pois perdera o grande amor de sua vida.

Jeremias conseguiu escapar, mas ficou preso ao remorso de ter executado friamente uma mulher grávida. A imagem de Maria José não saía de sua mente, e, atormentado, ele acabou entregando-se à bebida e tornando-se um alcoólatra. Sem conseguir trabalho, Jeremias envolveu-se com maus elementos e começou a roubar viajantes pela estrada. Tempos depois, foi assassinado por um dos companheiros em uma briga por divisão de dinheiro.

Aquela triste história ficara marcada na memória de todos, e durante muito tempo as pessoas questionaram o motivo de o casal ter sido assassinado. Alguns capatazes que, no passado, tinham sido amantes de Catarina, sumiram da fazenda, temendo serem descobertos por Felipe. Os outros empregados, por sua vez, de nada desconfiaram, e o fazendeiro considerou que alguns haviam sumido por terem ficado traumatizados com o ocorrido. O tempo passou, mas de certa forma todos levaram consigo a lamentável experiência vivida.

O guia Tupinambá baforou rapé no rosto de Cássio, que gemia e chorava. O rapaz, por fim, despertou aos prantos, balbuciando cenas do assalto ao banco, chamando por Sabrina e seguidamente por Maria José.

— Solte esse passado, filho! — alertou o Cacique.

Cássio remexeu-se e conseguiu erguer a cabeça para ver quem estava falando com ele. Aturdido, perguntou:

— Quem é o senhor? Onde estou? O que está acontecendo comigo?

O guia baforou um pouco mais de rapé no rosto de Cássio e respondeu:

— Você viu parte do seu passado e guarda muita culpa! Tá na hora de modificar isso, filho! Você terá outra oportunidade para aprender as verdades do espírito. Retornará à matéria física, mas não se lembrará da história do seu passado. Ficará somente a impressão de tudo isso. Terá a chance de reformular e se libertar da culpa que carrega por todo esse tempo. Vocês se reencontraram! Cada um com uma nova proposta de renovação, e isso é o mais importante. Estarei com vocês, ajudando-os no que for preciso. No momento, você apenas reviveu parte de um conflito, mas há muitas coisas a serem feitas daqui em diante, e aguardarei sua vontade para iniciarmos outro propósito ao qual você se comprometeu. Se quiser, o ajudarei, mas, se não quiser, nada poderei fazer.

— Eu estou morto? O que aconteceu comigo? — perguntou Cássio aflito.

— Você foi ferido, mas se recuperará, levará consigo a lembrança desse encontro comigo, e, no momento certo, eu o chamarei...

Feche os olhos, filho! Prepararei seu retorno. Tenha mais confiança em si mesmo e não se esqueça de se voltar para as verdades do espírito — dizendo isso, o Cacique e a equipe de pajés terminaram o ritual, fazendo Cássio adormecer instantaneamente. Em seguida, foi levado de volta ao corpo físico, que estava em repouso no leito da UTI do conceituado Hospital das Clínicas.

Capítulo 19

Cássio despertou nas primeiras horas da manhã. A cirurgia fora um sucesso, e, na noite anterior, a equipe médica reportara-se aos familiares e amigos do rapaz. Dona Neusa ficou muitas horas na capela rezando para o filho se recuperar e, quando soube que ele estava fora de perigo, ajoelhou-se diante da imagem de Maria Santíssima e agradeceu-lhe os pedidos, clamando:

— Mãe Santíssima! Mãe de todos nós! Agradeço-lhe por ter trazido meu filho de volta! Sei que nesses momentos muitas pessoas lhe imploram o que lhe pedi e reconheço que somente nos momentos de dor nos lembramos de algo maior que nos rege. Somos tão distraídos com as coisas cotidianas que nos esquecemos de que tudo isso é muito passageiro. Confesso-lhe que temi perder meu filho, mas, por meio dessa experiência, percebi o quanto estou longe de entender os desígnios divinos. Agradeço-lhe a vida que tenho e todas as facilidades que Deus me deu, porém, notei que falta alguma coisa para que eu me identifique com essa força poderosa, que vai além do meu conhecimento. Coloco-me à disposição para que me guie e me mostre os caminhos que me levarão a essa conexão maior. Isso certamente não ocorreu por acaso... Depois dessa experiência, passei a dar mais valor à vida e lhe peço que me lembre sempre disso! Agradeço-lhe de todo o meu coração!

Terminando a oração, dona Neusa deparou-se com Raul e Liana. Sem hesitar, a mulher abraçou-os comovida e perguntou em seguida:

— Sabrina melhorou? Ela já soube que Cássio está fora de perigo?

— Sim, ela receberá alta amanhã. Por precaução, a médica pediu mais um dia de repouso absoluto. Sabrina chorou muito, mas, desta vez, foi de alegria ao saber que a cirurgia foi bem-sucedida. Fiquei muito feliz também, dona Neusa! — ressaltou Liana visivelmente comovida.

— Todos nós, minha filha! Todos nós! — redarguiu dona Neusa com lágrimas nos olhos.

— Então, vá comemorar com Cássio! Somente duas pessoas poderão entrar para vê-lo. Peço-lhe que lhe transmita nossos votos de breve recuperação. Voltarei hoje mesmo para Santos, porém, pretendo visitá-lo quando ele retornar para casa — comunicou Raul.

— Não tenho palavras suficientes para lhes agradecer! Saibam que podem contar comigo sempre que precisarem! — agradeceu comovida.

— Não fizemos nada além da nossa obrigação. Fizemos de todo o nosso coração — complementou Raul, abraçando-a novamente.

— Vamos! — convidou Liana gentilmente.

Os três saíram da capela abraçados e agradecidos por tudo ter dado certo. Pensativa, Liana recordou-se de cada momento vivido naquelas vinte e quatro horas que lhe pareciam intermináveis. Algo dentro dela dizia que eles ainda se encontrariam para sanar coisas mal resolvidas. Esperaria o momento certo para falar com Cássio e estava disposta a perdoá-lo e a prestar-lhe ajuda no que fosse possível. Faria a parte dela e consumaria a verdadeira libertação.

No saguão do hospital, os familiares mais próximos correram ao encontro de dona Neusa, mas somente ela e o ex-marido foram chamados para entrar na UTI.

Carla aproximou-se de Liana e Raul e agradeceu-lhes a ajuda. Sutilmente, ela comentou:

— Raul, fiquei curiosa para conhecer seu trabalho espiritual. Conversamos muito a respeito e espero não o ter incomodado... Você me ajudou a me distrair do nervosismo e da ansiedade até saber o parecer da equipe médica. Passou a noite aqui conosco, e serei eternamente grata por sua generosidade. Gostaria de conhecer a tenda espiritual do Cacique Tupinambá. Posso ir?

Instintivamente, Liana olhou para Raul e, apesar de sentir o coração disparar, sorriu.

— Claro que sim! Você poderia ir com Liana para lá. Está convidada a ficar o fim de semana em minha casa. Será um prazer recebê-la!

— Oh! Muito obrigada! Aceito! — disse sorrindo, mas depois alternou: — Talvez eu espere meu irmão se recuperar para irmos juntos! Temos um apartamento lá. Não queremos incomodá-los...

— Você decide! Se achar melhor assim, faça como lhe convier. As portas estarão abertas. Caso prefira ir antes, avise Liana para que possam ir juntas.

— Está certo! Vou falar com minha mãe e depois lhe aviso. Mas, pensando bem, pode demorar um pouco até meu irmão se recuperar... Se ela permitir, irei com Liana — Carla ressaltou saltitante.

Raul sorriu e abraçou a jovem com carinho. Depois, despediu-se de Carla e saiu com Liana.

No caminho, os dois pararam para fazer um lanche. Estavam visivelmente cansados, então, decidiram ir para o apartamento de Liana para repousar. Visitariam Sabrina, e, somente no dia seguinte, Raul retornaria para a Baixada Santista.

Abraçados, Liana e Raul entraram no prédio e suspiraram quase ao mesmo tempo. Os dois se entreolharam e sorriram, e Liana mais do que depressa interpelou:

— O que será que a vida quis nos mostrar com tudo isso, Raul? Parece que vivemos uma maratona nas últimas vinte e quatro horas, ou melhor, quarenta e oito, contando com o nervosismo do dia anterior ao encontro com Cássio.

— Nem me fale! Se houve algo a ser resgatado, com certeza cumprimos! — respondeu sorrindo e complementou em seguida:

— Se observarmos, a lição foi extensa. Nós tivemos de manter o equilíbrio para resolver as questões com Cássio, demos apoio a eles, firmamos nossos pensamentos em conexões com os amigos espirituais, tudo isso treinando a impessoalidade para não nos envolvermos emocionalmente. Por outro lado, a lição de cada um, o que mexeu conosco e com eles, os homicídios... Se não tivéssemos preparo e ajuda espiritual, certamente teríamos sucumbido.

— Sim, concordo com você, Raul, mas senti muito mais que tudo isso. Houve momentos em que pensei ter vivido aquela situação, que, aliás, é muito parecida com a cena do sonho. Isso mexeu muito comigo! Jamais poderia imaginar uma coisa dessas! — ressaltou Liana.

— Também fiquei muito abalado e confesso que estava muito incomodado dentro daquela agência bancária. A princípio, considerei que estava desconfortável devido à situação, mas depois pensei que vocês acabariam tendo um confronto do lado de fora do banco e, com isso, começariam uma confusão, pois ele repentinamente quis sair para aguardar a esposa e pagar o táxi. Foi aí que tudo aconteceu... Quando soube do homicídio da mulher e da criança, desabei... Essa cena ficou marcada em minha mente, e eu tive de me recompor antes de entrar no restaurante. Pensei em Sabrina, pois ela precisava de nosso apoio... Que destino o dessa moça e do bebê! Pedi muito à nossa equipe espiritual para que os acolhesse e torno a lhe dizer que, se não tivéssemos a compreensão espiritual, tudo seria muito difícil. Possivelmente, estaríamos desequilibrados. Certamente, nós fomos atraídos para lá, pois nada é por acaso! Creio que nossa lição foi a de acentuarmos o que já estamos fazendo e, com isso, escapamos de coisa pior... ou nosso resgate foi amenizado devido ao nosso merecimento e à conquista espiritual. Apesar de Cássio ter sido atingido, ele também conseguiu superar. A mesma coisa aconteceu com Sabrina. Teremos tempo para refletir, e eles também terão. E estou convicto de que nosso mestre espiritual Cacique nos revelará algo que nos permitirá compreender melhor essa lição.

— Ah! O Cacique! Ele se apresentou para mim! Fiquei muito sensibilizada e pude sentir que sou uma médium de cura, pois intuí que deveria fazer imposição de mãos para acalmar Sabrina e percebi o quanto meu corpo se aqueceu. Cheguei até a suar de tanto calor.

— Sua mediunidade está aflorando e, logo, logo você estará preparada para doar sua energia àqueles que precisarem, pois, a cada dia, chegam mais pessoas necessitadas ao centro. Teremos muito trabalho pela frente, e fico muito feliz que esteja ao meu lado com a mesma proposta de aprendizado e doação.

— Eu me sinto outra pessoa, Raul. Uma pessoa totalmente renovada! Não sei o que teria sido de mim se não o tivesse encontrado. Sinto uma alegria imensa e uma vontade de ajudar inesgotável dentro do meu coração! Quero e preciso aprender mais e estou pronta para isso. Reconheço que encontrei meu caminho, tanto na parte espiritual quanto na afetiva. Só tenho a agradecer por toda a ajuda que recebi desses espíritos maravilhosos!

— Você fez por merecer! Aliás, muitas pessoas tendem a procurar ajuda espiritual no momento de dor, mas depois reconhecem o quanto precisavam aprender a se renovar para que as coisas se modificassem. Quando há determinação do próprio espírito, ninguém escapa do programa individual para o crescimento interior. Como nos alertou nosso mestre espiritual: "Quando chega a hora, todos são chamados!". E ainda lhe digo que, quando somos convocados, é porque nosso espírito já determinou e aceitou essa renovação. Por isso, a cada reencarnação, nos aprimoramos mais e temos a chance de aprender a fazer diferente, de melhorar e transformar a ideia de punição. A ideia de que devemos pagar por algo errado que fizemos, pois somente o conhecimento nos libertará. Ninguém erra porque quer; erra pela ignorância e inabilidade de confrontar a si mesmo. Possivelmente exista nas situações que chamamos de resgate um propósito maior nos auxiliando a esse reconhecimento que visa ao despertar da consciência. Acredito que, em muitos casos, o próprio espírito atrai a vivência dolorosa. Não há punição; há uma necessidade de transformação de valores para que a Lei de ação e reação seja modificada.

"Quando o espírito permanece rígido e inflexível, ele atrai o mesmo tipo de impacto doloroso, que impulsionará os reflexos da memória retroativa, permitindo-lhe a liberação dos verdadeiros sentimentos e, com isso, a renovação interior. É mais ou menos o que aquela antiga frase nos diz: 'Ou aprendemos por amor ou pela dor'. O amor simboliza o estágio da consciência elevada, o reconhecimento da vida espiritual e do progresso individual de cada um. A dor é o cárcere, que abriga o espírito no estágio de ignorância. Tudo depende de nós!

"Hoje, podemos estar num estágio diferenciado, assistindo a certas atrocidades, contudo, em algum lugar do passado, talvez alguém também tenha nos assistido cometer atrocidades. E assim vai até que todos nós saibamos reconhecer que fazemos parte de um todo e que esse todo precisa ser respeitado. Resumindo: ninguém cresce sozinho. Precisamos uns dos outros para compartilhar as experiências. Não haverá modificação sem a inteligência e a nobreza espirituais. A primeira promove a evolução e a segunda a mantém. Neste estágio da Terra, aprendemos a treinar esses dois aspectos. Por enquanto, nosso planeta é considerado um lugar de 'expiação para o espírito' e logo mais será o momento de 'regeneração'. Acredito que todo esse movimento de crescimento interior nos proporcionará a seleção efetiva para ingressarmos no próximo estágio regenerativo. Assim espero!".

Prestando atenção no que Raul dizia, Liana ousou questionar:

— Entendo, mas, se não somos culpados, por que seremos selecionados? A lei do amor não nos permitirá seguir em frente, participando do estágio regenerativo? As causas da ignorância não serão solucionadas por meio do conhecimento de uma nova sociedade? Para onde irão os reprovados?

— Não há injustiça na lei divina, Liana! As oportunidades serão dadas a todos, mas, devido à necessidade do progresso planetário, obviamente serão selecionados aqueles que já estejam prontos para isso. A bondade divina não desamparará ninguém, entretanto, haverá outras formas de aprendizado em outros lugares planetários. Por isso, acredito que nada ficará obscuro no universo. Cada um terá de conquistar sua própria liberdade no processo evolutivo. Aqui mesmo, já ocorre essa separação energética. Perceba quantas pessoas são isoladas de perigos e atrocidades? Certamente, a Lei da atração funciona mesmo! Mudando os pensamentos, criamos uma proteção e ficamos isolados. Essa é a lei! Nós criamos nosso destino por meio de nossas crenças, e isso contará muito para a renovação planetária.

— Você acredita que somos completamente responsáveis por tudo o que nos acontece? Uma pessoa que matou alguém em outra vida sofrerá um homicídio numa próxima existência?

— Não existem vítimas do destino, Liana. Existe ação e reação, causa e efeito, que nada mais é do que a resposta às nossas crenças e atitudes desgovernadas ou bem direcionadas. Nem sempre o assassino sofrerá a mesma reação à sua ação, pois, dependendo de seu arrependimento, que nada mais é do que o despertar para os valores reais do espírito, ele, por exemplo, poderá escolher reparar o equívoco salvando vidas em uma próxima reencarnação. Essa determinação é muito bem estudada pelos agentes espirituais, que nos auxiliam na evolução. Esse é o processo de conscientização do espírito. Nossas atitudes, seguidas de toda a renovação mental, é o que muda nosso "amanhã".

— Quando sinto isso, que sou inteiramente responsável por mim, chego a ter calafrios, mas depois nasce em mim uma vontade de acertar, uma força capaz de modificar tudo, já que ninguém me punirá. Eu mesma poderei rever meu suposto erro até acertar, e tudo isso com muita consciência de mim mesma! Não é rápido isso, não é? Às vezes, acreditamos estar fazendo o certo, contudo, não estamos. Por isso, o aprendizado é constante até dominarmos a questão.

— Concordo! Errando é que se aprende! — respondeu Raul sorrindo.

— Nunca mais quero criticar ninguém! Quando criticamos, apontamos sem perceber nossos próprios defeitos... — advertiu Liana.

— A crítica é um caso sério... Por outro lado, mantermos essa disciplina mental requer de nós muita atenção, menos orgulho e prepotência. É possível apontar um erro sem o massacre da crítica. Se fizermos isso conosco antes, saberemos fazer o mesmo com as pessoas. Quantas vezes nos punimos e punimos sem piedade? Queremos atingir uma falsa perfeição, pois nosso orgulho grita mais alto! Realmente, temos muito a aprender sobre nós mesmos. Vencer o orgulho requer de nós muita humildade e compreensão em relação a nós mesmos.

— Concluo que esse estágio terreno é bem fantasioso! Criamos os cenários por meio de nossa mente em ilusão e, quando aprendemos a modificar nossos pensamnetos, tudo se transforma rapidamente. Até que não é tão difícil assim... — satirizou Liana.

— Somos tão infantis, não é mesmo? Então pra quê tanto orgulho? Podemos viver mais leves e descomprometidos com a arrogância. Conservar nossa simplicidade, espontaneidade, seguir em frente, fazer nosso melhor, ter pureza no coração e amar sem comparação! Viver pode ser uma arte a ser conquistada, se tivermos a consciência de que tudo aqui é temporário. Só levamos a experiência adquirida, seja boa ou negativa, pois somente nós poderemos mudar...

— De minha parte, estou bem consciente disso! Pretendo estudar muito para compreender as leis espirituais e sinto também a necessidade de conhecer mais os aspectos do comportamento humano. Toda transformação interior depende disso, não é?

— Estudar e vivenciar! Colocar em prática é muito mais meticuloso, é um grande desafio, Liana, e quando sentimos essa necessidade, não há caminho de volta. A partir disso, passamos a nos interessar cada vez mais pela compreensão dessas leis e pelo intrigante movimento interior que nos habita. E não importará quantas vezes precisaremos voltar para acertar até atingirmos plena conscientização espiritual.

Liana assentiu, porém, vencida pelo cansaço, bocejou. Delicadamente, a moça convidou o noivo para o repouso necessário. Os dois apagaram as luzes e, no aconchego do leito, se entregaram ao descanso merecido.

Capítulo 20

Nas semanas subsequentes, a recuperação de Cássio transcorreu bem. O rapaz recebeu alta hospitalar, porém, teve de manter-se em repouso por trinta dias para recuperar-se plenamente. Aliviado por ter escapado do perigo, ele pôde refletir sobre tudo o que ocorrera, mostrando-se disposto a mudar alguns aspectos interiores para valorizar a vida.

Amigos, familiares e vizinhos que o visitaram constataram o quanto ele se sensibilizara, pois Cássio apresentava uma notável mudança de comportamento. Constantemente, ele evidenciava a necessidade de buscar uma nova forma de viver sem se prender exageradamente às conquistas materiais, afinal, a experiência mostrara-lhe que em segundos poderia ter deixado tudo aqui caso tivesse morrido. O rapaz também pôde refletir sobre o quanto estava distante da espontaneidade juvenil e prometeu a si mesmo que, dali em diante, aproveitaria cada minuto de sua existência com mais naturalidade, ressaltando ainda que o nascimento do filho lhe proporcionaria essa condição. Cuidaria para que nada faltasse à criança, mas lhe ensinaria em primeiro lugar o valor da vida.

Em umas dessas reflexões, Cássio expressou o que sentiu quando recebeu a visita de Raul e Liana. O casal demonstrou que o apoiava, e a moça ainda propôs a Cássio uma nova visita à empresa para concorrer à vaga.

Agradecido, ele quis redimir-se pelo desconforto que causara a Liana e, gentilmente, pediu-lhe desculpas pelo infortúnio e pela indelicadeza. A moça aceitou e foi sincera quando apontou a necessidade de apagar todas as marcas negativas do passado. Citou ainda que tudo fez parte de experiências para atingirem mais maturidade e equilíbrio emocional, pois ela também aprendera muito com tudo o que ocorrera entre eles.

Sensibilizado, Cássio também se mostrou interessado nos trabalhos espirituais que Raul comandava e comentou:

— Sabe, Raul, algo estranho aconteceu comigo enquanto estive desacordado. Não sei se foi no momento em que fui ferido ou por conta da anestesia. Dizem que, quando algumas pessoas estão sob o efeito de anestésicos, podem ocorrer nelas algumas reações mentais que muitos chamam de "visões". Tive uma experiência intrigante! Primeiro, me vi flutuando no espaço sem poder me mover e depois me senti girando de um lado a outro. Não tenho a noção de quanto tempo isso durou... Depois, acordei estonteado numa aldeia indígena e notei vagamente que eles estavam me tratando. Eu suava muito e sentia muita dor, mas essa dor estava em meu peito, e não no abdome. Quando um deles falou comigo, me assustei e perguntei o que havia ocorrido. O homem respondeu à minha pergunta, contudo, não entendi o que ele disse e instantaneamente apareci em um lugar fora daquela aldeia. Pessoas gritavam e corriam de um lado a outro. Algo tinha acontecido. Algo que havia abalado a todos. Eu estava ali, mas não conseguia ver o que realmente tinha acontecido. Quando despertei desse transe, notei que esse índio ainda estava perto de mim. Ele sorria... Gritei chamando por Sabrina, e, quando ele colocou as mãos em meu rosto, não vi mais nada.

"Quando acordei da anestesia, não consegui me lembrar de nada. Com o passar dos dias, no entanto, comecei a me recordar desses detalhes espontaneamente. Fiquei intrigado, por isso pensei em visitar seu centro. Talvez eu receba alguma orientação espiritual que me esclareça isso...".

Liana sentiu o coração disparar ao ouvir o relato de Cássio, pois sabia que, junto com sua equipe, fora o Cacique Tupinambá quem prestara socorro imediato ao rapaz. Ela, contudo, preferiu deixar que Raul se pronunciasse a respeito.

— É possível que você realmente tenha vivido essa experiência, quando foi parcialmente deslocado do corpo físico. Você deve ter recebido o tratamento dessa equipe espiritual, pois o patrono do templo é o Cacique Tupinambá. Nós pedimos muito para que fosse assistido por eles, e certamente sua memória registrou algumas partes desse tratamento espiritual. Na mesma semana, o Cacique nos informou durante a sessão que tivera permissão para ajudá-lo e que você se lembraria de algumas coisas. Ele salientou que, a partir disso, muita coisa mudaria em sua vida e que ele o receberia de braços abertos. Dessa forma, meu amigo, assim que puder, vá nos visitar. Estaremos o esperando. Carla também quis ir de imediato, mas depois considerou ser melhor esperar sua recuperação para acompanhá-la.

— Não comentei nada disso com ela nem com ninguém, pois preferi aguardá-los e falar somente com vocês. A princípio, quis falar-lhe a respeito dela... Carla apresenta alguns fenômenos parecidos com premonição, mas agora eu desejo ir até lá para tentar compreender melhor esses assuntos.

Liana deixou transparecer suas emoções e, com lágrimas nos olhos, expressou alegremente o quanto confiava nas orientações daquela entidade espiritual e como se sentia privilegiada por ter tido o merecimento de conhecê-lo quando também precisou de ajuda. Discretamente, a moça elevou o pensamento e novamente agradeceu por tudo o que estavam recebendo, pois jamais poderia imaginar que a ligação entre eles ia além de uma simples aventura amorosa do passado. Liana não teve mais dúvidas quanto à providência divina, que só agia a favor quando o despertar da consciência em comum se manifestava, pedindo ajustes e renovação para todos. Ela estava feliz em saber que Cássio também despertara para isso e notara o quanto aquela experiência supostamente negativa o ativara para a necessidade de uma renovação interior.

Discretamente, Cássio fixou o olhar no rosto de Liana e também percebeu que, de alguma forma, a vida os reunira novamente, porém, em um novo momento, em que poderiam firmar laços verdadeiros de amizade e de respeito mútuo. Sentindo o coração pulsar de alegria, ele respondeu descontraído:

— Não sei o que esperar de tudo isso, mas posso lhes adiantar que algo em mim grita para conhecer mais esses assuntos. Depois de tudo o que vivi, reconheço o quanto me deixei envolver por coisas banais, na maioria das vezes pensando apenas em minha ascensão profissional. Não descarto isso, porque sei que tenho muito potencial e quero ser bem-sucedido, mas não quero me esquecer dos valores da vida, afinal, quase a perdi... Quero conhecer o famoso "Cacique"! Estou ansioso para saber mais a respeito desse trabalho espiritual e, quem sabe um dia, eu também possa ajudá-los em alguma coisa. Tudo o que depender de mim será feito de coração!

Emocionado, Raul também deixou transparecer o quanto se sentia feliz por ver Cássio alegre e bem-intencionado e revelou que, intimamente, acreditava que de alguma forma ele seria chamado, mas ficou surpreso com o fato de isso ter acontecido tão rápido.

Descontraídos, eles conversaram sobre muitos assuntos, como o cotidiano e a espiritualidade maior, até que foram surpreendidos por dona Neusa, que chegara inesperadamente depois de acompanhar a nora em uma consulta médica. Entusiasmada, a mulher abraçou o casal e beijou o filho dizendo:

— Sabrina está prestes a dar à luz! No trajeto, começou a sentir contrações. Depois de ser avaliada pela médica, ficou internada para preparar-se para o parto. Em breve, teremos um bebê chorando e trazendo alegria para todos nesta casa!

— Ah! Que felicidade! — gritou Liana inesperadamente.

— Mas a vida é mágica mesmo! O bebê escolheu nascer logo hoje que estamos aqui? Presente maior não existe! — expressou Raul, após se levantar e parabenizar o amigo.

— Que alegria! Meu filho está chegando! — disse Cássio emocionado.

— Calma! O trabalho de parto começou há pouco! Vim buscar a mala dela e vou para o hospital aguardar a chegada de meu neto.

— Ah! Eu faço questão de acompanhá-la! Se eu puder, é claro! — falou Liana.

— Claro! Vamos juntas! Só preciso passar na escola para pegar a Carla, e depois seguiremos para o hospital. Raul, você pode ficar aqui com Cássio?

— Não! Eu quero ir também! — gritou Cássio aflito.

— Agora não será necessário. Você precisa descansar. Quando o bebê nascer, eu lhe aviso. E, se Raul não se incomodar, poderá acompanhá-lo.

— Combinado! Só não lhe garanto que ficaremos calmos! Provavelmente, estaremos atordoados... — brincou Raul.

Dona Neusa gargalhou e partiu com Liana para o hospital para aguardar a chegada do bebê.

Cássio não cabia em si de felicidade, entretanto, os dois homens tiveram de controlar a ansiedade enquanto aguardavam notícias do nascimento.

— Parece até que esse momento é meu também, pois não aguento esperar mais! — Raul brincou.

Somente depois das dez horas da noite, Cássio e Raul receberam a notícia de que o menino nascera forte e saudável, pesando quatro quilos e mais alguns gramas. Alegremente, Cássio começou a ligar para os familiares, que diziam estar felizes com a chegada do bebê e que em breve o visitariam.

No trajeto rumo ao hospital, Cássio ria e chorava de alegria e não aguentou esperar para fazer o convite:

— Raul, tenho a honra de convidá-lo para ser o padrinho de meu filho. Você aceita? Ficarei muito feliz se você e Liana aceitassem, pois, para mim e Sabrina, é uma forma de agradecer-lhes a ajuda que nos prestaram, bem como estreitar os laços de nossa amizade.

Pego de surpresa, Raul sentiu-se lisonjeado e mais do que depressa respondeu:

— Não tenho palavras para agradecer-lhe o convite! Sinto-me honrado e privilegiado! De minha parte, aceito! E tenho certeza de que Liana também ficará muito feliz quando receber essa notícia. Que nome dará ao meu afilhado?

— Felipe! Gosto desse nome! Eu e minha esposa concordamos de imediato.

— Bonito nome! Gostei! Felipe será meu querido afilhado! Muito obrigado, Cássio! Sinto-me honrado e muito feliz!

Cássio sorriu e em seguida deu um tapinha no ombro de Raul. Demonstrando notável impaciência, deu o comando:

— Não dá para acelerar mais esse carro? Não vejo a hora de chegar ao hospital e ver meu menino!

Raul soltou uma gargalhada e respondeu:

— Calma, amigo! Confesso-lhe que só não farei isso para não correr risco de acidente, pois por minha vontade iria voando!

— Ainda bem que está aqui neste momento! Meu pai deve estar a caminho, e os pais de Sabrina já devem estar no hospital. Sinto-me agradecido por isso! Mais uma vez, recebo sua ajuda quando mais preciso!

— Nada é por acaso! Passo a acreditar que realmente temos algo a compartilhar nesta vida. Tudo aconteceu tão inesperadamente, e de repente nos tornamos amigos. O mais engraçado é que sinto um carinho muito grande por vocês. Só posso definir tudo isso como um reencontro espiritual. Certamente, já vivemos juntos em outras vidas. Essa afinidade não é à toa... Conheço bem isso!

— Pra falar a verdade, também senti muito respeito por você e gostei de conhecê-lo. Fiquei impressionado com a maneira ética como me abordou em nosso primeiro encontro. Naquele momento, me senti muito agradecido e envergonhado ao mesmo tempo... Pensei no quanto eu havia sido estúpido por forçar uma situação pensando somente em obter aquele cargo... Quanta cretinice!

— Deixe isso pra lá! Tudo faz parte do aprendizado. O importante é que tudo aconteceu para que nos uníssemos e formássemos laços de verdadeira amizade.

— Obrigado por me compreender, Raul!

— Como lhe disse, vai saber o que tem por trás de tudo isso! De uma coisa estou certo: independente do que tenha acontecido, estamos agora em outro momento. Temos uma nova oportunidade de fazermos tudo diferente. Espero que possamos acertar dessa vez! — concluiu sorridente.

— Não tenho o mesmo conhecimento, mas estou disposto a acertar daqui pra frente. Quero me tornar melhor do que sou e ser um pai exemplar para meu filho. Ele há de sentir orgulho de mim e não decepção...

— Ele sentirá! Você é um bom homem!

— Olha! Estamos bem perto! — alertou Cássio desesperado.

Raul sorriu e considerou que logo, logo, todos brindariam a chegada do menino.

Em poucos minutos, os dois chegaram ao estacionamento do hospital e apressadamente se dirigiram ao andar da maternidade. Estavam ansiosos para conhecer Felipe.

Ali se deu o início de um novo período, sem que eles pudessem saber a extensão dos reajustes a serem cumpridos. Uma nova etapa convidaria a todos a uma reformulação, mas agora de maneira diferente, pois, por meio do amor, o perdão surgiria. E, quando voltassem para a casa espiritual, eles se reconheceriam como espíritos que se tornaram afins e em busca da própria evolução.

Capítulo 21
O RESGATE DE UMA ALMA

A equipe espiritual do Cacique Tupinambá tinha como propósito tentar, mais uma vez, evitar que Jeremias voltasse a assediar Liana. A princípio, eles conseguiram afastá-lo depois de fazerem uma corrente de isolamento energética na casa da moça. Naquela noite, mesmo ameaçando Raul, ele e a comparsa não conseguiram mais encontrá-los, pois, dedicada aos trabalhos espirituais e à reforma íntima, Liana conseguira alterar parte do campo mental e, como consequência, modificar o campo de atração. Apesar de ajudá-la, a equipe espiritual sabia que uma nova investida por parte dele não tardaria, pois Jeremias desejava vingar-se a qualquer custo, responsabilizando-a pelo sofrimento que passara após cometer os homicídios. Para ele, Liana era a principal culpada. Ele descobrira que, além de enganá-lo, a moça influenciara o marido contra ele e a enviar homens para espancá-lo na estrada. Jeremias dizia que só não morrera porque fora socorrido.

Na época, Liana, que naquela vida era Catarina, desencarnou demente de tanto remorso que sentia pela morte de Martino e da esposa. Intimamente, ela acreditava na possibilidade de Jeremias ter sido o assassino do casal. Ligada à mente dele, para Jeremias não foi difícil encontrá-la, porém, nunca conseguiu atingi-la, visto que se manteve por muito tempo alienada em zonas fúnebres do astral inferior.

Após o desencarne de Felipe, Catarina foi resgatada pelo grupo espiritual indígena. Ele estava na companhia dos índios, e, quando ela o reconheceu entre eles, jogou-se nos braços do marido implorando-lhe perdão. A partir disso, iniciou-se o processo de reformulação interior para o casal, que conseguiu reequilibrar-se para uma nova oportunidade de aprendizado por meio da reencarnação. No entanto, o subconsciente de Catarina acabou conservando as marcas deixadas pela culpa, e ela jurou que nunca mais se envolveria afetivamente — essa foi a maneira que ela escolheu para se punir. Somente quando encontrou Cássio, todo o sentimento reprimido que Liana carregava de outra vida foi despertado, fazendo a moça entregar-se à paixão avassaladora, o que facilitou a aproximação de Jeremias. Jurando que não perderia a oportunidade de massacrá-la, ele começou a atuar nos pensamentos de Liana, induzindo-a ao ciúme exagerado e ao sentimento de rejeição. Quanto mais ela se desequilibrava, mais ele a induzia ao ódio e à vingança, chegando até a estimulá-la a matar Cássio e depois se suicidar. Se não fosse a ajuda espiritual da equipe indígena que discretamente a acompanhava, a moça teria sucumbido.

    Jeremias pretendia armar uma cilada para prender Liana energeticamente e intencionava promover brigas e fortes discussões entre todos. Novamente por meio da indução mental, ele usou a imagem de Cássio para aguçar ainda mais a paixão desgovernada que ela nutria pelo rapaz, confundindo, assim, os sentimentos dela em relação a Raul.

    Jeremias pensava que, desequilibrando-os, ficaria fácil acabar também com os trabalhos espirituais e se vingar de Felipe. Temendo ser impedido pela equipe indígena, ele planejava agir discretamente e observar os pontos fracos dos médiuns. Planejava também acompanhá-los fora do local onde o grupo se encontrava semanalmente para depois atuar na mente deles, promovendo intrigas, desânimo e muito desinteresse em relação aos trabalhos espirituais. Contava com a ajuda de outros comparsas que compartilhavam dos mesmos interesses. Uns se aliaram a Jeremias porque haviam sido impedidos de circular pelo local, outros por não quererem se afastar dos necessitados que ali procuravam ajuda e tantos outros que apenas desejavam diversão ao promover discórdias.

Irredutível a qualquer renovação interior, Jeremias sofreu ainda mais quando a equipe de guardiões que tomava conta do lugar travou uma verdadeira batalha energética contra ele e os comparsas para impedi-los de seguir com o intento. Enfraquecida, a maioria desses espíritos se distanciou por temer ser aprisionada e perder a liberdade. Jeremias ficou sozinho, mas não desistiu de planejar investidas para atingir Liana. O alvo principal era a moça, e ele não tardaria a influenciá-la novamente.

Numa noite, perambulando por zonas inferiores, Jeremias foi abordado pelos antigos comparsas, que, irritados por terem sido atacados, começaram a espancá-lo até ele perder as forças. Dias depois, Jeremias conseguiu fugir e procurou abrigo em uma das colônias em que a equipe indígena habitava.

Socorrido por uma índia, Jeremias foi levado ao Cacique, que, por sua vez, não perdeu tempo em alertá-lo:

— Demorou muito, mas o filho chegou! Tá cansado de sofrer, não é? E lhe digo que daqui pra frente será bem pior! Você não terá mais chance de jogar seu ódio por aí, como se não tivesse responsabilidade por tudo o que passou...

"Por acaso, você acha que viveu uma só vida? Já tentou observar o que se passou em sua caminhada? Sabe que nada acontece por acaso? Filho, você se meteu várias vezes onde não devia e ainda quer fazer justiça do seu jeito! Não sabe olhar pra isso? Só pensa em se vingar, mas não pensa em se melhorar! O que você quer daqui pra frente? Não está cansado de apanhar?".

Jeremias desabou a chorar e jogou-se aos pés do Cacique, enquanto revelava a dor que sentiu depois de cometer os assassinatos de Martino e de Maria José. Transtornado, ele gritava sem parar:

— Diga-me! Por que tirei a vida de Maria José? Ela me implorou para que eu não a matasse, pois estava grávida, mas ainda assim os matei sem piedade... Nunca me perdoei por isso e quis me vingar de todos!

— Você destilou seu ódio impiedosamente por ignorância e orgulho! A moça tinha compromisso de aprendizado de outras vidas... Na lei divina, nada acontece por acaso, e essa lei obedece à necessidade individual de cada um. Olhe pra você, filho, e aceite de uma vez por todas que precisa reformular todas essas mazelas que traz no coração. Tá na hora de libertar seu espírito, contudo, você precisará ter muita humildade para compreender sua ignorância!

Jeremias ouvia o que o Cacique dizia, mas não compreendia. Enfurecido e em plena histeria, ele viveu uma profunda catarse emocional por três dias consecutivos. Isolado em uma área fluídica em forma de oca, expurgou aos berros todas as mágoas retidas em seu espírito. Somente depois disso, os pajés começaram um trabalho de limpeza e regeneração para que ele retomasse o equilíbrio.

***

Seis meses se passaram, e Jeremias começou a ajudar a equipe espiritual, trabalhando com os guardiões. Ele comprometera-se a seguir em frente e a deixar todas as reminiscências passadas, pois se conscientizara de que tinha muito para aprender e para transformar-se interiormente. De vez em quando, ele solicitava ao Cacique licença para acompanhá-lo, intentando aprender a manipular as energias do pensamento e a criar verdadeiras barreiras energéticas contra as energias negativas. Julgava ser esse o meio mais fácil de educar-se mentalmente, além de transformar todas as egrégoras negativas que promoviam desequilíbrio mental nas pessoas.

Obedecendo à ordem natural e desejando vencer os desafios mais profundos de seu espírito, após dois anos Jeremias quis uma nova oportunidade reencarnatória.

Direcionado à colônia de Regeneração para o preparo do reencarne, Jeremias teria de afastar-se temporariamente da equipe espiritual dos índios. Antes de partir, ele fez um profundo agradecimento a todos que o ajudaram:

— Meu pedido foi aceito. Sinto novamente a necessidade da experiência da reencarnação. Isso é muito importante para que eu consiga vencer as barreiras do orgulho. Por meio dos desafios que enfrentarei, poderei treinar essa questão com mais presteza. Sou muito grato por tudo que recebi de todos e tenho plena convicção de que vocês estarão ao meu lado, ajudando-me na nova jornada. Eis aqui um espírito que foi resgatado da lama espiritual e que obteve a renovação. E eu não teria conseguido isso, se não tivesse sido ajudado por vocês... Firmo meu compromisso agora! Quando eu estiver pronto, aguardarei o comando daqui e juntos daremos continuidade aos trabalhos espirituais que meus futuros padrinhos exercem... Quero ser melhor desta vez! — dizendo isso, postou-se diante do Cacique e continuou:

"Cacique Tupinambá, eu o reverencio com todo o meu amor e toda a minha gratidão! Peço-lhe que me ajude a superar mais esse desafio. No momento em que os reencontrar, desejo que eu possa amá-los verdadeiramente, pois, devido à compreensão que tenho hoje, consegui perdoá-los e principalmente me perdoar... Desejo também que, por meio do amor, possamos trilhar, unidos, os caminhos da renovação.

"Momentaneamente, me despeço de todos, mas sei que em breve nos reencontraremos. Espero ter feito um bom trabalho e pretendo dar continuidade a ele. Como já lhe disse, assim que eu estiver pronto, aguardarei seu comando. Deus me abençoe e abençoe minha futura família! Farei meu melhor para amá-los e respeitá--los, não somente por terem me aceitado, mas para que eu consiga aprender muito mais com eles e seguir sem falhar a mesma proposta espiritual. Ou melhor, compreender desta vez que errar faz parte e que não preciso ser tão rígido e orgulhoso. Desde já, elevo meu pensamento ao Criador, pedindo bênçãos para Raul e Liana, meus futuros padrinhos e eternamente amigos!

Jeremias ergueu as mãos e invocou, por meio da visualização, uma chuva de fluidos luminosos para que envolvesse o casal que o receberia como filho. Posteriormente, raios de luzes banharam toda a equipe espiritual dos índios e expandiram-se por todo o universo.

Discretamente, Jeremias aproximou-se do Cacique e falou ao ouvido:

— Estou pronto! O senhor me acompanha?

O Cacique Tupinambá abraçou carinhosamente Jeremias e desejou-lhe sucesso em sua nova jornada, contudo, não deixou de salientar:

— Filho, não se esqueça de que você é muito inteligente e que será muito útil para compartilhar seus ensinamentos com a nossa equipe daqui e dos encarnados. Você também terá como missão acolher aqueles que precisarem ouvir suas palavras. Há muito trabalho pela frente! Não desista! Seja forte e conte com nossa ajuda!

"O tempo é sagrado, então, use-o a seu favor. Leve consigo todo o aprendizado que recebeu aqui e não se esqueça de que tudo é muito rápido e que quanto mais for fiel aos seus propósitos, mais próximo chegará à sua elevação espiritual. Você resistiu muito a aceitar sua transformação... Use essa mesma força para ser determinado e persistente. Você não tardará a perceber o quanto é capaz de vencer a si mesmo. Agora, feche os olhos, ouça esta canção e a leve junto do seu coração".

O Cacique colocou um cocar em Jeremias e cantou uma única estrofe:

— "Caboclo das matas virgens por aqui passou. Caboclo deixou seu reino pra lhe dar amor... Venha, filho, eu o guio e lhe mostro o caminho renovador".

Ele virou-se e acenou para Yara, a índia que o acolhera e o levara para a aldeia indígena. Delicadamente, ela aproximou-se, obedecendo ao chamado.

— Filho! Yara pediu para ajudá-lo. Ela também voltará, mas não agora... Eis aqui a sua futura filha!

Comovido, Jeremias abraçou a moça e chorou copiosamente, agradecendo por tudo e desejando-lhe boas-vindas pelo retorno. Emocionado, ele enxugou as lágrimas, acenou para todos e seguiu o Cacique rumo à colônia de regeneração e reencarne.

Dali para frente, uma nova etapa de vida terrena aguardava Jeremias, que, por meio da reencarnação, receberia mais uma oportunidade de confrontar a si mesmo. Ele levava dentro de si a certeza de que nada se perde e que tudo se transforma, pois sempre há outra chance de recomeçar.

FIM

Grandes sucessos de
Zibia Gasparetto

Com 18 milhões de títulos vendidos, a autora tem contribuído para o fortalecimento da literatura espiritualista no mercado editorial e para a popularização da espiritualidade. Conheça os sucessos da escritora.

Romances
pelo espírito Lucius

A verdade de cada um
A vida sabe o que faz
Ela confiou na vida
Entre o amor e a guerra
Esmeralda
Espinhos do tempo
Laços eternos
Nada é por acaso
Ninguém é de ninguém
O advogado de Deus
O amanhã a Deus pertence
O amor venceu
O encontro inesperado
O fio do destino
O poder da escolha
O matuto
O morro das ilusões
Onde está Teresa?
Pelas portas do coração
Quando a vida escolhe
Quando chega a hora
Quando é preciso voltar
Se abrindo pra vida
Sem medo de viver
Só o amor consegue
Somos todos inocentes
Tudo tem seu preço
Tudo valeu a pena
Um amor de verdade
Vencendo o passado

Crônicas

A hora é agora!
Bate-papo com o Além
Contos do dia a dia
Pare de sofrer
Pedaços do cotidiano

O mundo em que eu vivo
O repórter do outro mundo
Voltas que a vida dá
Você sempre ganha!

Coleção – Zibia Gasparetto no teatro

Esmeralda
Laços eternos
Ninguém é de ninguém

O advogado de Deus
O amor venceu
O matuto

Outras categorias

Conversando Contigo!
Eles continuam entre nós vol. 1
Eles continuam entre nós vol. 2
Eu comigo!
Em busca de respostas
Pensamentos vol. 1
Pensamentos vol. 2

Momentos de inspiração
Recados de Zibia Gasparetto
Reflexões diárias
Vá em frente!
Grandes frases

Rua Agostinho Gomes, 2.312 — SP
55 11 3577-3200

contato@vidaeconsciencia.com.br
www.vidaeconsciencia.com.br